BASTIAN ZACH

Donaumelodien – Praterblut

DER TOD IST EIN WIENER Wien, Frühsommer 1876. Als dem Geisterfotografen Hieronymus Holstein der grausame Mord an einer jungen Frau am zwielichtigen Spittelberg untergeschoben wird, hat dieser nur sieben Tage Zeit, um seine Unschuld zu beweisen. Gemeinsam mit seinem Freund Franziskus Maria Rudolphi, den alle nur den »buckligen Franz« nennen, nimmt er die Nachforschungen auf. Als kurz darauf zwei weitere junge Frauen tot aufgefunden werden, spitzt sich die Lage dramatisch zu. Mit geschickten Verkleidungen mischt sich Hieronymus unters Volk der geschichtsträchtigen Kaiserstadt und sucht fieberhaft nach jener mysteriösen Frau, deren Bekanntschaft er am Abend des ersten Mordes gemacht hatte. Eine Spur führt zu den skurrilen Schaustellern des Wiener Wurstelpraters, eine weitere in die feine Wiener Gesellschaft. Doch schon bald verschwimmen die Grenzen zwischen Freund und Feind, und Hieronymus wird in einen Strudel aus Lügen und Halbwahrheiten gerissen, während sich die Schlinge um seinen Hals enger und enger zieht …

© Christine Hanschitz

Bastian Zach wurde 1973 in Leoben geboren und verbrachte seine Jugend in Salzburg. Das Studium an der Graphischen zog ihn nach Wien, als selbstständiger Schriftsteller und Drehbuchautor lebt und arbeitet er seither in der Hauptstadt. 2020 wurde sein Krimi-Debüt »Donaumelodien – Praterblut« für den Leo-Perutz-Preis nominiert. Wiens morbider Flair ist es auch, der ihn zu seinen Kriminalromanen inspiriert, und seine Liebe, Historie mit Fiktion zu verweben, lässt das Wien um die Jahrhundertwende wieder lebendig werden.

BASTIAN ZACH

Donaumelodien – Praterblut

Historischer Kriminalroman

GMEINER

Immer informiert

Spannung pur – mit unserem Newsletter informieren wir Sie
regelmäßig über Wissenswertes aus unserer Bücherwelt.

Gefällt mir!

Facebook: @Gmeiner.Verlag
Instagram: @gmeinerverlag

MIX
Papier | Fördert
gute Waldnutzung
FSC® C083411

Besuchen Sie uns im Internet:
www.gmeiner-verlag.de

© 2020 – Gmeiner-Verlag GmbH
Im Ehnried 5, 88605 Meßkirch
Telefon 0 75 75 / 20 95 - 0
info@gmeiner-verlag.de
Alle Rechte vorbehalten
3. Auflage 2024

Lektorat: Teresa Storkenmaier
Herstellung: Mirjam Hecht
Umschlaggestaltung: U.O.R.G. Lutz Eberle, Stuttgart
unter Verwendung eines Bildes von: © Praterstern in Wien
© ullstein bild – Imagno
Karte auf S. 6/7: Wienbibliothek im Rathaus,
Druckschriftensammlung, K-314355
Druck: CPI books GmbH, Leck
Printed in Germany
ISBN 978-3-8392-2650-6

Für Christine.

6

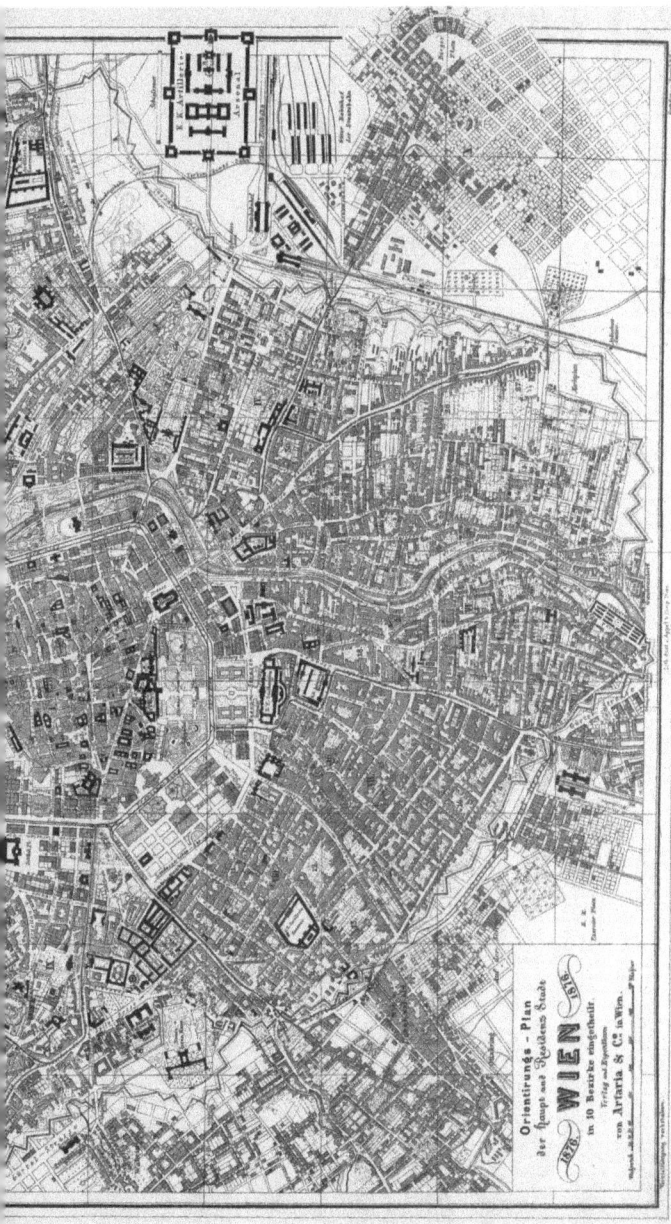

Orientirungs - Plan
der Haupt und Residenz Stadt
WIEN
in 10 Bezirke eingetheilt.
Verlag und Eigenthum
von Artaria & Co. in Wien.

7

Wien, 1876

I

EIN POCHENDER SCHMERZ in den Schläfen riss ihn aus einem traumlosen Schlaf, den er nicht hatte kommen sehen. Der über ihn hereingebrochen sein musste, nachdem er am Abend mit dieser adretten Dame –

Wo war er überhaupt?

Hieronymus Holstein atmete tief ein, sog die Luft gierig durch die Nase. Es roch muffig und säuerlich zugleich. Nach Laken, in die man zu viele Nächte lang geschwitzt hatte. Übelkeit machte sich in ihm breit.

Er wollte die Augen öffnen, doch ihm war, als versuchte jemand mit Gewalt, ihm die Lider zuzudrücken. Er stemmte sich dagegen. Dann, nach einem schieren Kraftakt, hatte er es endlich geschafft.

Er sah sich um.

Es war Nacht. Die Wände des schmucklosen Raumes, in dem er lag, konnte er nur erahnen. Vor dem einzigen Fenster waren die Läden geschlossen, nur in schmalen Bahnen schnitt das kalte Licht des Mondes durch vereinzelte Spalten.

Hieronymus tastete um sich. Er lag auf einem Bett. Die Decke unter ihm fühlte sich schmierig und rau zugleich an, der Strohsack darunter war durchgelegen. Er setzte sich auf.

Wie kam er hierher? Und wo zur Hölle war »hier«?

Er atmete erneut tief ein. Ein feiner Geschmack nach Eisen machte sich in seinem Mund breit.

War er allein?

Hieronymus' Blick fiel auf jene Ecke des Zimmers, die völlig von der Dunkelheit vereinnahmt war. Er stutzte – lag dort etwas am Boden?

Er rappelte sich auf, merkte, wie sich alles um ihn herum zu drehen begann. Gleißende Blitze tanzten vor seinen Augen, schienen sich rasend schnell zu vermehren. Er taumelte, setzte sich so schnell er konnte wieder auf den groben Holzrahmen der Bettstatt. Trotz seiner einunddreißig Jahre fühlte er sich wie ein Greis. Als wäre er in wenigen Stunden um Jahrzehnte gealtert.

Das alles ergab keinen Sinn. Ja, er sprach gern jenen Flüssigkeiten zu, die man gären, brauen und destillieren konnte. Auch in dieser Reihenfolge. Aber das letzte Mal, als er so viel getrunken hatte, dass er beim Aufwachen nicht mehr wusste, wo er sich befand, musste Jahre zurückliegen.

Der eherne Geschmack wurde stärker.

Hieronymus fuhr sich durch die halblangen, schweißnassen Haare, rieb sich die Stirn, als könnte er so klarer denken. Aber es half nicht, im Gegenteil. Nun machte sich auch noch ein beklemmendes Gefühl in ihm breit, schnürte ihm den Brustkorb enger und drückte ihm die trockene Kehle zu.

Wieder der Blick in die Ecke. Was lag dort?

Er beugte sich vor, stapfte langsam und gekrümmt auf das am Boden liegende Bündel zu. Hieronymus kramte in seiner Westentasche. Er holte eine Schachtel Schwefelhölzer hervor, zog eines der Holzstäbchen heraus und rieb es an. Die kleine Flamme kam ihm schneidend hell vor, auch wenn sie die Dunkelheit kaum zu vertreiben mochte. Doch tatsächlich – vor seinen Füßen lag etwas. Aber kein ganzes Etwas, vielmehr einzelne Teile …

Hieronymus kniete sich nieder, streckte den Arm mit dem Flämmchen aus – und prallte sogleich zurück, als hätte er einen Faustschlag ins Gesicht erhalten. Vor ihm lag eine Frau am kalten Bretterboden.

Nackt.

Zerstückelt.

Gleich so, als ob man einer Marionette alle Glieder einzeln ausgerissen und diese dann achtlos weggeworfen hätte. Er wagte einen zweiten Blick, streckte das brennende Holzstäbchen in ihre Richtung. Sie war jung. Ihr Kopf lag inmitten ihrer Körperteile. Unzählige Sommersprossen zierten ihr fein gezeichnetes Gesicht. Ihre langen blonden Haare mussten bei der Trennung des Kopfes vom Rumpf einfach mit abgehackt worden sein, so abrupt endeten sie. Mund und Augen waren entsetzlich weit aufgerissen. Die Finger hatte sie merkwürdig verkrampft. Ihr Rumpf war voller Blut, schien ansonsten jedoch scheinbar unversehrt.

Aber das war nicht alles, was das Schwefelholz zu erhellen vermochte. Hieronymus erkannte, dass sein Hemd und seine Jacke voll von getrocknetem Blut waren. Wie auch seine Hände.

Das durfte doch alles nicht –

Plötzlicher Lärm drang durch die schäbige Holztür des Zimmers. Stimmengewirr, Befehle. Schritte, die eine knarrende Treppe hinaufpolterten.

Mit einem Mal wich jegliches Gefühl von Übelkeit und Schwindel aus Hieronymus. Er sah zum Fenster und wusste, dass dies sein einziger Ausweg war. Ganz gleich, in welchem Stockwerk er sich befand, er musste handeln.

Ein Krachen.

Jemand hatte sich gegen die Zimmertür geworfen, die vorerst standhielt.

Nach einem weiteren Versuch sprang sie jedoch donnernd auf. Ein Mann im dunkelgrünen Waffenrock der Sicherheitswache stolperte in den Raum, eine Petroleumfunzel in der Hand. Hinter ihm der Schein weiterer Laternen.

Ohne zu zögern, sprang Hieronymus auf. Er hechtete zum Fenster, hob die Arme schützend vors Gesicht und stürzte sich hindurch.

II

Die nächsten Augenblicke kamen Hieronymus vor, als liefen sie verlangsamt vor seinem geistigen Auge ab, gleich so, als würde man ein Zoetrop nicht schnell genug drehen.

Das Splittern von Glas.

Das Bersten von Holz.

Die plötzliche Kälte der nächtlichen Luft.

Und der freie Fall in die Tiefe ...

Hieronymus sah in den Himmel, in die dunklen Wolken, vom Licht des Mondes nur schemenhaft umrissen, die immer kleiner wurden, während er auf die Erde zustürzte. Gleich würde sein Leib zerschmettern.

Ein Aufprall.

Wieder ein Splittern. Wieder ein Fall, dieses Mal abgebremst. Er schloss die Augen, gleich würde es so weit sein –

Dann der endgültige Aufprall, gefolgt von einem stechenden Schmerz, der durch Hieronymus' ganzen Körper schnitt.

Stille.

Allmählich drang das Gewirr von Stimmen an seine Ohren, das dumpfe Geräusch von Tonkrügen, die aneinandergestoßen wurden. Das Lachen von Frauen und das Grölen von Männern. Die Melodie eines Akkordeons.

Nein, das konnte nicht das Paradies sein – Hieronymus war dem Tod offenbar noch einmal von der Schippe gesprungen. Er tastete um sich. Kalte, regennasse Pflastersteine. Er öffnete die Augen. Ein Baugerüst aus Holz reckte sich über ihm in die Höhe, die Plattform durchgebrochen.

Er wandte den Kopf zur Seite, sah eine enge, spärlich beleuchtete Gasse, die bergab verlief und menschenleer war. Er drehte den Kopf zur anderen Seite – zwei Wachmänner, die am Eingang des Hauses standen, aus dessen Fenster er gerade gesprungen war, starrten ihn ungläubig an.

In diesem Augenblick schoss der Überlebenswille durch Hieronymus' Körper, gleich einer Welle, die mit der Wucht der Gezeiten auf einen Felsen brandete und ihn unter sich begrub. Die Schmerzen waren verflogen, etwaige Wunden vom Sturz nicht zu spüren. Er sprang auf und hastete die Gasse hinunter, weg von dem Haus, weg von den Wachmännern.

Ein Fuß vor den anderen, herrschte er sich innerlich an, nur nicht taumeln, nur nicht stolpern.

Gleich darauf hörte er, wie hinter ihm Pfiffe schrillten, Befehle gebrüllt wurden und Schritte ihm folgten. Die beiden Wachmänner hatten sich wohl aus ihrer Erstarrung gelöst.

Hieronymus bog in die nächste Gasse ein, versuchte sich zu orientieren, ohne langsamer zu werden. Aber die einstöckigen Häuser, deren Stuckfassaden ihn verschmutzt und abgebröckelt anstarrten, boten wenige Anhaltspunkte. So sah es überall in Wiens Außenbezirken aus. Es könnte selbst Baden oder gar Prag sein. Prag. Beim Gedanken an die Stadt, die Zeugin seiner Geburt gewesen war, umfing ihn eine eigenartige Beklemmung, sodass er sich selbst davon überzeugen wollte, dass er unmöglich dort sein konnte.

Er warf einen schnellen Blick auf ein Straßenschild an der Ecke eines Hauses: »VII. Neubau«.

An der nächsten Kreuzung blieb er stehen, versuchte zu Atem zu kommen. Ein Funken Hoffnung keimte in ihm auf – seine Verfolger schien er abgeschüttelt zu haben.

»Halt! Stehen bleiben!« Zwei Wachmänner stürmten auf Hieronymus zu, ihre kurzen, leicht gebogenen Säbel in die Höhe gereckt.

Er fluchte innerlich. So schnell und weit, wie er gedacht hatte, war er offensichtlich nicht gelaufen. Hieronymus nahm die nächstbeste Gasse, rutschte aus und fiel auf das nasse Straßenpflaster.

Er fixierte die Kreuzung vor ihm, die beinahe völlig im Dunkeln lag und daher die Möglichkeit bot, listig die Richtung zu ändern. Er sprang auf, wollte gerade loslaufen, als in jenem Augenblick zwei weitere Wachmänner genau in diese Kreuzung einbogen und auf ihn zurannten.

Hieronymus nahm hinter sich die beiden Verfolger wahr, sah vor sich die zwei anderen. Schaute zu seiner Rechten, wo ein besonders enger Durchgang in dunkles Nichts führte, gesäumt von heruntergekommenen Häusern, die den Anschein erweckten, als würden sie jeden Moment über ihm zusammenstürzen.

Seine letzte Chance.

Er lief los. Gefühlt bei jedem zweiten Schritt streifte Hieronymus an einer der beiden Mauern, die ihn einschlossen, hatte die beklemmende Vorahnung, sie wollten ihn am Vorankommen hindern. Doch er biss die Zähne zusammen, rannte buchstäblich blindlings geradeaus – und prallte mit einem Mal gegen einen Lattenzaun.

Er fiel in den Unrat, der die Gasse knöchelhoch bedeckte, setzte sich auf, drückte sich mit dem Rücken gegen das Hindernis – und sah, wie die schattenhaften Umrisse seiner Verfolger auf ihn zugelaufen kamen …

III

Die Morgensonne warf ihre ersten wärmenden Strahlen auf die Kaiserstadt, ließ ihre unzähligen spitzen Giebel und Türme in kräftigem Orange feierlich erglühen. Die Domkirche St. Stephan zu Wien überragte die Szenerie.

Weniger feierlich wirkten die Behausungen und Buden vor der Stadt, die sich in alle Richtungen bogen und neigten, als wären sie von Krankheit gebeutelt und vom Alter geschwächt. Ihre Dächer bestanden im besten Fall aus morschen Holzschindeln. Zwischen ihnen stapften ihre Bewohner wortkarg durch den Morast zu jenem Ort, an dem sie sich heute zu verdingen hofften.

Vor einer dieser Behausungen stand ein Schindelwagen mit halbrundem Dach, gleich einem Zirkuswagen, mit buntbemalten Seiten, die die magischen Möglichkeiten der neuartigen Kunst der spirituellen Fotografie bildgewaltig anpriesen. Daneben graste ein Pferd, das an eines der Wagenräder angebunden war.

Unweit davon stand ein Brunnen, aus dem ein älterer Mann mittels einer Winde Wasser heraufholte. Seine Hände ähnelten Schaufelblättern, sein Körper war eigenartig verdreht und sein Buckel überragte beinahe seinen Kopf, auf dem nur mehr spärlich schwarze Haare wuchsen. Seine Kleidung, die aus einer dunkelbraunen Hose und einer nahezu gleichfarbigen Weste bestand, wirkte abgetragen, aber sauber.

Franziskus Maria Rudolphi schnaubte vor Anstrengung. Seine ungelenken Bewegungen zeugten davon, dass sein Körper nicht mehr willens war zu tun, wie er sollte. Er hielt inne, wischte sich den Schweiß von der Stirn. Langsam kam er wieder zu Atem. Dann drehte er erneut die schwergängige, quietschende Kurbel.

Schließlich konnte er den Kübel Wasser greifen, stellte ihn am Rand des Brunnens ab und goss seinen Inhalt in den hölzernen Bottich, der zu seinen Füßen stand.

Franz bemerkte nicht, wie sich jemand von hinten an ihn heranschlich. Ein Knabe, kaum sieben Lenze alt, die Haare kurz geschoren, die Kleidung zerschlissen, Füße, Hände und Gesicht strotzend vor Schmutz. Trotzdem funkelten seine Augen voll diebischer Freude. Er beschleunigte seinen Schritt und schlug dem Buckligen auf den linken Oberschenkel. Als sich der Mann schwerfällig umdrehte, um zu sehen, wer oder was ihn da geschlagen hatte, war der Wicht laut lachend schon wieder auf und davon.

Franz stieß ein verärgertes Grunzen aus und wandte sich wieder der Kurbel zu. Während er den Kübel in den Brunnenschacht hinabließ, näherte sich ein weiterer Knabe, kaum jünger als der Erste. Er schlug Franz auf den rechten Schenkel. Wieder drehte sich dieser schwerfällig und schnaubend um, doch der Kleine lief nicht weg, sondern blieb mit großen Augen wie angewurzelt stehen, den Kopf nach oben gerichtet. Franz' Blick traf den des Buben, keiner von beiden wagte es, ein Wort zu sagen. Dann stieß der Mann einen bellenden Laut aus. Der Knabe fuhr vor Schreck zusammen, löste sich aus seiner Erstarrung und lief aufgekratzt lachend zu dem anderen Jungen, der sich hinter dem Schindelwagen verschanzt hatte.

Ein gutmütiges Lächeln machte sich auf Franz' Gesicht breit. Warum die Buben nicht müde wurden, mit ihm tagtäglich das gleiche Spiel zu spielen, konnte er zwar nicht begreifen, aber es erheiterte ihn.

»Emil! Jaroslav!« Die Stimme der Frau, die vor der Tür der maroden Behausung stand, duldete keinen Widerspruch. Als Mutter von sechs Kindern war Anezka Svoboda es gewohnt zu kommandieren. Die beiden Knaben liefen zu ihr, und beide erhielten einen Klaps auf den Hinterkopf.

»Hört's auf, den buckligen Franz zu häkeln!« Nicht nur ihr Name verriet, dass sie aus dem Osten der Österreichisch-Ungarischen Monarchie kam, sondern im Besonderen ihr harter Akzent.

Sie sah den Älteren ihrer Söhne an. »Du, geh Feuerholz hacken!« Der Knabe lief los. »Und du, hol Eier, wenn's denn welche gibt«, befahl sie dem Jüngeren. Auch er tat, wie ihm geheißen.

Die Frau sah zu Franz, der sie beobachtet hatte. Ihre braunen, verfilzten Haare hatte sie zu einem Knoten geflochten. Ihre schlechten Zähne und die tiefen Falten im Gesicht wiesen sie als alte Frau aus, auch wenn sie gerade einmal zweiunddreißig war. Und ihr schmutziger und zu oft geflickter Kittel bezeugte, dass sie ihr Leben mehr schlecht als recht bestritt. Sie warf dem verkrüppelten Mann einen argwöhnischen Blick zu. Dann verschwand sie wieder im Haus.

Franz stieß einen grummeligen Laut aus und goss einen weiteren Kübel Wasser in den Bottich. Dann packte er diesen, hob ihn mit scheinbarer Leichtigkeit hoch und trug ihn Richtung der Behausung. Sein humpelnder Gang ließ das Wasser hin- und her- und schließlich überschwappen, was ihn aber nicht zu kümmern schien.

Er hatte gerade den halben Weg über den Vorplatz zurückgelegt, als ihn ein Pfiff innehalten ließ. Er blickte sich um, sah eine Gestalt im Schatten des Schindelwagens kauern. Franz runzelte die Stirn, schien langsam zu begreifen. Er machte kehrt, humpelte zu dem Fuhrwerk und stellte den Bottich ab.

»W-was ist geschehen?«, brachte Franz stockend hervor.

Die Gestalt kam auf allen vieren hervorgekrochen. »Ich weiß es noch nicht, Franz, aber diesmal hat man mich so richtig angeschmiert«, antwortete Hieronymus, während er mit prüfendem Blick sicherstellte, dass niemand sonst in der Nähe war. Er tauchte seine mit getrocknetem Blut verschmierten Hände in den Bottich, wusch sie notdürftig. Dann tauchte er den Kopf unter Wasser und verharrte so eine gefühlte Ewigkeit.

Franz pochte ihm auf den Rücken. Hieronymus richtete sich auf.

»Du sch-schaust f-furchtbar aus.« Der Ausdruck im Gesicht des verkrüppelten Mannes ließ keinen Zweifel daran, dass er sich große Sorgen machte.

»Sag mir etwas, was ich noch nicht weiß.«

Franz deutete auf das blutbefleckte Hemd. Der andere

verstand, zog sich Jacke und Hemd aus. »Ich muss erst mal einen klaren Kopf bekommen. Später reden wir über alles, einverstanden?«

Franz nickte knapp. Dann blickte er in den Bottich, seine Miene verfinsterte sich. Das Wasser darin hatte sich rot gefärbt. Hieronymus erkannte, dass er seinen Freund zum erneuten Wasserholen verdammt hatte. Er klopfte ihm auf die Schulter. »Entschuldige.«

Franz stieß ein verärgertes Grunzen aus.

IV

HIERONYMUS STAND VOR einer zerschundenen Kommode, auf der ein kleiner trüber Spiegel an der Wand lehnte. Mit geübter Bewegung ließ er die Messerklinge über seinen Hals gleiten, bis auch das letzte bisschen Rasierschaum entfernt war, und rieb danach prüfend mit der Rückseite der Hand über Kehle und Wangen. Zufrieden legte er das Messer weg. Er zwirbelte die kurzen Enden seines Schnurrbartes, strich seinen dreieckigen Kinnbart glatt. Dann nahm er einen Hornkamm und frisierte seine halblangen, hellbraunen Haare nach hinten, die noch feucht vom Untertauchen im Bottich waren.

Hieronymus sah prüfend in den Spiegel – zumindest äußerlich hatte er kaum noch Ähnlichkeit mit dem Mann, der vor wenigen Stunden neben einer zerstückelten Frau aufgewacht war. Er begutachtete erneut seine Fingernägel, aber auch hier waren keine Reste getrockneten Blutes mehr zu sehen.

Franz kam in die spärlich eingerichtete Stube. Zwei Säcke voll Stroh am Boden, eine ramponierte Truhe an einer Wand, die Kommode an einer anderen, zwei Stühle und ein gebrechlich wirkender kleiner Tisch in einer Ecke. Eine weitere Tür auf der anderen Seite wies den Raum als Durchgangszimmer aus.

Hieronymus wandte sich um. »Ich fühle mich wie neugeboren.«

»A-alles Einb-bildung.«

Ohne ein weiteres Wort zu wechseln, setzten sich die beiden Männer an den Tisch.

Franz' Miene war noch immer voll Sorge. Der andere holte tief Luft, schien mit sich zu ringen, wo er anfangen sollte zu erzählen.

Da wurde die Tür aufgerissen. Anezka kam herein und sah Hieronymus scharf an. »Herr Holstein, Sie haben heut Nacht aber nicht hier geschlafen. Hat Anezka recht?«

Der setzte ein mildes Lächeln auf. »Ihnen entgeht nichts, Frau Svoboda.«

»Geht Anezka ja nichts an. Aber das hier ist ein anständiges Haus, lassen Sie sich das sagen!«

»Deshalb fühlen sich Franz und ich hier auch so wohl.«

Die Vermieterin überlegte augenscheinlich, ob die Worte ehrlich oder als Hohn gemeint waren, enthielt sich schließlich jedoch einer Entgegnung. Sie strich sich den schmutzigen Kittel glatt, dann ging sie quer durch das

Zimmer zur gegenüberliegenden Tür und schlug diese hinter sich zu.

Franz sah Hieronymus herausfordernd an. Der zuckte mit den Schultern.

»Ich weiß auch nicht, wo ich anfangen soll, mein Lieber. Gestern Nachmittag, vielleicht. Im Café Central habe ich eine wunderbare Bekanntschaft gemacht: Maria, Witwe eines Großindustriellen und eine äußerst interessante Frau – du weißt schon, eine mit Stil und was im Kopf, nicht so eine dümmliche Probiermamsell.«

Franz grinste feist.

»Wir haben zwei oder drei Achterl Weiß getrunken und uns köstlich dabei unterhalten. In bester Laune haben wir uns danach von einem Fiaker in den Prater bringen lassen, weil die Dame gemeint hat, dort spiele eine ihrer liebsten Musikkapellen, die Strauss-Kapelle.«

Hieronymus runzelte nachdenklich die Stirn. »Das war im Zweiten Kaffeehaus in der Prater-Allee, und die Musiker waren richtig gut.« Bei dem Gedanken daran schwenkte er leicht mit dem Kopf hin und her, als hörte er noch die Musik von Eduard Strauss' älterem Bruder Johann. »Wie auch immer, wir haben auch dort noch ein paar Achterl getrunken, und dann … ja, dann …« Er brach ab.

»W-was w-ar dann?« Franz kratzte sich den Nacken.

Hieronymus atmete tief ein und aus, als könnte er die Erinnerung mit der Luft einsaugen. Vergebens. Sein Blick ging ins Leere.

»Was dann geschehen ist, will mir einfach nicht mehr in den Sinn kommen. Aber das wäre alles noch kein Malheur gewesen. Irgendwann bin ich aufgewacht.« Er sah Franz beschwörend an, begann zu flüstern. »Auf irgendeinem

Zimmer, in einem Haus am Spittelberg. Mein Gewand war blutig, meine Hände auch, hast du ja gesehen. Und in einer Ecke des Zimmers lag eine junge Frau. Tot.«

Franz klappte der Mund auf.

»Zerstückelt.«

Ungläubiges Schweigen.

»W-war es diese –«

»Nein, Maria war es nicht, ich habe die junge Frau noch nie zuvor gesehen. Und genau in dem Augenblick kommt die Sicherheitswache hereingestürmt.«

»W-was f-für ein Zuf-fall!«

»Du sagst es, mein Freund, du sagst es.«

»Hat m-man dich gesehen?«

Hieronymus zuckte mit den Schultern. »Es war dunkel, ich bin mir nicht sicher. Vielleicht.« Er betrachtete seine Arme, die frische Schnittverletzungen aufwiesen. »Ich bin durchs geschlossene Fenster abgepascht. Sie haben mich verfolgt, bis ich in einer finsteren Gasse mit dem Rücken zu einer Bretterwand stand. Ich hab gedacht, jetzt ist es aus. Da hat eines der Bretter nachgegeben, ich bin gerade so hindurchgeschlüpft. Dahinter lagerte ein Stapel Bauholz, dem hab ich einen Tritt gegeben, und damit war der Durchschlupf versperrt.« Hieronymus strich sich fahrig übers Gesicht. »Das war buchstäblich Flucht in allerletzter Sekunde.«

»Ist n-noch einm-mal gut gegangen.« Franz tätschelte Hieronymus väterlich die Hand.

Der teilte die Einschätzung seines Freundes nicht ganz. »Nichts ist gut gegangen, verstehst du nicht? Irgendjemand versucht, mir einen abscheulichen Mord anzuhängen, Franz. Und ich muss herausfinden, wer das ist, und warum.«

»W-warum?«

»Ganz einfach. Spätestens übermorgen werde ich wohl als Phantombild in allen Gazetten erscheinen. Das heißt, wir müssen hier unsere Zelte abreißen und erneut weiterziehen. Und selbst dann wären wir nirgends sicher. Zerstückelte Jungfrauen lassen die Auflagen in die Höhe schnalzen, das heißt, die Presse wird das so schnell nicht auf sich beruhen lassen.«

»W-wer w-war sie?«

Hieronymus seufzte, während ihm Bilder von der Toten in den Sinn kamen … die süßen Sommersprossen, das freche Stupsnäschen. »Auch das weiß ich noch nicht. Aber eins ist sicher: Das war keine Tat im Affekt, kein Streitmord oder ein ausgeufertes Liebesdrama. Das hatte etwas Rituelles. Und du weißt, was das heißt.«

Franz nickte holprig. »N-nicht dumm.«

»Ganz genau«, bekräftigte Hieronymus. »Der Täter wusste genau, was er tat. Und das macht ihn umso gefährlicher.«

V

AN DER ECKE eines zweistöckigen Hauses in der Spittelberggasse setzte ein großer steinerner Löwe zum Sprung an. Er war der Namenspatron des Gasthauses darin, das gemeinhin nur das »Löberl« genannt wurde. Es galt als eines der verruchtesten Sauf- und Raubnester von ganz Wien, wo täglich Musikanten aufspielten und der Wirt kecke Mädchen dazu anhielt, die Gäste mit Tanz und frivolen Liebkosungen auf jede nur erdenkliche Art und Weise um ihr hart verdientes Geld zu prellen.

An diesem Vormittag war davon allerdings nichts zu bemerken. Denn in der Gasse, wo sonst der eine oder andere Tschecherant seinen Rausch vom Vortag ausschlief, hatten sich gut zwei Dutzend Menschen zusammengerottet, die im Flüsterton Vermutungen und Verleumdungen austauschten. Immer wieder blickten sie zu dem zersplitterten Fenster im zweiten Stock hoch oder zu dem maroden Holzgerüst darunter, und auch sonst ließen sie keine Gelegenheit aus, einen sensationslüsternen Blick ins Innere der Wirtsstube zu erhaschen.

Zwei Männer der Sicherheitswache standen breitbeinig vor dem Tor des Gasthauses »Zum weißen Löwen«. Sie wirkten in ihren dunkelgrünen Waffenröcken, die pompadourrot eingefasst waren, ernst und streng, die linke Hand auf den Knauf des Säbels gestützt, der an einer ledernen Kuppel an der Seite des Rocks hing. Ihre alleinige Aufgabe bestand darin, zu verhindern, dass sich niemand unbefugt Zutritt verschaffen konnte.

Ein dicklicher Mann mit struppigem Backenbart bahnte sich seinen Weg durch die Schaulustigen. Gekleidet in einen abgetragenen Frack trug er einen Zylinder auf dem Kopf. Hieronymus hatte sich, wie ihm Franz attestiert hatte, äußerst gekonnt verkleidet. Stark genug, um nicht erkannt zu werden, aber nicht so stark, dass er alle Blicke auf sich zog.

»Was soll denn der Batzen Bahö?«, fragte Hieronymus eine verlebt aussehende ältere Frau, die den Blick nicht von dem Fenster lassen konnte, durch das er selbst erst vor wenigen Stunden getürmt war.

»Ein arglistiger Mordbub ist da in der Nacht rausgesprungen, nachdem er so ein armes Tschopperl in Stücke gehauen hat. Jung soll sie gewesen sein, und hübsch obendrein.« Sie schüttelte traurig den Kopf. »Zerhackt ... Wissen S', einfach so.« Sie ahmte mit der Hand ein Hackbeil nach. »Grauslich«, ereiferte sich die Frau weiter. »So eine Bestie. Wer weiß, an welchem hübschen armen Dirndl er sich als Nächstes vergeht.«

»Keine Sorge. So, wie du ausschaust, fällst nicht in sein Beuteschema«, konstatierte der Mann neben ihr trocken.

Der Frau blieb vor Empörung der Mund offen. »Das ist ja wohl die Höhe!«, keifte sie zurück. Dann machte sie auf der Stelle kehrt und eilte davon.

»Hab ich nicht recht?«, polterte der Mann Hieronymus an. Sein Atem stank beißend nach Fusel, trotzdem nahm er einen Schluck aus seinem Flachmann.

Der nickte nur knapp, da er kein Aufsehen erregen wollte, und wandte sich an den Mann vor ihm, der ob seines gepflegten Äußeren einen höheren Stand zu bekleiden schien. »Hat jemand den Mörder erkannt?«

»Was man bisher gehört hat, nicht.« Der Mann deutete auf das Holzgerüst und den durchgebrochenen Boden. »Aber wenn das da nicht hier gestanden hätte, dann bräuchte man ihn jetzt nicht zu suchen. Der wär mit dem Kopf auf den Pflastersteinen aufgeschlagen wie ein Ei, und das wär es gewesen.«

Hieronymus lief bei dem Gedanken daran ein Schauer über den Rücken. Er drängte sich nach vorn, bis er vor den beiden Männern der Sicherheitswache stand.

»'tschuldigen S', wann sperrt denn das ›Löberl‹ heute auf?«

Der linke Wachmann sah Hieronymus erst prüfend an, dann lächelte er freundlich. »Das ist leider unsere Schuld, dass es noch geschlossen ist. Die Kollegen haben sich vertratscht, wissen S'? Aber wenn S' wollen, dann frag ich gleich nach, wann der Wirt wieder seinen gepantschten Fusel ausschenkt.«

Natürlich war Hieronymus klar, dass sich der Wachmann gerade einen Spaß auf seine Kosten erlaubte, aber er würde eben mitspielen.

»Danke, das wäre urfreundlich von Ihnen«, entgegnete er mit dreistem Grinsen.

Die anderen Schaulustigen lachten teils hell auf.

Die andere Wache zog am Knauf ihres kurzen gebogenen Säbels, dass er sich ein Stück weit aus der ledernen Scheide hob. »Aber jetzt ganz schnell wiederschaun, haben S' gehört?«

Hieronymus wandte sich ab und begab sich wieder in die Menge der Schaulustigen. Langsam dämmerte ihm, in was er da hineingeraten war. Zeit, die Sache zu verarbeiten und darüber zu sinnieren, was das alles zu bedeuten hatte, hatte er allerdings noch nicht gehabt. Mit seiner Flucht hatte er instinktiv reagiert und sich heute direkt ins Getümmel gestürzt. Die Zeit der Besinnung würde kommen, das wusste Hieronymus, sie musste sogar kommen, aber zuvor wollte er zumindest eine seiner Fragen beantwortet wissen. Nur, hier war nicht der Ort dafür, das spürte er überdeutlich.

Was konnte er also tun?

Schlagartig erkannte Hieronymus, dass er gerade im Begriff war, das Pferd sprichwörtlich von hinten aufzuzäumen. Nicht das Ende des Abends galt es zu erkunden und auszuloten, sondern seinen Beginn. Denn alles, was geschehen war, führte schließlich in das Haus »Zum weißen Löwen«.

Zielstrebig schritt er die Gasse bergab, durch die er letzte Nacht noch verfolgt worden war, und nahm sich jene Lokalität als Ziel, von der alles seinen schicksalhaften Ausgang genommen hatte.

Das Café Central, gelegen an der Ecke Herrengasse und Strauchgasse, war erst in diesem Jahr von den Gebrüdern Pach feierlich eröffnet worden. Geplant von Architekt Heinrich von Ferstel, wirkte das hohe zweistöckige Gebäude, das auch die »k.k. privilegierte Nationalbank« beherbergte, wie eine Mischung aus königlichem Herrschaftssitz und steinerner Trutzburg. Repräsentativ war es allemal.

Hieronymus prüfte kurz, ob sein falscher Backenbart noch dort klebte, wo er sollte, dann öffnete er die zweiflügelige Tür des Cafés und trat in die prunkvolle Säulenhalle, über der ein imposantes Kreuzgewölbe thronte. Eine allgegenwärtige und sich doch immer verändernde Geräuschkulisse aus Gesprächen, Gelächter und dem Gescheppter von Porzellan empfing ihn, Tabakschwaden und aromatischer Kaffeegeruch durchzogen die Luft und regten den Appetit an.

Hieronymus ging zu dem kleinen Tisch im Eck, an dem er auch gestern gesessen hatte, und nahm Platz. Er bestellte beim Ober, der die Nase höher zu tragen schien als seinen pomadisierten Scheitel, eine Melange und dazu einen Apfelstrudel.

Schließlich atmete er tief durch. Ja, hier hatte er gesessen. Hatte den Tag Revue passieren lassen. Hatte sich ein wenig darüber geärgert, dass er keinen neuen Kunden hatte gewinnen können, der entweder ein gewöhnliches Porträt haben wollte oder aber Hieronymus mit jener speziellen Anfertigung beauftragte, von der dessen Schindelwagen so farbenfroh kündete: das bildhafte Ablichten von Kunden und möglichen geisterhaften Seelen, die ja allgegenwärtig waren. Am Standort konnte es jedenfalls nicht liegen, da war sich Hieronymus sicher, denn er und Franz hatten sich vor das »Aquarium« gestellt, vor dem die lang gezogene und stark frequentierte Hauptallee des Praters verlief.

Hieronymus sah sich in dem Kaffeehaus um und fühlte sich zutiefst an den gestrigen Abend zurückerinnert. Mit einem Mal bemächtigte sich seiner eine eigenartige Ahnung, eine Irritation seines Zeitempfindens, als würde er zwischen gestern und dem Heute hin- und herspringen. Als wäre in der Zwischenzeit nichts geschehen, nur der Wechsel von Tag zu Nacht und umgekehrt. Hieronymus trat der Schweiß auf die Stirn. Ihm war, als säße er im Führerhaus einer Lokomotive, die unter vollem Dampf auf das Ende des Gleiskörpers zuraste, der direkt in eine Schlucht führte – und er war unfähig, die Bremsen zu betätigen.

»Bittschön, der Herr.« Die Worte des Obers und das Scheppern des Geschirrs auf dem silbernen Tablett, das dieser unsanft auf der steinernen Tischplatte abstellte, rissen Hieronymus wieder in die Wirklichkeit zurück.

Er nickte höflich.

Dann trank er einen großen Schluck des Milchkaffees und schob sich ein Stück Apfelstrudel in den Mund. Er schloss die Augen, genoss den säuerlichen Geschmack der Äpfel, der mit süßem Zimt gepaart war, und aß dann gierig den Rest.

So gestärkt blickte er zum Nebentisch, wo zwei Herren mit weißen Hemden und Gehrock saßen und über scheinbar wichtige Dinge konferierten. Gestern war das anders. Gestern saß da jene Dame, die ihm erst keck zugelächelt hatte und sich danach, auf Hieronymus' höfliche Einladung hin, zu ihm begeben hatte. Maria hatte sie geheißen. Maria und noch etwas … Ihr Nachname wollte Hieronymus partout nicht in den Sinn kommen.

Er versuchte sich zu erinnern, was dann geschehen war, und schmunzelte unwillkürlich, als Maria vor seinem geistigen Auge auf einmal neben ihm saß und ihn anlächelte. Sie war von dem lieblichen, blumigen Duft ihres Parfüms umgeben, das in Hieronymus das Gefühl von Vertrautheit weckte und in ihm das Verlangen aufkommen ließ, sie in den Arm zu nehmen und an sich zu drücken, auch wenn sich das nicht geziemte. Daher hatte er den Ober hergewunken und zwei Achterl Weiß bestellt. Und zwei weitere, da die ersten beiden so schnell getrunken waren.

Dann waren sie aufgebrochen.

Hieronymus nippte den letzten Schluck Kaffee, legte neunzig Kronen auf den Tisch und verließ das Café Central.

Vor dem Kaffeehaus hatten er und Maria den nächstbesten freien Fiaker genommen, waren sich im Wageninneren sittlich gegenübergesessen und schließlich an ihrem Ziel angekommen – beim Zweiten Kaffeehaus, mitten auf der Prater-Allee.

Bei den Erinnerungen daran kam Hieronymus ein Funke des Zweifels, ob das, was er gerade vorhatte, auch Sinn ergab. Aber was hatte er schon zu verlieren?

Er tat, was er tags zuvor auch schon getan hatte, und ließ sich kurze Zeit später erneut in den Prater kutschieren.

Der Einspänner hielt vor der Lokalität. Hieronymus stieg aus, bezahlte für die Fuhre und wandte sich um. Wieder blitzten Erinnerungen des gestrigen Abends auf. Wieder sah er sich selbst, wie er mit der Dame, die sich bei ihm launig eingehängt hatte, durch das mit hölzernen Schnörkeln verzierte Eingangstor des Zweiten Kaffeehauses schritt. Das Tor und der Gastgarten dahinter waren mit Gaslaternen warm und einladend beleuchtet, der frühsommerliche Wind ließ die großen Kastanienbäume, die sich wie ein grünes Dach über die Tische spannten, sanft rauschen.

Dieses Mal bemerkte Hieronymus, dass es nicht der Zeitsprung war, der ihm zu schaffen machte wie eben im Café, sondern die Vorahnung dessen, was nach dem Betreten dieser Gaststätte geschehen war – und woran ihm gänzlich die Erinnerung fehlte. Wieder rangen Beklemmungen in ihm nach Aufmerksamkeit. Er sah sich selbst inmitten der offenen See, in einem kleinen Boot, das gnadenlos in einen Mahlstrom gesogen wurde …

Nun denn, machte er sich selbst Mut –, wenn er dem Weg in den Abgrund schon nichts entgegenzusetzen hatte, dann wollte er zumindest mit offenen Augen darauf zusteuern.

Er schritt durch das Tor, durch den Gastgarten und in das Wirtshaus.

Im Inneren des gemütlich ausgestatteten Lokals reihten sich kleinere und größere Tischchen aneinander, von denen jedoch kaum die Hälfte besetzt war. In der Mitte des Raumes lud ein freier Bereich zum Tanzen ein, der mit einer Seite an eine kleine Bühne grenzte, auf der Stühle und Notenständer ihrer Verwendung harrten. Die Wände wurden von charmanten halbrunden Nischen durchbrochen, die den Gästen das Gefühl einer privateren Atmosphäre vermittelten. Auf eine von ihnen steuerte Hieronymus zielsicher zu.

Dort hatten er und Maria gesessen, so viel wusste er noch. Dort hatten sie getrunken. Von dort aus waren sie auf die Tanzfläche gelaufen, wenn ein besonders mitreißendes Stück angestimmt worden war, hatten mit purer Lebensfreude Augenblick und Musik gleichermaßen genossen und waren anschließend dorthin wieder zurückgekehrt, bis –

Hieronymus ließ sich auf die gepolsterte Bank fallen. Mit zitternder Hand strich er über den samtigen Stoff. Über jene Stelle, an der seine Begleitung gerade eben noch –

Es fiel ihm einfach nicht ein. Was war dann geschehen, verflucht noch einmal!

Er bestellte ein Achterl Weiß – so wie gestern.

Er beglich die Zeche – so wie gestern.

Er –

Er wusste es einfach nicht mehr. Hatte er das Lokal allein verlassen, oder in Begleitung? Und wann war er überhaupt gegangen? War er danach noch woanders eingekehrt, in einem anderen Gasthaus oder gar bei einem Brandineser?

Die Eingangstür wurde lautstark aufgestoßen. Vier Männer der Sicherheitswache schritten ins Lokal, die steifen schwarzen Filzhüte unter dem Arm, und setzten sich an einen der Tische.

Hieronymus senkte den Kopf und zog sich den Zylinder tiefer in die Stirn. Auch wenn er wusste, dass sie ihn unmöglich erkennen konnten, so galt es, kein unnötiges Risiko einzugehen.

Einer der Wachmänner schlug eine Zeitung auf. Der Anblick der Titelseite ließ Hieronymus das Blut in den Adern gefrieren.

Er stand auf und eilte so unauffällig wie irgend möglich hinaus.

»Mord am Spittelberg!«

Darunter stand in fett gedruckten Lettern: »Grauenhafte Einzelheiten«. Dazwischen die Federzeichnung eines Porträts einer anmutigen jungen Frau. Hieronymus erkannte, dass die Zeichnung keinerlei Ähnlichkeit mit der zerstückelten Toten hatte, und doch wusste er, was sie auslösen würde: Wenn die Titelseite der Abendausgabe des »Illustrirten Wiener Extrablattes« so einen Aufmacher brachte, dann würde die Mordtat morgen in aller Munde sein. Denn vier Kreuzer wollten sich die meisten für solch ein sensationsreißerisches Druckwerk leisten. Und mit dem gesteigerten Interesse der Bürger stieg zwangsläufig die Erwartung an die k.k. Polizei-Direction, den Mörder zu fassen …

Den Mörder.

Hieronymus schluckte unwillkürlich, noch immer die Zeitung in Händen haltend. Denn im Augenblick war er dieser Mörder. Er fühlte sich ausgelaugt und leer, hatte er am heutigen Tag doch nichts von dem erreicht, was er zu erreichen gehofft hatte. Keine Erinnerung oder Erkenntnis, keine Antworten. Genau genommen nur noch mehr Fragen. Er wusste, dass er in seine Unterkunft fahren musste, aber eigentlich wäre er am liebsten in den nächsten Eisenbahnwaggon gestiegen und hätte Wien und die gesamte verfluchte Monarchie hinter sich gelassen.

VI

DIE NACHT HATTE sich wie ein schützender Schleier über die Donaumetropole gelegt. Der Lärm verstummte, die Menschen auf den Trottoirs wurden weniger.

Gaslaternen erhellten schwach die wichtigsten Straßenzüge. In den Häusern gingen ebenfalls die Lichter an, und je nach Stand der Bewohner leuchtete es aus manchen Fenstern heller als aus anderen.

In dem schiefwinkeligen Haus in der Vorstadt brannte gar kein Licht, nicht einmal das einer Kerze.

Hieronymus und Franz hatten jeder sein Nachtlager

bezogen, das aus einem mit Stroh gefüllten Sack, einem Laken aus Leinen und einer Filzdecke bestand. Beide Männer lagen auf dem Rücken, die Augen offen an die Decke gerichtet. Aus dem Nebenraum drang Anezkas Stimme, wie sie eines ihrer Kinder schimpfte. Nach einer kurzen Pause war ein zweimaliges Klatschen zu vernehmen, dann heulte ein Bub los.

»Ob sie es schafft, an einem einzigen Abend nicht eines ihrer Kinder abzuwatschen?«, fragte Hieronymus, ohne eine Antwort zu erwarten. Franz gab nur ein gleichgültiges Knurren von sich.

»Soll froh sein, dass sie noch Kinder hat. Ich bin mir sicher, dass die Eltern der Ermordeten sich wünschen würden, ihrer Tochter nachsichtig alles verzeihen zu können, was sie als Kind angestellt hat.«

Ein zustimmendes Knurren.

»Fakt ist, dass ich nichts in Erfahrung habe bringen können. Ich weiß nicht einmal den Namen der Toten, denn das Wiener Extrablatt war zur Abwechslung so diskret, nicht gleich den Namen, Stand und Familienstammbaum des Opfers zu publizieren.« Er seufzte. »Weißt du, was mich einfach nicht loslässt? Der Ausdruck in ihrem Gesicht. Er will mir nicht aus dem Kopf gehen, Franz. Dieses Entsetzen, dieser grauenhafte Schmerz. Wie man so etwas fertigbringt, entzieht sich meinem Verständnis.« Erneut ein Seufzen. »Ich bin mir jedoch sicher, dass es sich nicht um eine Spittelbergnymphe gehandelt hat. Ihr Gesicht war so ebenmäßig, ihre Zähne hell und gesund, das Haar gepflegt. So sieht niemand aus, der seinen Körper für sein tägliches Brot verkaufen muss.«

Franz schnaubte. Ob zustimmend oder zweifelnd, war nicht herauszuhören.

»Also ein Mädchen aus gutem Hause, zumindest nicht unvermögend, würde ich sagen. Vielleicht wollte der Mörder den Vater erpressen?« Er machte eine Pause. »Dann muss jedoch etwas gewaltig schiefgegangen sein. Aber warum hat man sie danach in ein solches Beisl geschleppt? Ich kann mir nämlich nicht vorstellen, dass man sie in dem Zimmer gefangen gehalten hat, dafür herrscht in der Gaststube darunter zu viel Betrieb.« Hieronymus überlegte. »Am Spittelberg ist es jedoch bestimmt leichter, unerkannt zu bleiben. In der Inneren Stadt schleift man nicht so mir nichts dir nichts zwei regungslose Menschen durch die Straßen.«

»Oder s-sie in einem S-sack?«, stammelte Franz.

In Hieronymus blitzte die Erinnerung an das verstörende Bild auf, als er die Leiche im Schein des Schwefelhölzchens entdeckt hatte. »In einem Sack … Gut möglich, mein Lieber. Am Holzboden unter ihr befand sich immerhin keine riesige Blutlache. Es waren mehr Spritzer und kleinere Flecken.« Er dachte nach. »Auch hatten sich die Dielen nicht so nass angefühlt, wie sie hätten sein müssen, hätten sie ihr ganzes Blut aufgesogen. Das bedeutet also, dass man sie erst irgendwo zerstückelt und dann dorthin gebracht hat. Und mich dazu. Das Zimmer wurde also inszeniert, wie bei einem Bühnenstück, und wir waren die Darsteller. Aber warum ausgerechnet ich?« Er zwirbelte an einem Ende seines Schnurrbartes. »Ich kann mich nicht entsinnen, mir irgendwelche Feinde gemacht zu haben, seit wir in Wien sind. Ich bin arbeitsam unserem Geschäft nachgegangen, hatte mit niemandem einen Wickel. Keine Liebschaften, keine Wettgeschäfte. Auch keine sonstigen Laster, oder Franz?«

Der machte eine Schluckgeste.

»Sehr witzig. Geschah aber immer mit Maß und Ziel. Ich versteh es einfach nicht. Wer zur Hölle will mir einen Mord andichten?«

Hieronymus verstummte, versuchte, sich das Bild seines vermeintlichen Widersachers in die Dunkelheit hinein zu malen. Die Schemen eines Kopfes, die Visage eines Verbrechers. Aber er hatte keinerlei Anhaltspunkte. Und so sah das Gesicht, das er sich vorstellte, bald aus wie eines, das man Kindern beschreibt, wenn man sie vor dem Mann im Keller warnt. Eine fliehende Stirn, buschige Augenbrauen, finsterer Blick. Eine zu große, knorpelige Nase, die vor einem verbissenen Mund endete, der gleichzeitig ein hämisches Grinsen in sich trug. Nein, so würde dieser Mann bestimmt nicht aussehen.

Hieronymus hielt den Atem an. Bis auf das Bellen eines Hundes in der Ferne war es im Haus nun totenstill.

»Was meinst du? Wo soll ich morgen –«

Ein kerniges Schnarchen neben sich ließ Hieronymus verstummen. Seine Pläne mussten bis zum nächsten Morgen warten. Er drehte sich zur Seite, zog die Filzdecke bis zum Hals – und war Augenblicke später ebenfalls in einen tiefen, bodenlosen Schlaf gefallen.

VII

»Mit welcher Zirkusnummer treten Sie denn auf?«
Anezka hatte mit der einen Hand ihre Schürze hochge-
schlagen, die voller Futterkörner war, mit der anderen
kratzte sie sich die verfilzten Haare.

Hieronymus stieg gerade aus dem Schindelwagen. Er
war in Frack und Zylinder gekleidet, trug blau getönte
kreisrunde Augengläser und hatte den Backenbart gegen
einen aufgeklebten Vollbart getauscht. Das gefüllte Wams,
mit dem er sich noch am Vortag ausgestopft hatte, ließ er
jedoch der Bequemlichkeit halber weg.

»Wenn ich es nicht besser wüsste«, stieß Anezka nach,
»würd' ich sagen, Sie wollen nicht erkannt werden, ano,
ja?«

»Ihrem geübten Auge scheint aber auch gar nichts zu
entgehen, Frau Svoboda«, entgegnete Hieronymus und
hob seinen Spazierstock. »Aber ich sehe es von der hei-
teren Seite: Immer ein und derselbe zu sein, birgt doch
eine gewisse Tristesse, finden Sie nicht?«

Die Frau zuckte gleichgültig mit den Schultern.

»Ist Ihnen nicht auch manchmal danach, jemand anders
zu sein?«

»Ano«, pflichtete ihm Anezka nach kurzer Überlegung
bei. »Eine kinderlose Prinzessin.« Sie machte kehrt und
trottete Richtung Hühnerstall.

Der arme Prinz, kam Hieronymus in den Sinn, und
er konnte sich dabei ein Schmunzeln nicht verkneifen.
Er wandte sich Franz zu, der beim Brunnen saß und die

morgendlichen Sonnenstrahlen im Gesicht genoss. »Was meinst du?«

Franz blinzelte. Dann nickte er zuckend.

Hieronymus kniete sich zu ihm. »Ich will versuchen herauszufinden, wie die Tote geheißen hat. Vielleicht ergibt sich ja so ein Zusammenhang zwischen ihr und mir. Und auch wenn unsere Herbergswirtin nicht begreift, warum ich mich so herausgeputzt hab, so gilt doch immer noch der Sinnspruch: Kleider machen Leute.«

Er stand auf und straffte sich. »Und in besserer Gesellschaft muss man eben auch besser gekleidet auftreten.«

Franz klatschte zustimmend in die Hände. Dann schloss er wieder die Augen und ließ sich besonnen.

Am Ende der Prater-Allee stand, inmitten eines sechseckigen Platzes, ein achteckiger Pavillon: das Lusthaus. Es war einhundert Jahre zuvor nach den Plänen von Isidore Canevale und auf persönliches Geheiß Kaiser Josephs II. errichtet worden, nachdem dieser den Prater für die Allgemeinheit geöffnet hatte. Seither wurde das Lusthaus als beliebter Treffpunkt von der selbst ernannten »Feinen Gesellschaft« Wiens, also dem Adel und der Großbürgerschaft, vereinnahmt. Man flanierte entlang der Kastanienallee, politisierte mit Gleichgesinnten oder stellte sich in einer offenen Privatequipage repräsentativ zur Schau.

Hieronymus war jedoch nicht über die Allee angereist, sondern von Süden gekommen. So konnte er die Blicke neugieriger Spaziergänger umgehen, hoffte er.

Nun schlenderte er ohne Hast und Eile rund um den Pavillon, zog mit einem charmanten Lächeln seinen Zylinder vor den hochwohlgeborenen Damen und nickte gönnerhaft den vornehmen Herren zu, deren Vermögen an einem Werktag wie diesem wohl gerade von anderen vermehrt wurde. Hieronymus konnte zwar den einen oder anderen Promenierenden in ein kurzes Gespräch verwickeln, doch war es ihm nicht möglich, das Thema auf den Mord am Spittelberg zu lenken. Er brauchte also jemanden, der von sich aus bereit war zu debattieren. Da es jedoch als unschicklich galt, sich unaufgefordert an einem Gespräch zu beteiligen, wartete Hieronymus auf eine passende Gelegenheit, sich zu einer Gruppe zu gesellen.

Als sich eine solche Gelegenheit aber partout nicht auftun wollte, musste Hieronymus seinem Glück nachhelfen.

Er erspähte drei Herren, die zusammenstanden und den Eindruck erweckten, in gewichtige Erörterungen vertieft zu sein. Alle drei trugen modische Raglanmäntel in gedämpften Farben und hielten Gehstöcke mit protzigen Knäufen in den Händen. Einer von ihnen hatte seinen steifen Hut auf einen der hölzernen Pfeiler gelegt, die die halbkreisförmigen Ausbuchtungen der Allee säumten.

Hieronymus näherte sich, so unauffällig es ihm möglich war, blickte prüfend um sich. Dann ließ er seinen Gehstock nach vorne schnellen, der den Hut streifte und ihn zu Boden warf. Er wartete einen Augenblick, dann schritt er zielstrebig zu der Gruppe, hob den Hut vom Boden auf und räusperte sich. Die drei Herren sahen ihn überrascht an.

»Gestatten S'«, sagte Hieronymus und streckte den Hut in die Runde.

Einer der Herren, ein älterer Mann mit aufgedunsenem Gesicht und schlohweißem Haar, nahm die Kopfbedeckung entgegen.

»Verpflichtenden Dank, der Herr.«

»Ganz und gar nicht.« Hieronymus machte eine abwiegelnde Geste und stellte sich vor: »Georg von Pückler, wenn Sie erlauben.«

»August von der Hagen«, stellte sich der Mann vor, während er Staub und Schmutz von seinem Hut putzte.

»Und das sind Vincenz Lieder und Gottlieb von Ehrenstein.«

Die beiden anderen Männer nickten höflich, wie es sich gehörte. Lieder war jung und hager wie ein Skelett, das man mit einem fahlen Stoff bespannt hatte. Von Ehrenstein war ungefähr im gleichen Alter wie Hieronymus, mit Monokel und einem Blick, der seine Geringschätzung gegenüber eines jeden anderen gar nicht erst zu vertuschen suchte.

»Interessante Augengläser, die Sie da tragen«, meinte von Ehrenstein und rückte sein Monokel zurecht.

»Ein Modell des Briten James Ayscough«, sagte Hieronymus, als müsste der Name des Konstrukteurs jedem geläufig sein. »Das blaue Glas schützt die Augen vor zu grellem Sonnenlicht.«

»Da soll noch einer sagen, der Engländer bringe nichts anderes hervor als warmes Bier, ungenießbares Essen und ungezügelten Kolonialismus.« Lieder lachte kehlig über seinen eigenen Kommentar. Seine beiden Kollegen goutierten mit wohlwollendem Nicken.

»Apropos Kolonialismus«, meinte von der Hagen. »Ich hatte meine beiden Kollegen gerade darüber belehrt, wie wichtig es sei, Vilâyet Bosnien zu okkupieren und in die Monarchie einzugliedern, bevor der Osmane dort Truppen stationiert. Was der Franzose, der Engländer und der Niederländer an Gebietserweiterung in Übersee vorexerzieren, das sollte dem Kaiser doch zumindest auf dem eigenen Kontinent gelingen. Was meinen Sie, Herr von Pückler?«

Hieronymus machte eine ernste Miene. »Nun, die Donaumonarchie kämpft jetzt schon mit ihren vielen Völkern, und eine gewaltsame Okkupation würde dieses Problem nur verschärfen, meine ich. Wenn sich ein Volk jedoch freiwillig anschließen würde, wäre dies zum Vorteil aller. Und aufgrund der unverschämt hohen Steuereintreibungen der selbstherrlichen Osmanen in Vilâyet Bosnien gärt es unter der dortigen Bevölkerung ohnedies. In Zeiten wie diesen mag ein Feldzug also wohl überlegt sein.«

Lieder und von Ehrenstein nickten nachdenklich, von der Hagen belohnte Hieronymus' Ausführung jedoch mit einem Lächeln.

»Wohl gesprochen, der Herr«, meinte er. »Nicht beipflichten kann ich Ihnen jedoch bei ›Zeiten wie diesen‹. Es ist doch wohl eher eine Eigenheit des Pöbels, die Vergangenheit zu glorifizieren und die Gegenwart zu verteufeln. Denn damit geht eben die Gewissheit einher, dass man das, was war, nicht mehr verändern kann, im Hier und Jetzt aber doch den Allerwertesten in die Höhe bekommen muss, um etwas zu erreichen. Aber Besagter findet eben lieber seinen Platz am Biertisch und nicht an der Werkbank, hab ich nicht recht?«

Die anderen beiden Herren stimmten von der Hagen zu, während sich in Hieronymus jede Faser seines Körpers gegen eine dermaßen selbstgerechte Verurteilung aller Arbeiter sträubte. Dass mancher nach einer Schicht von vierzehn Stunden oder mehr gerade genug verdient hatte, um die Mäuler seines Hauses an diesem Tage satt zu bekommen, schien für von der Hagen nicht von Bedeutung zu sein.

»Aber für Schnaps und Bierhäuslmenscher reicht das Salär dann doch immer noch«, stieß Hieronymus widerwillig ins gleiche Horn und erntete zustimmendes Gelächter. »Und wenn es dafür auch nicht mehr reicht, sieht man ja, wozu so mancher fähig ist. Gar scheußlich, die Sache am Spittelberg.« Hieronymus hatte den Köder ausgeworfen. Nun musste nur noch jemand anbeißen.

»Ich bitte Sie«, meinte Lieder, »wenn man sich dort verdingt, muss man damit rechnen, dass irgendwann so etwas passiert. Wahrscheinlich hat das Mensch den Täter provoziert, bis er sich nicht mehr anders zu helfen wusste.«

Hieronymus runzelte die Stirn. »Sie meinen also, die Tote hat jemanden so provoziert, dass er sie zerstückelt hat?«

Lieder zuckte gleichgültig mit den Schultern. »Kennt schon einer die Weiber.«

Von der Hagen klopfte seinem Kollegen zustimmend auf die Schulter. Von Ehrenstein jedoch sah sich irritiert um. Dann beugte er sich konspirativ nach vorn. »Meine Herren, in diesem Falle scheint es sich doch um andere Umstände zu handeln.« Er räusperte sich, bevor er leise fortfuhr: »Mir wurde heute Morgen die Kunde zugetragen, dass es sich bei der Toten nicht um eine Spittelbergnymphe gehandelt hat.«

»Ach nein?« Von der Hagen zog argwöhnisch die Brauen in die Höhe.

»Nein. Was man aus polizeiinternen Kreisen hört, heißt die Tote Johanna Kupka.« Er machte eine unnötig lange Pause. »Die Tochter von Friedrich Nepomuk Kupka … und dem gehört bekanntlich der halbe Wurstel-Prater.«

Betretenes Schweigen breitete sich aus.

»Die Tochter des Prater-Papstes?« Von der Hagen sprach diesen Namen beinahe ehrfürchtig aus.

»Dann wird sie ihr Geld wohl nicht mit frivolen Gefälligkeiten verdient haben«, meinte Lieder spöttisch. »Was aber nicht heißt, dass sie den Täter nicht trotzdem provoziert haben könnte.«

Hieronymus atmete tief durch. Nun hatte er zumindest in Erfahrung bringen können, wer die Tote war. Weitere Worte wollte er mit diesen drei Männern jedoch nicht wechseln. Am liebsten hätte er gesagt: »Meine Herren, ich muss jetzt gehen, denn ich will Ihre Gesellschaft einfach nicht länger erdulden müssen.« Stattdessen zog er galant seinen Zylinder.

»Meine Herren, es war mir ein Vergnügen, Ihre Bekanntschaft gemacht zu haben, und ich entbiete Ihnen noch einen schönen Tag.«

Die drei grüßten zurück.

Hieronymus klopfte von der Hagen auf den Rücken. »Und Sie geben auf Ihren Hut gut Acht.«

»Das werde ich, Herr von Pückler«, meinte dieser jovial. »Das werde ich.«

Hieronymus entfernte sich von der Gruppe. Er ging gemäßigten Schrittes die Prater-Allee entlang, nicht, ohne sich weiterhin über die maßlose Überheblichkeit der drei zu ärgern. Wieder einmal hatte sich seine Meinung über den Geldadel bestätigt: Wer mit einem goldenen Löffel geboren wurde, war eben meist bestrebt, weitere goldene Löffel zu verdienen, auch wenn er nur mit einem seine Suppe löffeln konnte.

Als er außer Sichtweite der drei Herren war, langte Hieronymus in seine Manteltasche und zog die silberne

Taschenuhr heraus, die eben noch an von der Hagens Jackett, das er unter dem Raglanmantel trug, gehangen hatte. Er ließ den Deckel aufschnappen, besah sich Blatt und Zeiger und wog sie in der Hand. Ein fein gearbeitetes Stück, dachte er, und wohl die erste wohltätige Spende, die August von der Hagen in seinem Leben getätigt hatte.

Hieronymus ließ die Uhr wieder in seine Seitentasche gleiten. Wie, um sich ihrer sicher zu sein, klopfte er dreimal dagegen. Eine wirklich noble Spende.

VIII

»WIR DANKEN DEM HERRN, dass er seine schützende Hand über uns legt«, sagte Anezka in feierlichem Ton. »Und wir danken unserem Gast, der uns dieses Festmahl beschert hat.«

Sie und ihre sechs Kinder saßen rund um den geschundenen Tisch. Neben ihnen hatten Franz und Hieronymus Platz genommen. In ihrer Mitte lag auf einer hölzernen Platte ein gebratenes Spanferkel, daneben eine Schüssel mit Krautsalat und frisches geschnittenes Brot. Drei Flaschen Wein standen ebenfalls auf dem Tisch, wobei eine bereits geöffnet war.

Vermieterin und Kinder waren sauber gewaschen und hatten frische Kleider an, auch Franz und Hieronymus hatten sich umgezogen. Nach einem gemeinsamen »Amen« begannen sie alle zu essen, wobei die Kinder das Fleisch in sich hineinstopften, als hätten sie Angst, dass ihnen jeden Augenblick der Teller entzogen würde.

»Ich habe Sie noch gar nicht gefragt, warum Sie uns so großzügig beschenken«, sagte Anezka, ohne das Kauen zu unterbrechen.

»Sagen wir, ich konnte einen selbstlosen Wohltäter gewinnen«, meinte Hieronymus und schaffte es nicht, sich ein Schmunzeln zu verkneifen. Die Taschenuhr hatte er schneller versetzen können, als er sich erträumt hatte, und ein Teil dieses Ertrages lag nun heiß und duftend vor ihm auf dem Teller. Zudem war es ihm im Augenblick wichtiger, sich Freunde zu machen, als Geld zu horten, denn immerhin wurde nach ihm gesucht. Mit welchem Nachdruck, erschloss sich ihm allerdings noch nicht.

Tereza, mit elf Jahren Anezkas ältestes Kind und ihre einzige Tochter, hatte bereits das ganze Fleisch auf ihrem Teller hinuntergeschlungen und blickte nun verstohlen zu Franz, der das seine in aller Ruhe schnitt. Plötzlich langte sie neben sich, griff das abgeschnittene Stück ihres Sitznachbarn und schob es sich blitzschnell in den Mund. Dann grinste sie wie eine Hyäne.

Einen Augenblick später bekam sie einen Schlag auf den Hinterkopf. Ihre Mutter hatte über den Tisch gelangt.

»Lass dem buckligen Franz sein Essen!«

Terezas Augen wurden feucht.

Hieronymus beugte sich zu dem Braten in der Tischmitte, schnitt ein großes Stück ab und legte es auf Terezas Teller.

»Heute könnt ihr alle essen, so viel ihr wollt«, meinte er ruhig und sah mit Genugtuung, dass die Tränen im Gesicht des Mädchens ebenso schnell verschwanden, wie sie aufgetaucht waren. »Ist es nicht so, Frau Svoboda?«

Diese nickte. »Ano, genau so ist es. Für Leoš brauchen wir nichts aufheben. Der hat es am letzten Sonntag ja nicht einmal für nötig empfunden, sein Weib und seine Kinder zu sehen. Versäuft wahrscheinlich gerade seinen Lohn in einem Beisl der Ziegelei.«

Anezkas Worte trieften vor Enttäuschung und Bitterkeit. Dann ergriff sie die Hände ihrer beiden Kinder neben sich, blickte Tereza und Jan, ihrem mittleren Sohn, abwechselnd in die Augen.

»Wir lassen uns heute jedenfalls das Leben schmecken. Und sollte etwas übrig bleiben, haben wir morgen auch noch einen Schmaus.«

Hieronymus nickte zustimmend.

»Genau so ist es, Frau Svoboda, genau so ist es.«

Während die Kinder die Holzplatten vom Tisch räumten und diese dabei verstohlen abschleckten, stand Hieronymus vor der Haustür. Er hatte sich soeben eine Zigarette angeraucht, als sich Anezka zu ihm gesellte. Sie wirkte an diesem Abend so ganz anders als sonst– sanft und gütig, beinahe fröhlich.

»Hätten S' auch eine Tschick für Anezka?« Sie sah Hieronymus in die Augen und lächelte.

Der holte ein silbernes Etui hervor, ließ es aufschnappen und hielt es seiner Vermieterin hin. Nachdem sie sich daraus eine Zigarette genommen hatte, entzündete er ein Schwefelhölzchen.

Anezka inhalierte tief, hielt die Luft einen Moment lang an und ließ schließlich kleine Rauchkringel in die Nacht entsteigen.

»Sie kommen also auch aus Böhmen?«, fragte sie schließlich.

»Ano.« Hieronymus grinste. »Aus Prag. Hab aber nicht gedacht, dass man mir das noch anhört.«

»Eh nicht. Aber Anezka hat halt ein gewisses Gespür für die Leute.«

Aha, dachte sich Hieronymus. Denn von allein wäre er nie darauf gekommen, dass die Frau neben ihm, die gefühlt den ganzen langen Tag nur am Zetern und Schimpfen war, auch nur den Anflug von Empathie empfinden könnte.

»Und was hat Sie nach Wien geführt?«

»Ich nehme an, das Gleiche wie Sie«, meinte er und war sich sogleich bewusst, dass er log. »Die Hoffnung auf ein besseres Leben. Ist ja immerhin das Herz der Österreichisch-Ungarischen Monarchie.«

Anezka nahm erneut einen tiefen Zug von der Zigarette. »Und die Vorstädte sind vollgestopft mit Menschen, die irgendwann erkennen mussten, dass dieses Herz nicht für alle im gleichen Rhythmus schlägt. Für die Großbürger in der Inneren Stadt pumpert es laut und kräftig. Aber hier draußen klingt es mehr wie eine Nachwehe. Aber Sie wissen ja, wie man sagt: Solange man noch raunzen kann …«

Hieronymus schmunzelte. Eine solche Beobachtungsgabe hätte er der Frau ebenfalls nicht zugetraut.

Die machte plötzlich ein Hohlkreuz und streckte demonstrativ ihren Bauch nach vorn. »Schau'n Sie sich den an. Das letzte Mal, als ein Mannsbild mir den so vollgemacht hat, ist wenig später mein Emil auf die Welt gekommen.« Sie nahm seine Hand, drückte sie auf die Wölbung knapp unterhalb ihres Busens. »Aber keine Angst, Sie werden kein Papa.«

Hieronymus grübelte, ob dies Anezkas Art war, sich nochmals zu bedanken, oder ob sie ihn gerade bezirzte.

Sie stutzte. »Was ist Ihnen denn für eine Laus über die Leber gelaufen? Anezka macht doch nur Spaß.« Sie entfernte seine Hand. »Seitdem Sie vorgestern in der Früh heimgekommen sind, sind S' irgendwie anders.«

»Ich glaub, das bilden Sie sich ein, Frau Svoboda«, meinte Hieronymus mit einem versöhnlichen Blick. Jedoch hatte er sogleich wieder die Bilder des Zimmers am Spittelberg vor Augen. »Ich habe den Abend mit Ihnen und Ihren Kindern wirklich genossen. Aber nun bin ich müde vom vielen Essen.«

Anezka zuckte mit den Schultern. »Wenn S' meinen. Aber da kann Anezka helfen. Jetzt trinken wir noch einen Sliwowitz vor dem Schlafengehen, ano?«

»Herzlich gern.«

Die Stille der Nacht umgarnte das schiefwinkelige Haus in der Vorstadt. Essen und Wein lagen schwer im Magen, auch der Sliwowitz hatte nichts gegen das Gefühl der Völle ausrichten können. Hieronymus fürchtete, dass ihm ein paar unruhige Stunden bevorstanden. Dafür hatte es ausnahmsweise nach dem Zubettgehen keinen Streit im Nachbarzimmer gegeben – keine Vermieterin, die mit einem ihrer Kinder geschrien hatte, und keine Züchtigung, die ein Weinen nach sich gezogen hätte. Alle im Hause waren satt, und alle schienen selig.

»Die Tote war keine Spittelbergnymphe«, flüsterte Hieronymus. »Sie heißt Johanna Kupka und ist offenbar die

Tochter eines wohlhabenden Mannes, dem viele Schaubuden im Wurstel-Prater gehören.«

Franz brummte zustimmend.

»Was die ganze Sache natürlich noch mysteriöser macht«, fuhr Hieronymus fort. »Denn was sollte ich mit dieser jungen Frau zu schaffen haben?«

»D-der P-rater?«, meinte Franz.

»Ja, gut, ich war an jenem Abend im Zweiten Kaffeehaus. Aber glaubst du wirklich, dass ich danach noch in den Wurstel-Prater gegangen bin, dort diese Johanna getroffen habe, sie gemeuchelt, zerstückelt und in einen Sack gepackt habe, um anschließend ihre Leichenteile zum Spittelberg zu schleppen und mich mit ihr in einem Zimmer einzuschließen, ohne auch nur den Funken einer Erinnerung daran zu haben?«

»K-klingt ganz n-nach dir.« Franz brachte ein stoßweises Lachen hervor.

»Mit voller Wampe lässt sich gut scherzen«, raunte Hieronymus launig. »Wir sprechen uns morgen, du Hundling. Gute Nacht.«

»N-nacht.«

IX

DER TAG WAR mit ungewohnter Stille angebrochen. Keine Kinder, die krakeelend durchs Haus liefen, keine Anezka Svoboda, die fortwährend zeterte. Nur ein Mann, der sich unruhig im Bett wälzte.

Karolína. Karolína!

Hieronymus riss die Augen auf. Einen Moment lang wusste er nicht, wo er sich befand. Gesichter, eben noch im Traum klar und scharf gezeichnet, verschwammen zur Unkenntlichkeit ... Orte lösten sich in Nichts auf. Eine Burg, die über einer Stadt thronte. Eine Tür, die eingetreten wurde. Roter, alles beherrschender Schmerz –

Wie in Trance hob Hieronymus seine rechte Hand. Er betrachtete seinen Daumen, den Zeigefinger, den Mittelfinger, den Ringfinger. Dann jene Stelle, an welcher der kleine Finger hätte sein müssen, der aber fehlte. Seit jener Nacht, die sein ganzes Leben verändert hatte. Jene Nacht, von der er doch gerade noch geträumt hatte.

Fahrig rieb sich Hieronymus über das Gesicht, bis ihm die Haut brannte. Er stand auf, zog sich Beinkleid und Schuhe an, und stapfte Richtung Hof. Dort kurbelte er einen Kübel Wasser aus dem Brunnen, wusch sich Kopf und Oberkörper. Er atmete tief die sommerliche Morgenluft ein, verspürte so etwas wie einen Augenblick innerer Ruhe, nur um sich im nächsten Moment wieder seiner prekären Lage zu entsinnen.

Franz kletterte aus dem Schindelwagen.

»Wo ist denn unsere liebe Familie?«, fragte Hieronymus.

»M-markt-t-tag«, antwortete der andere.

Hieronymus sah seinen Freund verwundert an. »Und was soll dann das Theater?«

Franz überlegte einen Augenblick, setzte eine belanglose Miene auf und nahm auf den Trittbrettern des Schindelwagens Platz. »Auch wieder wahr«, sprach er geradeheraus. »Manchmal vergesse ich glatt, nicht den stotternden Krüppel zu mimen.«

Hieronymus setzte sich neben seinen Freund. »Na, verkrüppelt bist du immer noch.«

»Und trotzdem fescher als du.« Franz schmunzelte. »So sprich: Was hat deine gestrige Investigation zutage befördert?«

»Nicht viel. Außer dem, was ich dir am Abend berichtet habe.«

Franz überlegte. »Du hast gemeint, dass dem Vater dieser Johanna so einiges im Wurstel-Prater gehören soll?«

Hieronymus nickte. »Anscheinend wird er der ›Prater-Papst‹ genannt.«

»Klingt ja sehr honorig. Dann will ich versuchen, mich bei den Schaustellern dort umzuhören. Die haben vielleicht das eine oder andere Gerücht vernommen. Und einem Krüppel wie mir wird man eher Gehör schenken als einem fracktragenden Herrn wie dir.«

»Keine schlechte Idee. Ich muss heute so und so noch das Foto für Frau Oppenheim fertigstellen.«

Franz runzelte die Stirn. »War das die, die mit ihrer Tochter haderte?«

»Eben diese. Ihr Gemahl gehört wohl dem Großbürgertum an, daher war ihr einerlei, dass ich das Doppelte meines normalen Tarifs taxiert habe.«

»Das trifft sich.« Franz blickte zu dem fuchsfarbenen

Haflinger, der seelenruhig neben dem Schindelwagen graste. »Roswitha muss neu beschlagen werden.«

»Frauenzimmer und ihr teures Schuhwerk«, stieß Hieronymus hervor.

Wie auf Befehl schnaubte das Zugtier und schüttelte den Kopf.

»Ist ja gut, meine Liebe. Hast es dir eh verdient.« Hieronymus erhob sich, reichte Franz die Hand und half ihm auf. Dann griff er den Wasserkübel. »Auf dass es ein gedeihlicher Tag werde.«

An der Außenseite der Tür des Schindelwagens hing ein Schild mit der Aufschrift »Zutritt verboten. Spiritist bei der Arbeit.« Das Innere war völlig abgedunkelt. Nur eine Petroleumleuchte strahlte rötliches Licht durch ihren getönten Glaszylinder.

Hieronymus holte die Gelatine-Trockenplatte der Marke Agfa, die er tags zuvor bei seiner Kundin belichtet hatte, aus ihrem lichtundurchlässigen Behältnis und ließ sie in eine Schale gleiten, in die er zuvor Entwicklerflüssigkeit gefüllt hatte. Er achtete sorgsam darauf, dass die Platte gleichmäßig benetzt wurde, dann bewegte er die Schale leicht auf und ab. Als sich kein Resist mehr von der Platte ablöste, zog Hieronymus sie aus der Schale und schwemmte sie sorgfältig in einem Bottich mit klarem Wasser.

Er nahm den Bogen Albuminpapier, den er zuvor mit geschlagenem Eiweiß und einer Lösung aus Ammoniumchlorid und Silbernitrat präpariert hatte, und presste ihn auf die Glasplatte. Er drehte den so entstandenen Kopierrahmen um, damit das Negativ nach oben schaute, und verließ damit die improvisierte Dunkelkammer.

Hieronymus griff den Schemel, der vor dem Schindelwagen stand, stellte ihn in die direkte Sonne und legte die Kopierplatte darauf. Was nun folgte, bereitete ihm die größte Freude bei der Herstellung von Fotografien – aus dem scheinbaren Nichts entstand wie durch Zauberhand das Abbild eines Augenblicks, der zwar der Vergangenheit angehörte, aber in Zukunft seine Kundschaft erfreuen und im Hier und Jetzt für sein Auskommen sorgen würde.

Schließlich tauchte Hieronymus das Bild in klares Wasser, um das noch in der Schicht befindliche Nitrat auszuwaschen. Danach legte er es in ein Tonbad, fixierte es in einer Lösung aus Natriumthiosulfat, wusch es erneut aus und hing es mit Klammern zum Trocknen auf eine Leine vor dem Schindelwagen.

Zufrieden mit sich und dem Ergebnis stand er nun vor der fertigen Fotografie und war sich sicher, dass seine Kundin ebenso zufrieden sein würde. Nun musste er es nur noch passend zuschneiden, auf Karton kleben, zwischen zwei Walzen glätten und rahmen. Hieronymus schmunzelte innerlich. Wie schnell und einfach die heutigen Wissenschaften etwas ermöglichten, was noch eine Generation zuvor als undenkbar gegolten hatte.

Seit der Erteilung einer Konzession für »Tee, Kaffee und Gefrorenes« im April 1766 wuchs auf dem einstigen kaiserlichen Jagdgebiet ein Sammelsurium von Restaurants, Weinbuden, Kaffeesiedern und Erfrischungszelten. Im Mai des gleichen Jahres erhielt der Sprachlehrer Johann Damen die Erlaubnis, eine Hutsche »nach niederländischer Art«, ein von Pferden betriebenes Ringelspiel und eine »Maschine per modum einer Schlittenfahrt« zu errichten und zu betreiben. Dass damit Tür und Tor für die Erschaffung eines neuen Sündenpfuhls geöffnet wurden, war in dem Moment wohl niemandem im Magistrat bewusst. Spätestens jedoch beim Volksfest zur Eröffnung des Lustparks offenbarte es sich – die Sittenpolizei musste mehrere Hundert Verwarnungen aussprechen und Strafen verhängen, da sie Knaben und Männer jeden Alters mit Mädchen und Frauen jeden Alters in eindeutigen Stellungen hinter Bäumen, im Gebüsch und in jeder erdenklichen dunklen Ecke erwischten. Doch der Stein des Anstoßes war nun mal losgetreten ...

Den ersten fahrenden Händlern mit ihren Ständen folgten alsbald sesshafte Schau- und Schießbuden, Ringelspiele und Kuriositätenschauen. Die anfangs wild gewachsene Struktur an Wegen und Buden wurde anlässlich der Weltausstellung begradigt und gezähmt – wie auch die Hübschlerinnen erstmals behördlich registriert wurden – und etliche Attraktionen kamen hinzu, wie etwa ein Affentheater. Aufgrund der beliebten, wenn auch oftmals recht derben Kasperltheater und deren Hauptfigur Hanswurst, oder Wurstel, tauften die Wiener die Vergnügungsmeile schließlich Wurstel-Prater.

Zwischen den gemauerten Gebäuden und den Buden aus Holz drängten sich an schönen Sonntagen fortan bis zu zwanzigtausend Menschen, unter die sich Seiltänzer, Artisten, Feuerschlucker, Zauberkünstler und Bauchredner mischten.

Der bedeckte Himmel und die Tatsache, dass heute ein Werktag war, ließen Franziskus Maria Rudolphi nicht mit derlei Andrang rechnen. Er hatte sich von einem Einspänner bis zum Praterstern bringen lassen. Von dort aus machte er sich humpelnd in den Wurstel-Prater auf.

Franz passierte Hermann Präuschers Panopticum und daran anschließend den legendären Circus Carré. In dem fanden bis zu viertausend Gäste Platz und seit diesem Jahr wurden dort auch Amateurringkämpfe veranstaltet. Zirkusdirektor Oscar Carré hatte vollmundig versprochen, dass Christol, sein französischer Athlet, jeden Mann niederringen würde. Angeblich hatte er die Wiener Lokalgrößen, unter anderem den Fiaker Sizenstätter und den Maschinisten Kolschek, bereits besiegt.

Mit Geschick und dem rechten Gespür war ein gutes Geschäft wohl überall zu machen, kam Franz in den Sinn, und er bedauerte, dass ihn diesbezüglich der Herrgott strengstens vernachlässigt hatte.

Auf der Höhe von Kratky-Baschiks Zaubertheater bog Franz von der Ausstellungsstraße ab, passierte die Restaurants »Zum lustigen Bauer« und »Zum stillen Zecher« und machte vor einer Gruppe Artisten halt, die mit Kegeln und bunten Bällen jonglierte. Als Höhepunkt bat einer der Künstler ein kleines Mädchen, sich auf einen Stuhl zu setzen. Nachdem dieses seiner Aufforderung nachgekommen war, hob er ihn hoch und balancierte ihn mit dem Kind darauf auf einem Stuhlbein auf seinem Kinn. Die Schaulustigen goutierten das Kunststück jedoch mit eher müdem Geklatsche und zeigten sich wenig spendabel, als ein Bub mit einem Blechteller absammeln ging. Als Franz am Ende der Vorstellung mit den Artisten ins Gespräch kommen wollte, verhielten diese sich ihm gegenüber ähnlich reserviert.

Franz zog weiter, bis er das Gebäude erreicht hatte, das das äußerst beliebte Karussell des Calafati beherbergte. Darin zogen zwei Lokomotiven mehrere kleine Eisenbahnwaggons im Kreis und umrundeten die Statue eines neun Meter hohen, prächtig gekleideten Chinesen. Daher nannte der Volksmund das beliebte Karussell auch »Zum großen Chineser«. Aber auch hier war es Franz unmöglich, Kontakte mit Schaustellern oder Artisten zu knüpfen. Sie gaben vor, in Eile zu sein, aber Franz wusste, dass sie schlichtweg nichts mit einem »buckligen Krüppel« zu tun haben wollten.

Die Sonne hatte ihren Zenit bereits überschritten, als Hieronymus, ein in Tuch eingeschlagenes, rechteckiges Bündel unter dem Arm, den Platz, auf dem das Kaiserforum gebaut werden sollte, betrat, der zu beiden Seiten von riesenhaften, eingerüsteten Baustellen flankiert wurde. Die beiden Schwestergebäude, dem Stil der italienischen Renaissance nachempfunden, sollten nach ihrer Fertigstellung zwei Museen beherbergen, eines der Kunsthistorie und eines der Naturhistorie verpflichtet. Bis ins Jahr 1857 befand sich hier noch das Glacis, bevor Kaiser Franz Joseph I. entschieden hatte, Stadtmauer und Basteien abtragen zu lassen, da sie keinen militärischen Wert mehr besaßen, und an ihrer statt einen kreisförmigen Prachtboulevard um die Innere Stadt zu errichten. Dieser war schließlich 1865 feierlich eröffnet worden, wenn auch noch keineswegs fertiggestellt.

Hieronymus ließ Staub und Lärm der Baustellen hinter sich und überquerte die Neue Ringstraße. Er ließ eine Pferdetramway passieren, deren Kutscher ob ihres oft neunzehnstündigen Arbeitstages den Ruf hatten, besonders mürrisch zu sein, und setzte seinen Weg in das Herz Wiens fort.

Er durchschritt das Burgtor, betrat den Äußeren Burgplatz und wandte sich um. Die fünf Rundbögen des aus hellen Quadern errichteten Tores ragten imposant in die Höhe, auf der Stirnseite prangte in vergoldeten Lettern »IVSTITIA. REGNORVM. FVNDAMENTVM.« – Gerechtigkeit ist das Fundament der Herrschaft, der Wahlspruch Kaiser Franz I. Wenn die Habsburger zwei Dinge konnten, kam Hieronymus in den Sinn, dann waren es heiraten und Prachtbauten errichten.

Das Gezwitscher der Vögel und die wärmenden Strahlen der Nachmittagssonne luden zum Verweilen ein. Aber der Blick auf seine Taschenuhr, die er von seinem Vater geerbt hatte, befahl Hieronymus, sich zu beeilen, wollte er nicht zu spät zu seiner Verabredung in der Herrengasse kommen.

Franz stand vor der Schaubude der als Mundkünstlerin bekannten Katharina Pulvermacher – einer Frau, die im Gegensatz zu der trickreich in Szene gesetzten »Dame ohne Unterleib« tatsächlich ohne Arme und Beine geboren worden war. Trotzdem verstand sie sich darauf zu nähen, zu sticken und zu häkeln und konnte mit ihrer Zunge sogar einen Knoten in einen Faden machen.

Franz bezahlte den Eintritt und betrat den Innenraum der kleinen Bude. Dort standen zwei Paare, die auf eine in die Wand eingelassene Nische gafften. Darin saß auf einem Podest Katharina Pulvermacher und schnitt mit einer Schere im Mund kompliziert aussehende Muster aus einem Papierbogen aus. Als sie fertig war, ließ sie die Kunstwerke zu Boden segeln, von wo es einer der beiden Herren aufhob und seiner Angetrauten schenkte, die sich begeistert gab. Er warf einige Kreuzer in den Schlitz einer Kiste, auf der das Wort »Danke« stand, dann verließen die Schaulustigen die Bude.

Franz humpelte näher an die Nische heran.

Die Mundkünstlerin beäugte ihn kritisch. »Was soll ich für dich machen, mein Hübscher? Willst du sehen, wie ich eine Nadel einfädle?«

Franz fühlte sich überrumpelt. »Nein, danke, gar nichts, ich –«

»Gar nichts? Willst dir wohl nur eine anschauen, die noch abnormer ist als du?«

»Was? Nein, ich …« So forsch, wie die Dame wirkte, erkannte Franz, dass er wohl nichts von ihr erfahren würde, selbst wenn sie wüsste, wer die Tat begangen hatte. »Höflichkeit hat nichts mit dem Körperbau zu tun, gnä' Frau«, sagte er und verließ die Bude ohne ein weiteres Wort.

Ein Diener, gekleidet in einen dunklen Anzug mit weißen Handschuhen, geleitete Hieronymus durch das Stiegenhaus in den Salon der herrschaftlichen Räumlichkeiten, wo er ihn bat, zu warten, bis Madame der Empfang konvenierte. Das gleiche pompöse Theater wie beim letzten Mal, dachte sich Hieronymus und ließ seinen Blick über die polierten Biedermeiermöbel aus Kirschbaum gleiten, die eine beruhigende, schlichte Eleganz ausstrahlten. Eine mannshohe Pendeluhr beherrschte eine der Ecken des Raumes, ausgesuchte Vasen aus Porzellan, kunstvoll gefertigte Figuren aus Bronze und gülden gerahmte Gemälde komplettierten den Eindruck, dass man in dieser Wohnung nicht über Geld sprach, sondern es einfach besaß.

Aber dies konnte ihm nur zum Vorteil gereichen, davon war er überzeugt und stellte das Bündel auf einen mit Samt bezogenen Hocker, der an der Wand stand.

»Mein lieber Herr Holstein!« Eine Frau Ende dreißig betrat den Salon, mit blassem, feingezeichnetem

Gesicht, die gelockten braunen Haare aufgesteckt, das Kleid schlicht und elegant zugleich. Ihr ehrliches, warmes Lächeln ließ Hieronymus meinen, er sei das Erfreulichste, was sie an diesem Tage erblickt hatte.

»Ist mir eine Ehre, Frau Oppenheim«, erwiderte er und ergriff ihre Hand, die sie ihm zaghaft entgegengestreckt hatte, berührte mit der Nasenspitze ihren Handrücken.

»Galant wie beim letzten Mal. Darf ich Ihnen etwas aufwarten? Einen Tee vielleicht?«

»Gern, mit untertänigstem Dank.«

Constanze Oppenheim läutete ein kleines Glöckchen, welches auf einer Kommode stand. Sogleich kam eine junge Frau herbeigeeilt, in dunkler, züchtiger Dienstbotenkleidung mit weißer Schürze. »Madame?«

»Bringen S' uns doch bitte zwei Schwarztee, Fini.«

Das Dienstmädchen machte einen Knicks und eilte davon.

Constanze wandte sich wieder Hieronymus zu und tat, als würde sie ein Geheimnis teilen: »Die Teeblätter kaufe ich persönlich in der Kolonialwarenhandlung neben dem Opernhaus.« Sie nahm eine Porzellandose, öffnete den Deckel und hielt sie Hieronymus hin. »Darf's ein Stollwerck sein? Von einer kleinen Schokoladenmanufaktur aus Köln.«

Hieronymus nahm das Stück Schokolade und ließ es im Mund schmelzen. Ein zarter, süßlich-bitterer Geschmack breitete sich aus, der in dem Augenblick, in dem er verschwand, noch zu befehlen schien, ein weiteres Stück zu essen.

»Köstlich«, bedankte sich Hieronymus und wunderte sich, wie sehr sich seine Gastgeberin darüber freute, dass es ihm schmeckte. Oder war ihre Freude darin begründet, dass sie jemand anderen erfreuen konnte? Er riss sich aus seinen Gedanken, nahm das Bündel in die Hand und überreichte es.

»Ich hoffe, Ihre Erwartungen erfüllt zu haben.«

Constanze nahm das verpackte Bild entgegen, ging damit zu dem Tischchen, das mit vier Sesseln inmitten des Raumes stand, und setzte sich. Trotz ihrer nun aufgeflammten, offensichtlichen Aufregung war sie bemüht, diese nicht nach außen zu tragen, und wartete geduldig, bis Hieronymus verstanden hatte, sich ebenfalls an das Tischchen zu setzen.

»Jetzt verzage ich beinahe, es zu öffnen«, sagte sie.

»Wenn es Ihnen lieber ist, lasse ich Sie allein, damit Sie sich die Zeit nehmen können, die Sie benötigen.«

Constanze schien einen Moment lang mit sich zu ringen, dann schlug sie entschlossen das Leinentuch auf.

Hieronymus beobachtete die Frau und fühlte sich dabei wie ein Bub, der seiner ersten großen Liebe ein Geschenk überreichte und sich nicht sicher war, ob es ihr gefallen würde. Denn obwohl er schon unzählige Fotografien verkauft und überreicht hatte, ging es ihm jedes Mal aufs Neue so.

Schließlich hatte Constanze das letzte Stück Leinen entfernt und starrte nun wortlos auf das gerahmte Bild. »Da ist sie ja, meine Sophie«, flüsterte sie immer wieder mit belegter Stimme. »Sie ist bei mir.« Dann schwieg sie erneut.

Allmählich löste sich ihre Erstarrung, ihre schmalen Lippen begannen zu beben, ihr Kopf zitterte. Tränen liefen über ihre Wangen.

Hieronymus wagte es nicht, ein Wort zu sagen.

Nach einer gefühlten Ewigkeit tupfte sie sich die Tränen mit einem zarten Tüchlein ab und blickte Hieronymus unverhohlen in die Augen. »Es erfüllt meine Erwartungen nicht, es übertrifft sie bei Weitem. Ich danke Ihnen vielmals. Sie glauben ja nicht, was Sie mir damit für eine Freude bereitet haben.«

Sie lehnte das Bild an die Vase, die mittig auf dem Tischlein stand. Die Fotografie zeigte Constanze in einem dunklen hochgeschlossenen Kleid und mit ernstem Blick auf einem Stuhl. Auf ihrem Schoß saß, mit ungewöhnlich hellen, leicht verschwommenen Umrissen, ein kleines Kind, keine zwei Jahre alt. Constanzes Kleid schimmerte durch den kleinen Körper hindurch, was den Eindruck erweckte, als wäre das Kind geisterhaft in die Aufnahme gebannt worden.

»Nun bin ich gewiss, dass meine Sophie immer bei mir ist«, sagte sie mit noch immer belegter Stimme.

»Ich freue mich, dass ich Ihnen helfen durfte, Ihre Trauer ein wenig zu lindern«, sagte Hieronymus und meinte es auch so. Auch wenn er ganz genau wusste, dass er natürlich nicht den Geist eines Kindes eingefangen hatte. Er hatte, nach einem ausgiebigen ersten Gespräch mit Constanze Oppenheim, in dem auch die Lokalität der Aufnahme festgelegt worden war, im Schindelwagen die passende Fotografie eines Kindes ausgewählt, das der Beschreibung seiner Auftraggeberin entsprach. Dann hatte er die Trockenplatte kurz belichtet und auf dieser Trockenplatte die Aufnahme von Constanze gemacht. Durch die Doppelbelichtung vermischten sich die beiden Aufnahmen, sodass es aussah, als hätte er den Geist des Kindes festgehalten.

So einfach das Verfahren hin zur fertigen Fotografie auch war, so war es für die Allgemeinheit doch ein Buch mit sieben Siegeln. Und nicht nur das: Es herrschte die einhellige Meinung, dass ein solches Bild genau das darstellte, was sich zum Zeitpunkt der Aufnahme vor dem Objektiv befunden hatte, ohne Wenn und Aber. Dass manch einer ihm das als Betrug auslegen könnte, war Hieronymus zwar bewusst, doch die Freude und der Trost, den die meisten seiner Kunden bei der Betrachtung der Fotografien empfanden, drängten ein möglicherweise vorhandenes Unrechtsbewusstsein schnell in den Hintergrund. Dies und die Bezahlung.

»Gnädige Frau, gnädiger Herr.« Fini kam in den Salon, ein Silbertablett in Händen, auf dem zwei Porzellantassen standen, aus denen es dampfte. Sie stellte das Tablett ab, verharrte einen Augenblick und eilte nach einem kurzen Nicken von Constanze wieder davon.

»Sie wollen doch nicht etwa Milch dazu, so wie diese geschmacksverwirrten Engländer?«

Hieronymus lächelte. »Mitnichten, meine Teure, danke.« Auch wenn er insgeheim fand, dass ein Schuss Milch der Bitterkeit des Getränks angenehm entgegentrat.

Constanze warf einen Blick auf die Pendeluhr. »Wir haben noch ein Weilchen, bevor mein Gemahl kommt.« Sie beugte sich vor, begann zu flüstern. »Er sollte tunlichst nicht von der Fotografie erfahren, sonst meint er am Ende gar, mit einer Irrsinnigen vermählt zu sein.« Ihr entfuhr ein kurzes Kichern, bevor sie weitersprach: »Also, habe ich Ihnen eigentlich schon erzählt, wo ich das erste Mal mit Geistererscheinungen konfrontiert worden bin?«

Hieronymus schüttelte den Kopf.

»Bei der Eröffnung der Weltausstellung, genauer gesagt am ersten Mai 1873. Mein Vater nahm mich mit, wohl um mich abzulenken und aufzuheitern, denn mein damaliger Gemahl war im Jahr davor an der Schwindsucht verstorben.«

»Mein aufrichtiges Beileid«, sagte Hieronymus.

Constanze nickte dankend und fuhr fort: »Wir schritten also durch das prunkvolle Haupttor auf die imposante Rotunde zu, von der aus sich links und rechts scheinbar endlos der Industriepalast erstreckte.« Ihre Augen begannen zu leuchten. »Vieles haben wir am ersten Tag natürlich nicht besichtigen können, dafür war die Zeit viel zu knapp bemessen. Aber wir besuchten zumindest das übrige Ausstellungsgelände, auf dem unzählige Pavillons und kleinere Häuser standen, und dort sah ich es: Professor Kratky-Baschiks »Geistererscheinungen berühmter Männer«. Die Darbietung war atemberaubend! Anschließend rasteten sich mein Vater und ich in einem amerikanischen Wigwam aus, in dem eine elegante Bar stand. Auch das war ein Erlebnis, das können S' mir glauben. Da bekam man von einem der schwarzgesichtigen Garçons ein süßes Getränk mit Rum serviert, das man dann durch Strohröhrchen saugen musste.«

Constanze lachte auf und wirkte für einen Augenblick wie ein junges Mädchen, ungehemmt und noch nicht vom Leben gezeichnet. Plötzlich wurde sie ernst. »Dort habe ich meinen jetzigen Gemahl kennengelernt. Besser gesagt hat ihn mir mein Vater vorgestellt. Na ja.« Sie seufzte.

»Und dann kam Sophie?«, fragte Hieronymus mit Bedacht nach.

Constanzes Blick fiel auf die Fotografie. »Nein, ich hatte … Meine kleine Sophie erblickte erst im Jahr darauf das Licht der Welt. Sie war mein Sonnenschein. Sie war so fröhlich, hat immer gelacht. Bis der Herrgott sie im Jänner dieses Jahres zu sich gerufen hat.« Constanze bekreuzigte sich. »Seither ist mein Leben –«

Sie brach ab, ihr Blick ging ins Leere.

»Ich will Sie nicht langweilen, Herr Holstein, Sie haben bestimmt noch wichtige Wege vor sich.«

Sie stand auf, Hieronymus tat es ihr gleich.

»Ich bin gleich wieder bei Ihnen.« Constanze verließ den Raum.

Hieronymus tat die Frau leid. Nicht nur machte sie einen äußerst unglücklichen Eindruck, sondern auch einen sehr einsamen. Vermutlich gehörte ihr Gemahl zu jenen Großbürgern, die ob ihrer Geschäfte nie Zeit für die Familie hatten, vielleicht war er an der Börse tätig – und wohnte nach getaner Arbeit Empfängen oder Geschäftsessen bei, vorzugsweise ohne seine Frau.

Er schlenderte gedankenverloren durch den Salon, als ihm eine kleine Schachtel aus grauem Karton auffiel, die auf einer Anrichte stand und im Gegensatz zur übrigen ausgesuchten Dekoration gänzlich deplatziert wirkte. Hieronymus blieb neben der Anrichte stehen, horchte, ob sich jemand näherte, dann zog er den Deckel hoch. Im Inneren der Schachtel lagen vorgedruckte, goldschnittverbrämte Einladungskarten, wobei der Name des Gastes noch handschriftlich ergänzt werden musste.

Ludwig Josef Oppenheim beehrt sich
Euer ...
zur Soirée dansante im Palais Rasumofsky
am Samstag, den 24. Juni 1876,
präcise um ¾ 9 Uhr abends
höflichst einzuladen.
Balltoilette; die Damen erscheinen in runden Kleidern
mit Schmuck und decolletiert.
Die Herren Offiziere erscheinen in
Parade-Kopfbedeckung.

Beamten im Flottenrock mit Hut.
Herren von Civil im Frack.

Constanzes Gemahl veranstaltet also ein Fest, dachte sich Hieronymus, womöglich eine gute Gelegenheit, um Kontakte zu knüpfen und Informationen einzuholen. Blitzschnell nahm er sich zwei der Blankoeinladungen, ließ sie in seine Rocktasche gleiten und schloss die Schachtel wieder.

Mit einem Kuvert in der Hand kam Constanze zurück, nun wieder mit ihrem bezaubernden Lächeln.

»Nochmals allerherzlichsten Dank.« Sie hielt Hieronymus das Kuvert hin, der es nahm und gleich einsteckte.

»Wollen Sie nicht nachzählen?«

»Ich habe tiefstes Vertrauen in Sie, Frau Oppenheim.«

Wieder blickte sie prüfend zur Pendeluhr. »Darf … ich Ihnen noch ein Gläschen Absinth aufwarten?«

Hieronymus wiegelte ab. »Danke, ich muss wirklich weiter. Gehaben Sie sich wohl.« Er deutete erneut eine Verbeugung mit Handkuss an.

Constanze schien noch etwas sagen zu wollen, besann sich dann jedoch anders und lächelte höflich, wenngleich mit einer gewissen Melancholie.

»Sie auch, mein Bester, Sie auch.«

Die kleinwüchsige Frau, die nicht einmal einen Meter maß, wäre wohl im Gedränge der Inneren Stadt einfach untergegangen. Hier im Prater jedoch machte man ihr nicht nur weit mehr Platz, als sie benötigte, es waren auch alle Blicke auf sie gerichtet. Seit seiner Eröffnung gab es im Prater Liliputaner zu bestaunen, die als Artisten, Zauberkünstler oder Musiker auftraten. Denn im Gegensatz zu den anderen sogenannten »Abnormitäten«, die zur Schau gestellt wurden – von besonders dicken oder hünenhaften Frauen über stark tätowierte Menschen bis hin zu siamesischen Zwillingen –, waren Kleinwüchsige zwar andersartig genug, um sich an ihrem Anblick zu erfreuen, aber eben nicht so absonderlich, dass man sich vor ihnen gruselte, so die vorherrschende Meinung der Schaulustigen. Die Frau hatte einen purpurroten Mantel mit weißem Pelzkragen übergeworfen und trug einen auffällig großen, mit Blumen geschmückten Hut – sie sah aus wie ein verkleidetes Püppchen. Das Haupt trug sie erhoben, ihr Blick war zielgerichtet. Sie war sich ihrer Besonderheit nicht nur bewusst, sie schien sogar stolz darauf zu sein.

Beim »Restaurant zum Englischen Reiter« bog sie um die Ecke und stieß mit einem grobschlächtigen, buckligen Mann zusammen.

»Was ist mit Ihnen? Passen S' doch auf, Sie grober Lackel!« Der Schreck stand der kleinwüchsigen Frau, die zu Boden gestürzt war, ins Gesicht geschrieben.

»Entschuldigen S', ich hab Sie nicht kommen gesehen«, log Franz, denn er hatte es auf den Zusammenstoß angelegt. Er reichte ihr die Hand. »Gestatten Sie?«

Die Frau rappelte sich auf, ohne die Hilfe anzunehmen, und wischte sich den Schmutz vom Mantel. »Bist aber wohl von hier?«, fragte sie mit glockenheller Stimme und maß den anderen von oben bis unten.

»Nein, ich bin zum ersten Mal im Wurstel-Prater. Ich bin der Franz.«

»Mitzi.«

»Ich bin neu in der Stadt und gerade auf dem Weg zu jemandem, von dem man sagt, dass er einem wie mir eine redliche Arbeit vermitteln kann.«

»Ach ja?« Mitzi beruhigte sich langsam. »Und wer soll das sein?«

Franz tat, als müsste er überlegen. »Kupka heißt er. Ja, Friedrich Kupka.«

Die Frau stieß ein verächtliches Schnauben aus. »Dem Kupka kann man sicherlich viel nachsagen, aber nicht, dass er dafür bekannt ist, redliche Arbeit zu vermitteln.«

»Oh.« Franz machte ein betretenes Gesicht. »Was meinst du, an wen sonst kann ich mich wenden?«

»Was weiß ich. So, wie du ausschaust, bist du schon was Besonderes. Kannst ja von Bude zu Bude gehen und fragen, wer so etwas Besonderes braucht. Seit gestern sind eh ein paar abhandengekommen.«

Franz runzelte die Stirn. »Ach ja? Was soll das heißen?«

»Na, weil die Tochter vom Kupka umgebracht worden ist. Jetzt hat der natürlich nach Schuldigen gesucht und seine Leute haben ordentlich durchgegriffen. Ein paar sollen sogar im Allgemeinen Krankenhaus liegen.«

»Meine Seele, das klingt wahrlich schrecklich. Die armen Männer«, entfuhr es Franz. »Und diese arme Johanna.«

Mitzi stutzte. Franz wurde rot.

»Woher weißt du, wie die Tochter vom Kupka heißt? Du hast doch gesagt, du wärst neu in der Stadt?«

»Muss ich irgendwo aufgeschnappt haben«, versuchte Franz sich zu retten und wusste doch im selben Moment, dass es dafür zu spät war.

»Ach so ist das. Weißt du was?« Mitzi reckte ihre Faust in die Höhe. »Such dir eine andere Trutschn, die du ausfratscheln kannst. Nur weil ich klein bin, heißt das nicht, dass ich dumm bin. Und jetzt schleich dich, bevor ich meine Freunde rufe!«

Einen Moment lang überlegte Franz, ob er sich nicht noch irgendwie herausreden konnte, gab dann aber klein bei und humpelte davon.

»Und komm mir ja nicht noch einmal unter die Augen, du Kretin!«

X

AUS DEM GASTHAUS »Zum weißen Löwen« drangen die fröhlichen Klänge von Hackbrett und Gitarre auf die enge Gasse am Spittelberg, zu denen eine weibliche Stimme derbe Reime zum Besten gab. Immer wieder brandete ausgelassenes Gelächter auf. Über dem Eingang prangte die Inschrift: »Anno 1778. Durch dieses Thor im Bogen ist Kaiser Josef II. geflogen«.

Hieronymus stand vor der Tür der Gaststube und haderte einen Augenblick mit sich, ob es denn eine gute Idee wäre, jenes Haus zu betreten, aus dem er vor wenigen Tagen geflüchtet war. Schließlich redete er sich ein, dass er keine andere Wahl hätte. Er öffnete die Tür und betrat das Beisl.

Die Luft in der Wirtsstube war zum Schneiden dick, eine Mischung aus Tabakqualm, Schweiß und ranzigem

Fett, der Lärm ohrenbetäubend. Aber es waren nicht die Bänkelsänger, die so laut aufspielten und sangen, es waren die anzüglichen Rufe der Betrunkenen und die gespielt lustigen Reaktionen der Bierhäuslmenscher, die Hieronymus glauben ließen, er würde der Vorstellung einer absonderlichen Theatergruppe beiwohnen.

Er schaute sich nach einem freien Platz um, musste jedoch zu seiner Überraschung feststellen, dass an kaum einem der Tische ein Stuhl unbelegt war. Eigentlich hatte er vermutet, dass nach dem tragischen Auffinden der Toten die Leute diese Stätte meiden würden, aber allem Anschein nach war genau das Gegenteil der Fall. Dass den Wiener und den Tod eine eigenartige Liebesbeziehung verband, galt als gemeinhin bekannt, von morbid wirkenden Bauwerken bis hin zu den melancholischen Texten der Volksliedern. Dass die Menschen jedoch derart bewusst die Nähe des Schnitters suchten, überraschte Hieronymus nun doch.

Er stellte sich an die Theke und orderte ein Hornerbier, das der Wirt, ein überraschend elegant wirkender Mann mit dichtem zerzaustem Haar, sogleich ausschenkte.

Wie auf Befehl sang die rothaarige Musikantin:

Geh, Madl, geh mit mir.
Zahl dir a Hornerbier;
Wannst du hast meinen Sinn,
Hast'n schon drin.

Mit schallendem Gelächter und lautstarkem Applaus bejubelten die Gäste die Musikanten, bevor die Sängerin zur nächsten Strophe ansetzen konnte.

»Wohl bekomm's«, rief der Wirt Hieronymus zu, bemüht, seiner Stimme ob des Lärms Gehör zu verschaffen.

Beim Anblick des abgegriffenen Kruges und des leicht grünlich gefärbten Haferbiers darin kamen Hieronymus Zweifel, ob der Genuss des Getränks der Gesundheit nicht eher abträglich war. Andererseits würde er sich wohl kaum die Syphilis oder Gonorrhoe holen, nur weil seine Lippen den Krug berührten – bei den ordinär gekleideten Muschen, die sich auf den Schößen der Gäste rieben oder aufreizend vor ihnen tanzten, musste er wohl vorsichtiger sein. Bei manchen von ihnen hatte Hieronymus gar das Gefühl, dass ihn der Schambereich schon unangenehm juckte, wenn er sie nur ansah.

Er nahm einen beherzten Schluck des stark schäumenden Bieres, das überraschend erfrischend schmeckte, und beugte sich zum Wirt. »Was hat's mit der Inschrift über dem Eingang auf sich?«

Der verzog gelangweilt das Gesicht, fühlte sich dann aber dennoch bemüßigt zu antworten. »So ergeht's halt einem jeden, der meint, seine Zeche im Löberl prellen zu können. Auch einem Kaiser. Der war nämlich inkognito unterwegs und hat eine ganze Menge bei der Sonnenfels-Waberl bestellt, die hier auf vielerlei Arten bedient hat.« Er zwinkerte eindeutig zweideutig. »Und weil er sich dann in seinem Suff auf Französisch empfehlen wollte, hat ihn der Wirt kurzerhand hinausgeworfen.«

Hieronymus nickte anerkennend.

»Kaiser oder Bettelmann, bei uns ist ein jeder gleich«, meinte der Wirt und erhob sein Glas.

»Prost«, stimmte Hieronymus mit ein und trank. »Über zu wenig Kundschaft könnt Ihr Euch aber nicht beklagen, trotz dem, was hier passiert ist.«

Der Wirt lächelte wissend. »Eine schöne Leich ist halt gleich in aller Munde.«

»Ich hab gehört, dass der Mörder über das Holzgerüst geflohen sein soll«, stieß Hieronymus nach.

»Durch die Gaststube ist er jedenfalls nicht gelaufen, sonst hätte ich mir den Haderlump höchstpersönlich vorgeknöpft.« Die Stimme des Wirtes wurde leiser. »War eine fesche Katz'. Die Tote, mein ich.«

»War das eine von den Muschen, die hier arbeiten?«

Der Wirt schüttelte den Kopf. »Ich hab das arme Mensch kurz ansehen können – oder was von ihr übrig geblieben ist. Die hat mir den Eindruck gemacht, als hätte sie das hier nicht nötig, als hätte sie Geld.«

»Dann war sie zuvor nicht in der Gaststube? Wie ist sie dann aufs Zimmer gekommen?«

Der Wirt zuckte mit den Schultern. »Irgendwer hat sie vermutlich über das Gerüst ins Zimmer getragen. Wir waren alle überrascht, als auf einmal die Sicherheitswache hier hereingestürmt ist.«

»Kann ich mir lebhaft vorstellen«, sagte Hieronymus und erinnerte sich sogleich daran, wie sein Herz stehen geblieben war, als man die Tür zum Zimmer aufgebrochen hatte. »Ich hoffe, sie finden den Mörder bald.«

»Das hoffen wir alle«, meinte der Wirt ernst. »Noch einen Mord brauchen wir hier nämlich nicht. Dann würden uns die Leute wohl so fernbleiben, als wären wir mit der Pest verseucht.«

Hieronymus nickte zustimmend und leerte seinen Krug.

»Noch eins?« Der Wirt sah seinen Gast herausfordernd an.

»Warum nicht«, meinte dieser. »Man muss das Leben feiern, solange man kann.«

Der Wirt nahm den leeren Krug und befüllte ihn erneut, als sich eine junge Frau an Hieronymus' Seite schmiegte. Ihr

Dekolleté war prall gefüllt und so ausladend, als wollte es im nächsten Moment aus seinem Korsett platzen, wenn auch mit kleinen roten Flecken und Wimmerln übersät. Die auffällige Schminke im Gesicht der Frau vermochte kaum die groben Poren ihrer Haut zu kaschieren, und ihr aufdringliches Parfüm ließ nur erahnen, welche anderen Gerüche es überdecken sollte. Trotzdem ihre Augen etwas Trauriges ausstrahlten, zierte sie ein herzliches, ehrliches Lächeln.

»Ladest mich auf ein Hornerbier ein, mein Hübscher?«, raunte sie und tastete dabei nach Hieronymus' Hand.

Der wusste nicht erst seit der zuvor vorgetragenen Liederstrophe, dass die Einladung zu diesem Getränk einer Aufforderung zum Beischlaf gleichkam.

»Ein andermal«, log er und gab ihr zehn Kreuzer. »Mir steht heut' nicht der Sinn nach Gesellschaft.«

Die Nymphe steckte das Geld ein. »Wir müssen ja auch nicht reden, mein Schatzerl.«

»Nein, ich –«

»Geh, sei doch nicht so grantig. Wirst sehen, wir machen es uns lustig und dann schauen wir, wo uns der Abend noch hinführt.«

»Hast du den Herrn nicht verstanden?«, herrschte sie der Wirt an. »Und jetzt schleich dich wieder, Katinka!«

Obwohl ihm die junge Frau, die sich schmollend davonmachte, beinahe leidtat, war Hieronymus doch froh, dass er in Ruhe sein Bier austrinken konnte. Er wandte sich wieder den Musikanten zu.

Tuan eini, tuan eini,
Tuan halt net daneben,
Und i bin a alts Dirnderl,
I muaß davon leben.

XI

NAHE DEM SCHIEFWINKELIGEN HAUS lag ein kleiner Teich, dessen Ufer dicht mit Bäumen und Sträuchern bewachsen war. Franz und Hieronymus saßen auf der Erde, streckten die bloßen Füße ins kühle Wasser und blickten auf den Wienerwald, hinter dessen Wipfeln die Sonne blutrot versank.

»Also wenn ich dich richtig verstanden hab, könnte man zusammenfassend sagen: Nichts Genaues weiß man nicht«, konstatierte Franz mit ernster Miene.

Hieronymus' Blick ging in die Ferne. »Wenn schon der Wirt vom Löberl nichts gesehen haben mag, dann bestimmt auch keiner der trunkenen Gäste. Am Spittelberg brauchen wir also gar nicht weiter zu suchen.«

Franz zupfte einen langen Grashalm ab und begann, auf ihm herumzukauen. »Das hat jemand gut durchgeplant.«

»Ganz genau. Wie war es bei dir? Hast du etwas herausfinden können?« Hieronymus zog ein hoffnungsvolles Gesicht.

Franz schüttelte den Kopf. »Die Schausteller im Prater sind eine verschworene Gemeinschaft. Eine Krähe hackt der anderen eben kein Auge aus. Da plaudert niemand, nicht einmal mit mir.«

»Kein Krüppelvorteil?«

»Glaub mir, gemessen an dem, was sich da im Prater rumtreibt, sehe ich aus wie ein junger Gott. Und ich spreche nur von den Besuchern.« Er stieß ein glucksendes Lachen aus. »Nein, im Ernst: Wenn man nicht einer von ihnen ist, ist man niemand, einerlei, welche Gebrechen einen plagen.«

Hieronymus schnaubte frustriert. »Dann sind wir genauso schlau wie zuvor.«

»Ja. Was hältst du davon: Wir packen zusammen und ziehen weiter, so wie immer. Vielleicht Richtung Pressburg, oder –«

Der andere zückte eine Gazette, Franz verstummte. »Die heutige Abendausgabe des ›Wiener Extrablattes‹.«

Hieronymus warf das Druckwerk auf die Erde. Auf der Titelseite prangte die Illustration eines Mannes, der den gleichen Bart wie er selbst trug, den gleichen Haarschnitt hatte, ansonsten jedoch hagerer und verschlagener aussah.

»Der Zeichner war dir aber nicht wohlgesonnen«, gab Franz zum Besten.

»Du meinst, ich hätte mein Gesicht den Wachmännern länger zeigen sollen?«

»Dann wärst es zumindest du, der es aufs Titelblatt geschafft hat.«

Die beiden Männer teilten ein Schmunzeln.

»Steht in dem Artikel etwas davon, dass deine rechte Hand nur vier Finger hat?«

Hieronymus schüttelte den Kopf. »Hat in der Dunkelheit zum Glück keiner bemerkt.«

Franz grinste. »Ist mir selbst erst aufgefallen, als ich dich bereits zwei Wochen lang gekannt hab, weißt du noch?«

Die beiden Männer schwiegen für eine Weile, dann fiel Franz etwas ein: »Das Einzige, was ich erfahren habe, ist, dass im Allgemeinen Krankenhaus ein paar Kerle liegen sollen, die der Kupka in die Mangel hat nehmen lassen, um zu erfahren, wer seine Tochter getötet hat.«

»Hat er es erfahren?«

Franz zuckte mit den Schultern.

»Mit dem ist anscheinend nicht gut Kirschen essen«, stellte Hieronymus fest. »Aber nun wissen wir zumindest, was wir morgen zu tun haben.«

Franz nickte unmerklich.

Dann saßen die beiden da und genossen schweigend den Sonnenuntergang.

XII

Hieronymus blickte die sich schier endlos ziehende zweigeschossige Fassade des k.k. Allgemeinen Krankenhauses entlang, das am Alsergrund lag, dem neunten Bezirk. Seine Ursprünge gingen auf das Ende der Zweiten Türkenbelagerung und damit knapp einhundert Jahre zurück. Damals hatte hier ein Seuchenspital gestanden. Über die Jahrzehnte wurde das Gebäude immer wieder um einzelne Höfe erweitert, inzwischen zehn an der Zahl, die unter anderem ein Gebärhaus, ein Findelhaus und einen Narrenturm beherbergten.

»Also, wo sollen wir anfangen?«

Franz wischte sich die wenigen Haarsträhnen auf seiner

Glatze glatt. »Was weiß ich, wo sie die Geschlagenen hingesteckt haben. Irgendeiner da drin wird's schon wissen.«

Gemeinsam mit Hieronymus machte er sich auf den Weg.

Sie passierten das Haupttor, das mittig der Fassade lag. Danach überquerten sie den weitläufigen ersten Innenhof, dessen freie Flächen einem gepflegten Park glichen und von niedrigen Bäumen gesäumt waren. Die beiden Männer fragten jeden, der ihren Weg kreuzte, wo sie wohl die armen Seelen, die am vorangegangenen Tag aus dem Prater hierhergebracht worden waren, antreffen könnten.

Nachdem sie durch beinahe jeden der zehn Höfe geschickt worden waren, stießen Hieronymus und Franz schließlich auf eine Oberschwester, die am gestrigen Tag die Aufnahme zweier Männer beaufsichtigt hatte, die die beschriebenen Verletzungen durch körperliche Misshandlung aufwiesen.

Sie führte die Besucher einen lang gezogenen Trakt der dritten Klasse entlang, in dessen Mittelgang sich zu beiden Seiten ein Bett an das andere reihte. Der Geruch von Schweiß, Ausscheidungen und unbestimmbarer Tinkturen hing schwer in der Luft, die Bettlägerigen stöhnten, ächzten oder schnarchten ohne Unterlass.

Die Schwester führte weiter durch das Stiegenhaus in den zweiten Stock, wo einzelne Zimmertüren den Gang säumten. Vor einem der Zimmer blieb sie schließlich stehen.

»Hier liegt der eine«, sagte sie ohne erkennbare Gefühlsregung. »Alois Hrabalek. Im Zimmer gegenüber der andere, Ernst Schneckenburger.«

Hieronymus pfiff durch die Zähne. »Einzelzimmer? Die beiden Herren müssen aber außerordentlich betucht sein.«

Die Schwester zuckte mit den Schultern. »Das kann ich Ihnen nicht sagen. Die Zimmer wurden jedoch von jemand anderem bezahlt, und zwar für eine Woche im Voraus.«

»Da schau her. Von wem?«

»Ich wüsste nicht, was Sie das angeht. Außerdem darf ich Ihnen derlei Auskunft nicht geben.«

Hieronymus zwinkerte ihr zu. »Und wenn Sie es mir aufschreiben?«

Die Schwester rollte mit den Augen. »Fassen Sie sich kurz, meine Herren.«

Mit diesen Worten ließ die Oberschwester die beiden Männer alleine zurück.

»Was du alles erreichst mit deinem Charme«, konstatierte Franz trocken.

Ohne auf die Bemerkung seines Freundes einzugehen, klopfte Hieronymus an die erste Tür und betrat kurz darauf das Zimmer.

Weiß ausgekalkte Wände, ein kleiner Tisch, ein hölzernes Bett, eine Leibschüssel darunter. Aufgrund des großen Fensters wirkte das karge Zimmer jedoch hell und beruhigend. Der Mann, der mit einer Tuchent zugedeckt war und wohl um die zwanzig Lenze zählte, rührte sich kaum. Sein Kopf und die Augen waren dick einbandagiert, ebenso die Hände. Seine Nase hatte eine dunkelgrüne Färbung und schien mehrfach gebrochen zu sein, die Lippen waren geschwollen und stellenweise übel aufgeplatzt.

»Herr Hrabalek?«, begann Hieronymus und stellte sich ans Fußende des Bettes. »Begrüße Sie, äh, Leopold Goldmann mein Name, kaiserlich-königlicher Polizeiagent.«

Franz sah seinen Freund ob dessen Amtsanmaßung überrascht an, der zuckte entschuldigend mit den Schultern.

Der Mann im Bett brachte nur ein unverständliches Krächzen hervor.

»Ich will Sie nicht länger nötigen als notwendig«, fuhr Hieronymus fort. »Wenn Sie nicht sprechen können, nicken Sie oder schütteln einfach leicht den Kopf. Ist Ihnen das möglich?«

Nichts. Dann ein vages Nicken.

»Gut. Ich habe nur ein paar Fragen bezüglich des Fräuleins Johanna Kupka.«

Hieronymus kam es vor, als würde der Mann beim Namen der Toten erzittern.

»In welchem Verhältnis standen Sie zu ihr? Waren Sie liiert?«

Hrabalek nickte erneut.

»Oder gar verlobt?«

Ein Kopfschütteln.

»Haben Sie Fräulein Kupka besucht, bevor diese verschwand?«

Nein.

Hieronymus seufzte. Ein armer Tor, dessen einzige Schuld wohl darin bestand, sich in das falsche Mädchen verliebt zu haben.

»Gab es außer Ihnen noch andere Verehrer?«

Der Angesprochene verneinte. Dann bahnte sich eine Träne ihren Weg aus der linken Augenbandage des Verletzten über dessen Wange.

Franz gab Hieronymus mit einem Stoß in die Seite zu verstehen, dass es hier wohl nichts mehr zu erfahren gäbe. Der brummte seine Zustimmung.

»Ich danke Ihnen. Ich wünsche gute Genesung und darf Ihnen unser aufrichtiges Beileid bekunden.«

Als Hrabalek keine Regung mehr zeigte, verließen Hieronymus und Franz das Einzelzimmer.

»Der sah aus, als wäre er gegen eine Pferdetramway gelaufen«, meinte Franz im Flüsterton, als sie wieder im Gang standen, »und dann von der nächsten auch noch überfahren worden. Und von der danach.«

Hieronymus gab ihm mit einem Kopfschütteln zu verstehen, dass dies nicht der richtige Augenblick sei, um schale Witze zu reißen, aber Franz' Augen verengten sich trotzdem voller Schalk. »Leopold Goldmann, kaiserlich-königlicher Polizeiagent?«

»Ist mir grad so in den Sinn gekommen«, verteidigte sich Hieronymus. »Bolek Navrátil klingt halt nicht gerade autoritätseinflößend. Aber Goldmann …«

Franz schien zu verstehen und deutete auf die gegenüberliegende Zimmertüre. »Dann nach Ihnen, Herr Goldmann.«

Hieronymus betrat mit Bedacht das Zimmer, das ebenso hell und karg wirkte wie jenes zuvor. Er schritt zum Kopfende des Bettes, in dem ein junger Mann lag, der um die fünfundzwanzig Jahre alt sein musste, den Kopf ebenfalls dick einbandagiert, das Gesicht eine einzige Farbpalette aus Grün- und Blautönen. Sein rechtes Auge war vollends zugeschwollen, sein linkes nur einen dünnen Schlitz geöffnet. Das weiße Nachthemd war stellenweise dunkelrot verfärbt.

»Begrüße Sie, Herr Schneckenburger! Leopold Goldmann, kaiserlich-königlicher Polizeiagent.«

Hieronymus hielt seine linke Hand hoch, als würde er eine Kokarde vorweisen, war sich jedoch bewusst, dass das Sehfeld des Verletzten zu deren Wahrnehmung nicht ausreichen würde.

»Können S' mich verstehen, Herr Schneckenburger?«

Hieronymus starrte gebannt auf den Mann im Bett. Auch der zeigte zunächst keinerlei Regung. Dann öffnete er die spröden Lippen und krächzte: »Schon gut, ich höre Sie. Auf die Ohren hab ich keine bekommen.«

»Schauen S', ich werde Sie nicht danach fragen, wie Sie sich die Verletzungen zugezogen haben, da ich davon ausgehe, dass dies weitere Verletzungen nach sich ziehen würde. Oder liege ich da falsch?«

»Nein. Danke.«

»Was mich jedoch interessiert, ist, weshalb Sie derart dringlich befragt wurden?«

Keine Reaktion.

»War es wegen des Fräuleins Johanna Kupka?«

Ein raues »Ja« kam als Antwort.

»Ich verstehe. Hatten Sie denn eine Liaison mit der genannten Weibsperson?«

Wieder ein »Ja«.

»Waren Sie gar verlobt?«

»Nein. Die Jojo, also das Fräulein Johanna, hat gemeint, dazu wäre sie nicht bereit. Noch nicht.«

Hieronymus und Franz warfen sich einen wissenden Blick zu.

»Auch das kann ich verstehen. Haben Sie Kenntnis darüber, und verzeihen Sie bitte meine Indiskretion, ob es außer Ihnen noch andere Verehrer gegeben hat?«

»Nein, das Fräulein Johanna war eine wahrhaft treue Seele.«

Franz wollte gerade etwas Sarkasmus streuen, schwieg jedoch ob Hieronymus' strengem Blick.

»Hatte das Fräulein Kupka vielleicht mit irgendjemandem Zank? Vielleicht mit einem anderen Frauenzimmer, mit einer Nebenbuhlerin, oder –«

»Nein, nein, nichts dergleichen.« Schneckenburger seufzte, seine Stimme wurde dünn. »Das hab ich ihrem Herrn Vater auch schon versucht klarzumachen. Ich weiß nicht, wer ihr so etwas Schreckliches angetan haben könnte.«

»Sehr umsichtig von Ihnen, auch wenn Ihre Überzeugungskraft offensichtlich zu wünschen übrig lässt. Und Sie waren zum Zeitpunkt der Tat wo?«

Der Verletzte hustete Blut. Hieronymus nahm einen Fetzen aus Leinen, der am Tisch neben dem Bett lag, und tupfte ihm den Mund sauber.

»Danke. Ich war die gesamte besagte Nacht lang Kartenspielen im Löberl. Das kann ein halbes Dutzend meiner Freunde bezeugen.«

Na servas, dachte sich Hieronymus – der hat im Erdgeschoss gezockt und gehurt, während ich zwei Stockwerke höher neben seiner zerstückelten Möchtegernfreundin aufgewacht bin.

»Ich verstehe. Haben Sie eine Vermutung, wo sich das Fräulein Kupka in jener Nacht aufgehalten haben könnte? Gab es eine Lokalität, die sie gerne besuchte?«

Schneckenburger zögerte auffällig lang, bis er sich zu einer Antwort hinreißen ließ. »Wir haben uns gern in einem Tanzlokal getroffen. Aber ihr Vater hat davon nichts wissen dürfen, deshalb hab ich es ihm verschwiegen.«

»Er war sehr … beschützend?«

»Welcher Vater wäre das nicht, bei so einem hübschen Maderl?«

»Und wie heißt diese Lokalität, von der ihr Vater nichts wissen durfte?«, bohrte Hieronymus nach.

»Es … es ist das Café Walhalla.«

Hieronymus überlegte. Es gab viele Orte in Wien, die wegen ihres zwielichtigen Rufs berühmt-berüchtigt waren, und das Café Walhalla zählte unzweifelhaft dazu.

»Ist das nicht auch hier im neunten Bezirk?«

Der Verwundete nickte knapp. »In der Währingerstraße, beim Dietrichstein-Schlösschen.«

Hieronymus klopfte Schneckenburger dankend auf die Schulter, was diesen jedoch schmerzerfüllt zusammenzucken ließ. Franz warf ihm einen scharfen Blick zu.

»Kommt Ihnen sonst noch etwas in den Sinn, was für unsere Ermittlung von Bedeutung sein könnte?«

Ein zaghaftes Kopfschütteln war die Antwort.

»Dann wollen wir weiterermitteln, Herr Kollege«, sagte Hieronymus zu Franz in dienstbeflissenem Tonfall.

»Jawohl«, antwortete dieser ebenso ernst.

»Danke für Ihre Bemühungen, Herr Schneckenburger. Und gute Genesung.«

Der versuchte die Hand zum Gruße zu erheben, was ihm mehr schlecht als recht gelang.

Hieronymus und Franz verließen das Krankenzimmer.

»Eines wissen wir jetzt auf jeden Fall«, meinte Franz, als sie wieder im Gang standen. »Mit dem Kupka will ich keinen Köch austragen.«

Hieronymus stimmte ihm zu: »Eine Heilige schien Kupkas Töchterchen jedenfalls nicht gewesen zu sein.«

Er hob argwöhnisch die Augenbraue. »Zwei Verehrer, und jeder von beiden wähnt sich als zukünftiger Angetrauter.«

»Drum prüfe, wer sich ewig bindet.«

»Sagt der Mann der Kirche.«

»Eben«, meinte Franz. »Genau deshalb weiß ich ja, wovon ich spreche.«

Hieronymus winkte ab. »Alsdann, ich glaube nicht, dass einer der Burschen da drinnen etwas mit Johannas Tod zu schaffen hatte. Die waren ja beide noch immer verliebt bis über beide Ohren. Und dafür hat sie der Kupka auch zu hart in die Mangel genommen.«

»Immerhin bezahlt er für ihre Genesung. Oder wer soll's sonst sein, der die Pflegekosten der Ersten Klasse trägt?«

»Ja, ein seltsamer Ehrenkodex. Erst breche ich dir den Arm, dann bezahle ich dir den besten Arzt der Stadt.« Hieronymus schüttelte den Kopf. »Dass sich die Johanna nicht im Prater herumgetrieben hat, wundert mich nicht. Immerhin wäre sie da unter der steten Aufsicht ihres Vaters oder seiner Handlanger. Aber ein Etablissement wie das Café Walhalla?«

»Der Name sagt mir gar nichts.«

»Gilt als Treffpunkt von Strizzis und anderen zwielichtigen Gestalten der Unterwelt.«

»Und ich nehme an, da willst du hin?« Franz fuhr fort, ohne eine Antwort abzuwarten: »So will ich noch einmal mein Glück im Wurstel-Prater versuchen. Schaden kann es nichts.«

»Gute Idee. Danach können wir uns ja im ›Eisvogel‹ treffen.«

Der andere strich sich über den Wanst. »Lass uns zuerst

84

noch was essen gehen. Ich hab jetzt Hunger, Herr Polizeiagent Goldmann.«

XIII

NACHDEM SICH FRANZ und Hieronymus jeder mit einer Weißweinsuppe mit Croûtons gestärkt hatten, trennten sich ihre Wege. Franz fuhr in einem Einspänner davon, während sich Hieronymus zu Fuß aufmachte.

Kurze Zeit später hatte er das Café Walhalla erreicht.

Das Innere der Gaststätte, die früher jedermann unter dem Namen »Zum goldenen Engel« kannte, ließ den Prunk von Wiens einst vornehmstem Tanzlokal nur mehr erahnen. Stuckatur und Bilder waren ob des vielen Rauchs aus Zigaretten und Pfeifen mehr dunkelgrau denn weiß, mehrere Wasserschäden hatten pergamentfarbene Flecken und bröckelnden Putz hinterlassen.

An einem zerschundenen Klavierflügel mühte sich ein Student an einer Sonate ab. An den Tischen saßen Männer beim Kartenspiel. Bierhäuslmenscher wie am Spittelberg suchte man vergebens, die anwesenden Damen hielten sich offenbar nur zum eigenen Gaudium und nicht ob einer Verdienstmöglichkeit hier auf.

Hieronymus setzte sich an die dunkel getäfelte Bar und bestellte bei der breitschultrigen Schankfrau ein Liesinger Bier.

Kurze Zeit später, nachdem er einen guten, bitterwürzigen Schluck genommen hatte, sah er sich in dem Café um. Dabei bemerkte er, dass sich in ihm ein Gefühl zu regen begann, das ihm überhaupt nicht behagte: ein Gefühl des Widerstandes, der Fährte Johanna Kupkas zu folgen. Denn es spürte sich an, als folgte er einer Spur aus Brotkrumen, deren Ende er bereits sehen konnte. Allerdings war es die einzige Spur, die er im Augenblick hatte. Wenn er also nicht doch noch aus Wien Reißaus nehmen wollte, dann –

»Wen suchst denn?«

Die Frage der Schankfrau riss Hieronymus aus seinem gedanklichen Wirrwarr.

»Ich … ich bin auf der Suche nach einer gewissen Johanna. Johanna Kupka«, gab er zögerlich vor.

Die Wirtin, die einen zugleich herzlichen wie resoluten Eindruck machte, stieß einige undefinierbare Laute aus, während sie die Theke mit einem nassen Fetzen abwischte und dabei überlegte. »Kupka … Kupka.«

»Mitte zwanzig, blonde Haare, viele Sommersprossen im Gesicht«, half Hieronymus nach.

Die Augen der Schankfrau erhellten sich, sie donnerte den Wischlappen auf die Bar. »Ach, du meinst die Jojo! Die ist sonst mehrmals die Woche hier, hat sich jetzt aber schon seit ein paar Tagen nicht mehr anschauen lassen.« Sie maß Hieronymus mit einem anzüglichen Blick. »Warum? Hast du auch ein Gspusi mit der laufen?«

»Nein«, entgegnete der bestimmt. »Und was heißt ›auch‹?«

»Weißt, Kostverächterin ist die Jojo keine. Die hat sich immer genommen, was ihr gefallen hat. Oder besser gesagt, wer ihr gefallen hat. Und daran gibt's auch gar nichts auszusetzen. Wir Weiber müssen nicht immer kuschen.« Die Wirtin knallte erneut den Fetzen auf die Schank. »Und recht hat sie. Wenn man den Mannsbildern alles überlässt, ist man bald verloren, oder etwa nicht?«

»Da wage ich nicht zu widersprechen«, meinte Hieronymus und hatte erneut das Gefühl, ans Ende der Brotkrumenspur gelangt zu sein. Nun, vielleicht hatte Franz ja mehr Glück.

»Jetzt trinkst aber schon noch ein Schnapserl mit mir?«, fragte die Schankfrau und ließ es wie einen Befehl klingen.

Hieronymus wagte erneut nicht zu widersprechen.

Nachdem Hieronymus das dritte Glas Schnaps geleert hatte, holte er einige Münzen aus seiner Tasche. »Gnädigste, es war mir eine Freude, Ihre Bekanntschaft gemacht zu haben. Aber nun muss ich wirklich gehen. Was schulde ich?«

Die Wirtin lächelte verschmitzt. »Lass stecken, geht aufs Haus. Ich bin froh, mich zur Abwechslung mit jemandem unterhalten zu haben, der nicht völlig im Öl ist. Schaust halt wieder einmal vorbei.«

»Das werde ich«, meinte Hieronymus und bemerkte, dass sich die Wände des Café Walhalla eigenartig um ihn herum zu wölben begannen. Der Schnaps war wohl doch stärker, als er vermutet hatte. Er wandte sich um, als ein junger Mann Ende zwanzig auf die Theke zugewankt kam. Augenscheinlich hatte auch er bereits deutlich mehr als einige Gläser Bier getrunken.

»Noch ein Seiterl, bittschön«, bestellte der Mann mit einem unbeholfenen Augenzwinkern.

Die Wirtin nahm ein Glas, wischte dessen Rand mit dem schmutzigen Thekenlappen ab und hielt es schräg unter den Zapfhahn, als sie mit einem Male verharrte.

»Sag mal, Fredi«, meinte sie zu dem jungen Mann, »hast du nicht ein Pantscherl mit der Jojo gehabt?«

»Was, ich?« Der junge Mann blickte unsicher um sich, als ob er fürchtete, belauscht zu werden. Dann blieb sein Blick an Hieronymus haften. »Mit der Tochter des Herrn Kupka fängt man doch nichts an, außer man hat die ausschließlich ehrenhaftesten Absichten.«

»Dann hast wohl nicht die ehrenhaftesten Absichten gehabt, als ihr euch beide letzte Woche dort im Eck zusammengekuschelt habt?«

Der Mann wurde knallrot im Gesicht. »Ich, also …«

Hieronymus machte eine besänftigende Geste. »Alles gut, ich will Ihnen nichts, Fredi. Ich habe nur ein paar Fragen.«

»Ach ja?« Die Blicke des anderen schnellten zwischen der Wirtin und Hieronymus hin und her. Schließlich schien er sich wieder zu beruhigen. Er zündete sich eine Zigarette an und lehnte sich mit einem Ellbogen betont lässig an die Bar. »Was wollen S' denn so Wichtiges wissen?«

»Mich würde interessieren, wer außer Ihnen noch mit dem Fräulein Kupka verkehrt haben könnte.«

»Verkehrt? Sie ist also – schwanger?«

Noch bevor Hieronymus verneinen konnte, schnippte ihm der andere die brennende Zigarette ins Gesicht und stürmte aus dem Café, als gelte es, den Teufel abzuschütteln.

Hieronymus fluchte kurz. Dann hastete er Fredi hinterher.

Am Ausgangspunkt der Hauptallee stand ein prunkvolles Gebäude, welches das Aquarium beheimatete. An diesem ganz dem Meer verschriebenen Ort konnte man Dunkelkammern, Terrarien und Süß- und Salzwasseraquarien bestaunen und allerhand Wissenswertes über das Leben im Wasser lernen. Es hieß sogar, dass man dort in einem stockdunklen Raum Grottenolme züchtete.

Obwohl ihn Unbekanntes faszinierte, hatte Franz das Aquarium noch nie besucht, denn irgendetwas in ihm sperrte sich bei dem Gedanken daran, eine Welt zu erforschen, die für den Menschen ganz und gar tödlich war.

Wenn schon Fisch, dann doch lieber gut durchgebraten auf dem Teller, ging ihm durch den Kopf. Er wandte den Blick ab und sah auf den freien gekiesten Platz davor. Bis letzte Woche hatten sie noch jeden Tag frühmorgens ihren Schindelwagen an diese Stelle gefahren, um die Aufmerksamkeit von Vorbeiflanierenden auf die Wunder der spirituellen Fotografie zu lenken und sie als Kunden zu gewinnen. Erst sieben Tage waren seither vergangen, dachte Franz, und nichts ist mehr wie zuvor.

Er schüttelte die düsteren Gedanken ab und machte sich in den Wurstel-Prater auf.

Obwohl seine Lungen bei jedem Atemzug wie Feuer brannten, wagte Hieronymus es nicht, seine Schritte zu verlangsamen. Er musste diesen Fredi aus dem Café Walhalla zu fassen bekommen, koste es, was es wolle.

Aber der junge Mann hastete geschickt an Bürgern und Kaufleuten vorbei, zwängte sich zwischen zwei sich passierenden Fuhrwerken hindurch und schlug wie ein Hase einen Haken, nur um plötzlich in einer Seitengasse zu verschwinden.

Die Auswirkungen des Schnapses hatte Hieronymus bereits beim Erreichen des Schottenrings verdrängt. In der Wipplingerstraße hatte er Seitenstechen verspürt, im Gässlein »Stoß im Himmel« war seine Kehle wie ausgetrocknet. Jetzt am Salzgries kam das Brennen in den Lungen hinzu.

Hieronymus stand am Franz-Josefs-Kai und sah sich schwer atmend um. Wo zur Hölle war der Flüchtende abgeblieben?

Das Signalläuten der Glocke einer Pferdetramway-garnitur ließ Hieronymus nach links blicken, wo gerade jemand vor den Zugtieren herlief. Er nahm erneut die Verfolgung auf, auch wenn er am liebsten an Ort und Stelle die Biere samt Schnäpsen und Weißweinsuppe wieder herausgebrochen hätte.

Die letzten Kräfte mobilisierend, erhöhte er sein Lauftempo, kam dem jungen Mann immer näher. Der wurde sich seines Verfolgers gewahr, gemessen daran, wie oft er zurückblickte. Mit einem schnellen Haken bog er nach rechts ab, bahnte sich seinen Weg über die Augartenbrücke, die sich über den Donaukanal spannte und seit drei Jahren die Innere Stadt mit dem Augarten verband.

Gleich habe ich dich, dachte Hieronymus und lief ebenfalls auf die Eisenbrücke, deren Konstruktion aus einem steifen Hängewerk bestand.

Als dem jungen Mann bewusst wurde, dass ein Entkommen ausgeschlossen war, blieb er plötzlich wie angewurzelt stehen.

Hieronymus verlangsamte seine Schritte, machte schließlich einige Fuß von Alfred entfernt halt. Er beugte sich vornüber und stützte die Hände auf die Knie. »Wovor zur Hölle läufst du weg, du Narr?«, keuchte er mehr, als dass er sprach. »Ich wollte doch nur –« Die Stimme versagte ihm den Dienst.

»Ich weiß, was Sie wollen«, gab der andere nicht minder keuchend zurück. »Ich hatte immer gedacht, es wären nur Gerüchte, dass der alte Kupka den Verehrern seiner Tochter auflauert, um sie zur Räson zu bringen. Aber Sie –«

»Fredi, ich weiß, wie es aussieht, aber glaube mir bitte. Ich will nur herausfinden, wer die Johanna zuletzt gesehen hat.«

»Zuletzt?« Fredi machte einige Schritte rückwärts, bis er am Geländer der Brücke anstand. »Was heißt hier ›zuletzt‹? Wo ist sie? Sie wird doch nicht –«

»Johanna Kupka ist tot, Fredi. Es … tut mir leid.«

Der junge Mann wandte den Kopf hin und her, als müsste er seinen Gedanken Ausdruck verleihen. »Meine Jojo ist … Das kann doch nicht sein.«

»Ich weiß, was du meinst, Fredi. Aber wenn du Johanna wirklich gern gehabt hast, dann hilf mir, ihren Mörder zu fassen.«

Das blanke Entsetzen stand dem jungen Mann nun im Gesicht. »Sie ist … ermordet worden? Wer könnte so eine schreckliche Tat –«

Er brach ab, starrte Hieronymus an. Sein Blick glich einem Karnickel, das den Adler auf sich zuschnellen sah, nur den Bruchteil einer Sekunde davon entfernt, gerissen zu werden.

»Sie glauben, ich war es, oder etwa nicht?«, stammelte Fredi. »Sie glauben, ich hätte die Jojo getötet!«

»Was? Nein!« Hieronymus erkannte das Missverständnis. »Ich bin nicht deinetwegen hier. Du sollst mithelfen.«

»Ich bin mir sicher, dass der Prater-Papst nicht meiner Hilfe bedarf. Er hat Sie geschickt, Sie können es ruhig sagen.« Der junge Mann blickte um sich, eine Flucht schien unmöglich. »Ich habe die Jojo nicht gerngehabt«, sagte er mit dünner Stimme. »Ich habe sie geliebt.«

»Ich glaube dir. Dann hilf mir, sie zu –«

Fredi drückte sich nach hinten gegen das Geländer, so fest, dass er schließlich Übergewicht bekam und in die Tiefe stürzte.

Hieronymus hastete an die Stelle, an der der junge Mann verschwunden war, und blickte zum Donaukanal hinunter. Eine gut dreißig Meter lange Frachtzille passierte gerade die Brücke, und Fredi war nicht in den Tod, sondern auf die aufgetürmte Ladung gestürzt. Verdattert blickte er um sich, schien erst nach und nach zu erkennen, was ihm das Schicksal beschert hatte.

Du verdammter Bastard, dachte Hieronymus, während sich ein Lächeln in seinem Gesicht breitmachte. Du verdammter glücklicher Bastard.

Franz passierte das Liesinger Bier-Depot und ein Panopticum, in dem angeblich die weltweit einzigartigen Gipsfiguren von siamesischen Zwillingen, Riesendamen, Drillingen und Zwergen zur Schau gestellt wurden, wollte man den Anpreisungen, die an der Fassade prangten, in ihren Superlativen Glauben schenken.

Bei einer geschlossenen Schaubude, vor der ein Mann mit einem blauen Turban auf dem Kopf und einer eigenartig langen Flöte in der Hand saß, machte er halt. Mit gelangweiltem Blick wartete der offenkundige Schlangenbeschwörer auf Schaulustige, wobei der Weidenkorb geschlossen vor ihm ruhte.

Franz schnippte zehn Kreuzer in die kleine Holzschale, die neben dem Mann auf dem Boden stand. Der entblößte ein zahnloses Lächeln. Trotz seines Turbans und des roten Farbmals zwischen den Augenbrauen schätzte Franz, dass der Mann mit einem Inder so viel gemein hatte wie er selbst mit einem Eskimo, würde er sich ein Robbenfell überziehen. Der Schlangenbeschwörer kam ob seiner gebräunten Haut wohl eher aus dem Süden, aber bestimmt nicht aus Asien.

»Nicht grad viel los heute«, versuchte Franz ein Gespräch loszutreten.

»Zu wenig zum Leben, zu viel zum Sterben«, antwortete der andere mit italienischem Akzent und maß dabei den verkrüppelten Mann von oben bis unten. »Bist du neu hier?«

Franz nickte. »Hab beim Präuscher angefangen«, log er und bezog sich auf »Präuschers Panopticum«, in dem neben Wachsfiguren medizinische Präparate sowie lebende Abnormitäten publikumswirksam zur Schau gestellt wurden.

Noch während Franz sprach, schien der vermeintliche Inder das Interesse an ihm verloren zu haben, wandte den Blick ab und starrte stumm auf die Füße der Leute, die vor ihm auf und ab gingen.

Wanderhändler mit Bauchläden passierten die beiden Männer, boten Süßwaren, Salzgurken, Brezen und Rauchwaren feil.

»Sind ja schlimme Dinge, die man so hört«, stieß Franz nach.

Der Schlangenbeschwörer blickte auf.

»Das Fräulein Tochter vom Prater-Papst«, meinte Franz. »Was ihr zugestoßen ist ... einfach nur furchtbar.«

»Hast auch eine Tochter?«

Franz winkte ab. »Nein. Aber das junge Mensch tut mir halt leid.«

»Stehst wohl auf so junge Menscher, was? Kann ich verstehen.«

Franz lief es bei dem Gedanken daran, was der Schlangenbeschwörer andeutete, eiskalt über den Buckel.

»Gott bewahre«, sagte er, ohne seine Empörung zu verhehlen.

»Ich mein ja nur. Alt und hässlich werden sie eh von alleine, wenn du weißt, was ich meine.«

Wenn die Seele hässlich war, konnte auch das hübscheste Äußere nicht darüber hinwegtäuschen, dachte Franz. Der Schlangenbeschwörer war außen wie innen von hässlicher Natur. Er wandte sich ab und humpelte davon.

Erneut war er gescheitert. Nichts Neues hatte er in Erfahrung bringen können, außer dass sich ein zahnloser Italiener als Inder ausgab, dem es nach jungen Mädchen gelüstete.

Das konnte es nicht gewesen sein. Mit einem Mal schöpfte Franz Mut – er würde sein Glück weiter versuchen. Wenn er mit Zurückhaltung nicht weiterkam, würde er eben hartnäckiger vorgehen müssen …

Das Restaurant »Zum Eisvogel« war das erste Lokal, wenn man von der Ausstellungsstraße in den Prater spazierte, und immer gut besucht. Um sich die Wartezeit auf seinen Freund zu verkürzen, hatte Hieronymus ein frisch gezapftes Pilsner Urquell bestellt, während die Damenkapelle »Messerschmid-Grüner« mit fidelen Melodien aufspielte. Die zehn Musikerinnen, ob ihrer langen gerüschten weißen Kleider auch »Die weißen Maderln« genannt, traten hier täglich auf, angeleitet von einer Stehgeigerin, die gleichzeitig ihre Dirigentin war.

»Ein gepflegtes Glas Bier, der Herr«, sagte der Ober mit einer Freude in der Stimme, als würde er das Getränk seinem besten Freund servieren.

Hieronymus bedankte sich und bezahlte. Dann trank er einen kräftigen Schluck, sodass von der perfekt gezapften Schaumkrone nichts übrig blieb. Im Gegensatz zum Café Walhalla schmeckte das Bier hier herrlich kalt, ein Indiz dafür, dass das Fass erst vor Kurzem aus dem Keller geholt und frisch angeschlagen worden war. Er wischte sich mit dem Handrücken über den Schnurrbart und beobachtete gedankenverloren die Gäste, wobei man manchen nicht ansah, was größer war: der Hunger, der Durst oder einfach die Gier nach beidem.

Hieronymus zwirbelte sich die Bartspitzen. Warum konnte er nicht einfach nur hier sitzen und die Atmosphäre genießen, so wie früher? Was in Gottes Namen hatte er nur verbrochen, dass ihm solch ein Schicksal widerfuhr? Zugegeben, im Laufe der Jahre hatte er sich darauf verstanden, die eine oder andere Gelegenheit zu seinem Vorteil zu nutzen, sei es die Arglosigkeit mancher Zeitgenossen in Bezug auf seine Versprechungen ob der spirituellen Fotografie oder die schiere Arroganz anderer, wenn es um ihr Hab und Gut ging – allen voran Herren wie August von der Hagen mit seiner Taschenuhr. Aber war das ein Grund, dass ihm das Schicksal gleich einen Mord anhängte? Hätte man Hieronymus gefragt, wo er seinen letzten Atemzug machen wollte, wäre seine launige Antwort vielleicht gewesen »im Schoße einer irischen Hure«. Aber bestimmt nicht »in einer Zelle für Mörder«.

Wenn einen das Leben besonders hart in die Mangel nahm, hieß es ja von manchen, dass der Herrgott eben jene besonders prüfe, die er besonders liebte. Was ihm in diesem Augenblick jedoch diese schier überbordende Liebe bringen sollte, das verschloss sich Hieronymus zur Gänze. Überhaupt hegte er den Verdacht, dass das Gerede über die Prüfungen, über Schuld und Sühne nichts anderes war als ausgeklügelte Manipulationen weniger, um die vielen anderen bei der Stange zu halten. Eine Revolution ließ sich schneller anzetteln, als manchem Monarchen lieb war, aber gegen die Unterdrückung und Ausbeutung durch die Kirche schien sich niemand auflehnen zu wollen …

Er nahm einen weiteren Schluck, trank genussvoll den bitter-malzigen Gerstensaft und leerte schließlich sein Glas.

Allmählich wichen die düsteren Gedanken, machten der Hoffnung Platz, dass Franz etwas in Erfahrung bringen würde, was die Brotkrumenspur verlängerte.

Die Damenkapelle beendete gerade fulminant die »Furioso-Polka« von Johann Strauss' Sohn, als Hieronymus spürte, wie ihm jemand von hinten auf die Schulter tippte. Überrascht drehte er sich um. Und noch überraschter sah er zwei Männer vor sich stehen, hünenhaft und mit einer Statur, als würden sie den ganzen Tag lang Fässer stemmen.

»Hieronymus Holstein?«, fragte der eine mit eiserner Miene.

Der Gefragte gab sich verwirrt. »Je? Non. Je m'appelle Jean-Baptiste –«

Weiter kam er nicht.

Die beiden Hünen packten Hieronymus am Mantel, rissen ihn in die Höhe und schleppten ihn schneller aus dem »Eisvogel«, als er um Hilfe rufen konnte.

XIV

HIERONYMUS SCHLUG HART auf dem lehmgestampften Boden auf. Es war finster in dem lang gestreckten Raum, der einst wohl eine große Tafel mit vielen Gästen beherbergt hatte. Nun aber war die Fensterfront vernagelt, und nur vereinzelt blinzelte das Licht von draußen durch die Ritzen zwischen den Brettern hindurch. Entlang der Wände standen Stapel demolierter Stühle und Tische, die Luft war dunstig, es roch nach Moder.

Nachdem ihn die beiden Handlanger die Ausstellungsstraße entlang und in die Kleine Zufahrtsstraße gezerrt hatten, hatten sie eine Hintertür des Restaurants »Zum Glückshasen« geöffnet und Hieronymus in das Gebäude gestoßen.

Orientierungslos kniff er die Augen zusammen, blickte verwirrt um sich. Vor ihm, auf einem kleinen hölzernen Podest, stand ein Hochstuhl. Auf ihm saß ein gedrungener Mann um die fünfzig, der den vor sich am Boden Liegenden mit eiskaltem Blick fixierte. Der Rest seines Gesichts zeigte keine Regung. Er wirkte, als hätte er nächtelang nicht geschlafen. Den dunklen Haarkranz, der um seine Halbglatze verlief, hatte er über Gebühr pomadisiert, dafür verzichtete er auf jeglichen Bartschmuck.

Zu seinen beiden Seiten standen zwei weitere Männer, die die Statur von Ringkämpfern aufwiesen – und vermutlich auch deren Gemüt.

Hieronymus rappelte sich auf, die Augen trotzig, die Haltung selbstbewusst – auch wenn ihm gerade zum Gegenteil zumute war. Wo war er gelandet? Und warum? Wieso war –

Den Schlag von der Seite hatte er nicht kommen sehen. Ein Schlag mit solcher Wucht, dass es ihn sofort wieder zu Boden warf. Lichtblitze zuckten vor seinen Augen, Hieronymus' Schädel dröhnte, als hätte er die ganze Nacht lang gezecht.

Einer der beiden Hünen, die ihn hierher gezerrt hatten, hatte ihm gerade den Schlag versetzt, kniete sich zu ihm auf den Boden und holte erneut mit seiner Faust aus.

»Haltet ein, ich beschwör' euch!«, stieß Hieronymus aus. »So sagt mir doch zumindest, wofür ich verdroschen werde!«

Das Schnippen von Fingern. Der Hüne hielt inne.

Der Mann auf dem Stuhl stieß einen langen, knurrenden Laut aus. »Du willst wissen, weshalb du hier bist, du dreckiger Nichtsnutz? Du bist hier, weil –«

Der Mann brach ab, schien innerlich mit sich zu ringen. Seine Stimme wurde dünn. »Du bist wegen meiner Johanna hier.«

Johanna? Johanna Kupka, die junge Frau, neben der er aufgewacht war. Dann war dies wohl ihr Vater, Friedrich Nepomuk Kupka. Der Prater-Papst. Gönner zweier Einzelzimmer im Allgemeinen Krankenhaus. Ein solches Zimmer würde Hieronymus wohl nicht zuteilwerden, denn Totgeprügelte brauchten keinen Platz zur Genesung. Ungeordnet schossen ihm nun Gedanken durch den Kopf, klar formuliert und doch nicht greifbar. Was sollte er entgegnen?

Ein weiteres Schnippen.

Gepolter aus einer Ecke.

Eine Gestalt, die aus den Schatten gezerrt und zu Hieronymus auf den Boden geworfen wurde. Franz, eine Platzwunde am fast kahlen Schädel, das linke Auge geschwollen und den Mund mit einem schmutzigen Leinenfetzen geknebelt. Er sah Hieronymus an, als wollte er sich bei ihm von ganzem Herzen entschuldigen. Vermutlich hatte er verraten, dass sein Freund im »Eisvogel« auf ihn warten würde. Aber angesichts dessen, was die Handlanger wohl mit ihm gemacht hätten, hätte er es nicht verraten, konnte ihm Hieronymus keinen Vorwurf machen.

»Der Krüppel stellt im ganzen Prater Fragen über meine Tochter und glaubt tatsächlich, ich würde es nicht erfahren.« Der Mann im Stuhl wandte sich an Hieronymus. »Und du – auch wenn du dich noch so gut verkleidest, schaust du für mich aus wie der Kerl, nach dem die Sicherheitswache sucht.« Kupka schnaubte verächtlich. »Eines will ich gleich einmal klarstellen: Die Hoffnung, dass wir dich an die Polizei ausliefern, kannst du dir hier und gleich abschminken. Den Prater wirst du nicht mehr lebend verlassen, genauso wenig wie der bucklige Franz.

Die einzige Frage, die du dir also stellen solltest, ist, wie lange du leiden willst, bevor dich der Quiqui erlöst.«

Hieronymus spürte, wie sein Herz zu rasen begann. Seine Kopfschmerzen waren mit einem Male wie weggeblasen, dafür wurde seine Kehle trocken und ein unbändiges Durstgefühl bemächtigte sich seiner. So, wie der Mann ihm gegenüber sprach, war er es gewohnt, andere zu bedrohen, einzuschüchtern oder einfach aus dem Weg zu schaffen. In diesem Fall kam jedoch noch etwas anderes hinzu: Kupkas Wunsch, den Tod seiner Tochter zu rächen.

Es machte also keinen Sinn, etwas zu leugnen, zu verheimlichen oder gar zu lügen. Hieronymus wusste, dass er alles auf eine Karte setzen musste.

»Tun Sie, was Sie tun müssen«, begann er und hob dabei beschwörend die Hand. »Aber lassen Sie mich zuvor sprechen und hören Sie mich an! Einem Toten entlockt man keine Geheimnisse mehr.«

Er sah die unbewegte Miene des Mannes im Stuhl, die wohl klarstellen sollte, dass er seinen Entschluss bereits gefasst hatte. Und doch verrieten kaum merkliche Zuckungen von Mund, Augenwinkeln und Stirn, dass er in seinem Inneren mit sich haderte. Einen Herzschlag später war jedoch jegliche Regung wieder aus seinem Gesicht verschwunden.

»Sprich.«

Hieronymus spuckte das Blut, das sich mittlerweile in seinem Mund gesammelt hatte, auf den schmutzigen Boden. Dann rappelte er sich erneut auf, und zu seiner Erleichterung wich der Hüne neben ihm einen Schritt zurück.

»Mein Name ist Hieronymus Holstein. Es ist wahr, dass ich derjenige bin, nach dem gefahndet wird. Und es ist ebenso wahr, dass mein Freund neben mir auf mein Geheiß hin mehr über Ihre Tochter in Erfahrung bringen sollte. Was jedoch gänzlich der Unwahrheit entspricht, ist, dass ich mit dem Tod Ihrer Tochter auch nur das Geringste zu schaffen habe. Daher erlauben Sie mir, von Anfang an zu erzählen.«

Kupka lehnte sich leicht in seinem Stuhl zurück und Hieronymus meinte darin ein Zeichen zu erkennen, dass sich der Mann zumindest weiterhin anhören wollte, was er zu sagen hatte. Ob dieser es ernst nahm oder es aus schierer Belustigung tat, erschloss sich ihm nicht.

Aber Hieronymus begann zu erzählen …

… Wie erfreulich der Abend mit seiner Bekanntschaft Maria begonnen hatte. Wie er plötzlich in dem stickigen Zimmer aufgewacht war und welch schreckliche Entdeckung er gemacht hatte. Er erzählte über seine Flucht und wie er am nächsten Tag versucht hatte, Gewissheit über die Geschehnisse des vorangegangenen Abends zu erlangen. Und wie er kläglich gescheitert war.

»Wenn Sie Ihre Tochter also wahrhaftig rächen möchten, so lassen Sie mich herausfinden, wer der tatsächliche Mörder ist. Oder töten Sie mich hier und jetzt und erfahren Sie es womöglich nie.«

Nach diesen Worten schwieg Hieronymus.

Friedrich Kupka schien nur ein Schnippen mit dem Finger davon entfernt zu sein, die Torturen der Hölle über Hieronymus und Franz hereinbrechen zu lassen. Mehrmals hob er die Hand, setzte die Kuppe seines Mittelfingers auf den Daumen, um zu schnippen – und verharrte. Schließlich senkte er die Hand wieder.

»Nehmen wir an, ich glaube dir«, sprach er nach einer gefühlten Ewigkeit. »Woher weiß ich, dass du dich nicht sofort aus dem Staub machst?«

»Hätte ich das gewollt, wäre ich wohl kaum hier«, entgegnete Hieronymus. »Und wo soll ich schon hin? Ich werde in der ganzen Monarchie gesucht, zumindest so lange, bis die Polizei einen Täter präsentieren kann. Außerdem will ich mehr als jeder andere wissen, wer mich dermaßen reingelegt hat, und warum.« Er überlegte, dann fügte er hastig hinzu: »Ich bin auch bereit, Ihnen meinen Reisepass auszuhändigen. Ohne den wird es mir nicht möglich sein, die Monarchie zu verlassen.«

Kupka schien Für und Wider abzuwägen. Dann gab er sich sichtlich einen Ruck. »So gib deinen Pass her.«

»Natürlich habe ich ihn nicht bei mir. Ich wäre ein schöner Narr, mich in der Öffentlichkeit als jemand anderer auszugeben und dann meinen Pass einzustecken, der mich bei der kleinsten Kontrolle der Lüge überführen würde. Schicken Sie einen Ihrer Gesellen mit mir mit, dann übergebe ich ihm das Dokument in meiner Unterkunft.«

Kupka nickte.

Hieronymus zog Franz den Knebel aus dem Mund und half ihm, vom Boden aufzustehen. »Ich verspreche Ihnen, ich finde den Mörder Ihres Fräulein Tochter.«

»Die Johanna war mein Ein und Alles. Wild und lebenshungrig war sie, ein fesches, ein so anständiges Maderl ...« Kupkas Stimme wurde wieder brüchig. Er atmete tief durch, räusperte sich und fuhr laut tönend fort: »Sieben Tage hast du Zeit, Holstein. Sieben Tage, dann rollt der Kopf des Mörders. Oder der deine.«

Hieronymus nickte dankbar, auch wenn er wusste, dass er seine Hinrichtung nicht aufgehoben, sondern vermutlich nur hinausgezögert hatte.

XV

Der Seziersaal im Allgemeinen Krankenhaus war von einer seligen Ruhe beherrscht. Durch die hohen Sprossenfenster fiel das weiche Licht des ausklingenden Tages, unterstützt von den Petroleumlampen, die über den Seziertischen hingen und einen sanften Schein auf die nackten Leiber unter ihnen warfen. Die weißgekalkten Wände wurden von einer Vielzahl großer anatomischer Drucke dekoriert, in einer Ecke des Saales stand ein halbes Dutzend Skelette unterschiedlicher Größe und unterschiedlichen Geschlechts, fachmännisch präpariert und durch Metallgestänge gestützt.

Auf einem der Tische lag eine ausgemergelte Frau mit offenem Bauch- und Brustraum, wo anstelle ihrer Organe nur ein ausgeschabter Hohlraum klaffte. Daneben befand sich ein stämmiger Mann, der mit leicht geöffnetem Mund seine fehlende Hirnschale samt Hinterkopf zu beklagen schien.

Vor dem dritten Tisch stand ein Greis mit weißem Backenbart und aufgeweckten graublauen Augen und studierte sorgenvoll das, was vor ihm lag – die Leiche einer jungen Frau, vielmehr die zerhackten und nun säuberlich aneinandergereihten Einzelteile derselben. Ihre Augen waren in schrecklicher Agonie aufgerissen, ihr Mund ebenso. Finger und Zehen wirkten verkrampft.

Bei dem Greis handelte es sich um Carl Freiherr von Rokitansky. 1844 hatte er den ersten Lehrstuhl für Pathologische Anatomie an der Universität Wien erhalten, wo er bis ins letzte Jahr hinein wissenschaftlich tätig war. Durch das Vorantreiben der Spezialisierung der Medizin und der Entwicklung neuer Disziplinen hatte er gar der »Wiener Medizin« zu Weltruf verholfen. Doch trotz seiner jahrzehntelangen Laufbahn und trotzdem er der Meinung war, alles Menschenmögliche und -unmögliche gesehen zu haben, lief ihm beim Anblick der jungen zerstückelten Frau ein kalter Schauer den Rücken hinunter, der einfach nicht zu vergehen schien.

Die Stille im Seziersaal wurde abrupt unterbrochen, als die Tür aufgerissen wurde und sich hallende Schritte näherten, die von einer jähen Entschlossenheit kündeten.

»Mein lieber Rokitansky!«, schmetterte eine befehlsgewohnte Stimme.

Der Pathologe wandte sich um. »Mein lieber Marx!«

Der Mann, der sich ihm näherte, war der Präsident der Wiener Polizei, Wilhelm Marx. Auch er hatte es in seinem Leben weit gebracht, hatte erst Jus an der Universität Wien studiert und war danach als Praktikant beim Stiftsgericht des Schottenstiftes eingetreten, wo sein kometenhafter Aufstieg begann. Mit einundsechzig Jahren war Marx knapp fünfzehn Jahre jünger als Rokitansky, doch auch ihn zierte eine Halbglatze und ein fulminanter weißer Backenbart, der ihm eine stattliche Erscheinung verlieh.

Die beiden Männer schüttelten sich so innig die Hände, wie es nur langjährige Freunde taten.

»Wie geht es der lieben Familie?«, wollte Marx wissen.

Ein warmherziges Lächeln erstrahlte auf dem Gesicht des Pathologen. »Gut, mein Lieber, zum Glück gut. Hans ist nach wie vor ein gefragter Sänger an der Hofoper, Viktor verdient ebenfalls sein Geld mit dem Gesang. Karl ist voller Zufriedenheit an der Grazer Universität tätig, und Prokop an der Universität in Innsbruck.«

»Zwei Künstler, zwei Mediziner, eine Familie. Da braucht man nicht zu studieren, um zu wissen, wer nach dir und wer nach Maria kommt.«

Rokitansky zwinkerte schelmisch. »Wie ist das Wohlbefinden deiner Louise?«

»Ebenfalls wunderbar«, meinte Marx mit einem Lächeln. »Wenn sie mich bloß nicht immer zu diesen unsäglichen Kuren in Karlsbad drängen würde. Kannst du dir das vorstellen? Lauter alte Menschen, die dem Nichtstun frönen, obwohl sie buchstäblich dabei zusehen können, wie ihnen die Lebenszeit zwischen den Fingern verrinnt.«

Rokitansky beutelte sich ab wie ein Hund, der das Wasser aus seinem Fell schleudert, und hob dann belehrend den Zeigefinger. »›Vor nichts muss sich das Alter mehr hüten, als sich der Untätigkeit hinzugeben‹, das wusste bereits Marcus Cicero.«

Die beiden Männer teilten ein kurzes Lachen, verweilten noch einen Moment in unbeschwerter Stimmung. Dann wandten sie sich dem Seziertisch und der darauf liegenden Toten zu.

»Ich danke dir, dass du dir die Zeit genommen hast, die Leiche selbst zu inspizieren«, sagte Marx, während sein Blick unaufhörlich von einer abgetrennten Gliedmaße zur nächsten sprang.

»Du weißt, dass ich dir keine Bitte abzuschlagen vermag«, entgegnete der Pathologe mit ruhiger Stimme. »Auch wenn die Tat so entsetzlich ist wie diese hier. Ich habe ja schon viel gesehen, aber irgendetwas an dieser Frau … Vielleicht liegt es aber auch nur daran, dass man im Alter weicher und sentimentaler wird. Oder daran, dass man sich vorstellt, was die Arme alles nicht mehr erleben darf, während man selbst schon auf die achtzig zugeht.«

Marx nickte gedankenverloren. »Eine wahre Tragödie. Was kannst du mir über sie sagen?« Und noch bevor sein Freund etwas entgegnen konnte, fügte er eilig hinzu: »Und bitte so, dass es ein Normalsterblicher wie ich auch versteht.«

Rokitansky nahm das Blatt Papier, das neben der Toten lag, zur Hand und überflog das vorgedruckte Tabellenformular des Totenbeschauprotokolls, das bereits mit schwarzer Tinte ausgefüllt worden war.

»Adriane, Fräulein Tochter von Julius Tschermak«, begann er laut zu lesen. »Fünfundzwanzig Jahre alt. Ihr Vater hatte sie bereits vor über einer Woche als vermisst gemeldet. Das Muttermal an ihrem Hals gleicht der Fahndungsbeschreibung. Wohl aus gutem Hause, wie man an ihren gesunden Zähnen sieht, zudem hat sie offenbar nie schwere körperliche Arbeit verrichten müssen, wovon ihre schwielenfreien Handflächen zeugen. Ihre Fingernägel sind weder eingerissen noch abgebrochen, es scheint also keinen direkten Kampf zwischen ihr und dem Mörder gegeben zu haben.«

Marx verschränkte die Arme vor der Brust. »Betäubung mit Chloroform?«

»Möglich. Das lässt sich aber natürlich nicht mehr nachweisen.«

»Natürlich. Wie lange –«

»Aufgrund des Stadiums der Verwesung würde ich sagen, der Zeitpunkt ihres Todes liegt bereits sieben Tage zurück.« Rokitansky nahm mit der linken Hand einen hölzernen Zeigestab und deutete auf die bläulich grau verfärbte Haut sowie auf einzelne kleine Löcher darin. »Massiver Ungezieferbefall hat mit dazu beigetragen, dass es kaum noch möglich ist, festzustellen, ob das Opfer ante mortem geschlagen oder gefoltert worden ist.« Er deutete auf die Handgelenke, die dunkle Stellen aufwiesen. »Mit Sicherheit wurde sie aber noch bei Bewusstsein gefesselt, was die Hautquetschungen und -abschürfungen erklärt.«

»Wodurch ist sie gestorben?«

»Ich gehe davon aus, dass der massive Blutverlust zu einem Zusammenbruch des Blutkreislaufs geführt hat, was schließlich letale Folgen hatte.«

»Hat sie das noch gespürt?«

Rokitansky zuckte mit den Schultern. »Kommt darauf an, ob ihr der Täter sofort eine Gliedmaße nach der anderen abgehackt hat oder nicht. Wenn man etwa ein Maß Blut verliert, ist man noch nicht tot, ja selten bewusstlos. Es überkommt einen ein starker Durst und ein Schwächegefühl. Die Atmung beschleunigt sich und man verspürt schreckliche Angst. Ein Seidel mehr und man fühlt sich verwirrt, wird schwindelig. Und schließlich verliert man irgendwann das Bewusstsein.«

»Aber hat man bis dahin noch Schmerzen?«

»Der Körper befindet sich in einem Schockzustand, daher wohl eher nicht. Ich weiß es nicht mit Sicherheit. Aber sieh dir den Ausdruck auf ihrem Gesicht an.«

Marx blickte in die aufgerissenen, milchig weißen Augen. Ein tief empfundenes Mitgefühl bemächtigte sich seiner. Adriane muss in den letzten Minuten ihres viel zu kurzen Lebens wohl Unbeschreibliches durchlitten haben.

»Sie ist genauso zugerichtet wie Johanna Kupka, die wir vor drei Tagen am Spittelberg gefunden haben.«

Der Pathologe seufzte. »Absolut, ja. Salomon Stricker, ein ehemaliger Schüler von mir, hat die Totenbeschau dieser Johanna Kupka durchgeführt. Die Gewalteinwirkungen waren die gleichen wie hier.«

»Was kannst du mir sonst noch über Adriane Tschermak sagen?«

Rokitansky fuhr sich durch den Backenbart. »Sieh dir an, wie gleichmäßig die Gliedmaßen zerhackt sind. Der Mörder hat dies gezielt, mit Sorgfalt und wohl mit einer pervertierten Leidenschaft begangen. Und …«

»Und?« In dem Moment war Marx jedoch bereits klar, was ihm der Pathologe antworten würde.

»Und er wird es wieder tun.«

XVI

Es war bereits später Nachmittag, als Hieronymus, Franz und Kupkas Handlanger die Unterkunft außerhalb der Stadt erreichten. Schwere Gewitterwolken waren aufgezogen, hatten den Himmel der Sonne beraubt und damit ihrer wärmenden Strahlen, und trieben nun bedrohlich über sie hinweg.

Drei Männer stiegen aus der offenen Kutsche, während drohendes Donnergrollen vom nahenden Unwetter kündete.

»Wir holen die Papiere«, sagte Hieronymus ruhig.

Der Hüne sah ihn an wie ein Wachhund, der im Begriff war, einen Dieb zu zerfleischen. »Flott.«

»Geh du, ich komm schon zurecht«, meinte Franz, sichtlich bemüht, seine Schmerzen zu verbergen.

Hieronymus lief zum Schindelwagen, stieg hinein, holte seinen Pass aus einer Truhe, lief zurück und gab ihn dem Hünen. Der faltete das Papier auf, warf einen prüfenden Blick hinein. Er überflog die Angaben zu Statur, Gesicht, Haaren, Augen, Mund und Nase, schien diese noch einmal mit dem Mann abzugleichen, der vor ihm stand, und steckte schließlich den Pass in seine Rocktasche.

Dann stieg er wortlos in die Kutsche und ließ sich davonfahren.

»Immerhin brauchen wir nicht auch zwei Einzelzimmer im Krankenhaus«, scherzte Franz, der einen jämmerlichen Anblick bot. Das Blut, das aus der Platzwunde gelaufen war, war getrocknet, das geschwollene Auge verfärbte sich bereits rotviolett. »Was, meinst du, sollen wir nun tun?«

»Nichts«, entgegnete Hieronymus, griff seinem Freund stützend unter den linken Arm und geleitete ihn in die Unterkunft. »Jetzt werden wir dich erst einmal verarzten.«

»Jessasmariaundjosef!« Anezka schlug entsetzt die Hände zusammen, als sie Franz erblickte. »Was hat der bucklige Franz bloß angestellt?«

»Nichts«, antwortete Hieronymus und ließ seinen Freund auf einem Stuhl in der Stube Platz nehmen.

»N-nichts«, wiederholte dieser und mimte wieder den Schwachsinnigen.

»Täten S' ihn bitte verarzten, Frau Svoboda?«

Die Frau verzog missmutig das Gesicht. Ohne zu verhandeln, gab ihr Hieronymus einen Gulden, woraufhin sich ihre Laune zwar nicht besserte, sie aber zumindest geflissentlich aus der Stube eilte.

Einige Zeit später kam sie mit einer Lavoir voll heißem Wasser, einigen sauberen Leinenfetzen und einer Flasche mit klarer Flüssigkeit zurück. Sie setzte sich zu Franz, zog den Korken aus dem Gefäß und reichte es ihm.

»Sliwowitz. Und jetzt trink ordentlich!«

Franz nahm drei große Schlucke des Obstbrandes. Der schmeckte fruchtig und glitt scharf die Kehle hinunter, wo er ein wohliges Gefühl hervorrief, das sich sogleich im ganzen Körper ausbreitete.

Danach wischte ihm Anezka mit dem angefeuchteten Fetzen den Schmutz von Gesicht und Händen und tupfte Wunden und Schwellungen sauber.

Hieronymus holte ein silbernes Etui hervor, dessen Oberfläche kunstvoll graviert war, entnahm eine Zigarette der Marke Eckstein und zündete sie an. Dann stellte er sich zur Eingangstür, sog tief den würzig schmeckenden Rauch ein und besah, wie sich die Vermieterin um seinen Freund kümmerte. Einen Augenblick lang war ihm, als würde er so etwas wie Hingabe, ja beinahe Zuneigung in Anezkas Handlungen erkennen. Doch der Moment verflog genauso schnell, wie er gekommen war, und zurück blieb nur das argwöhnische Gesicht einer vom Leben geknechteten Frau.

Ein Blitz erhellte den Vorplatz, unmittelbar gefolgt vom Grollen des Donners. Dann begann es so heftig zu regnen, als hätte man im Himmel eine Schleuse geöffnet. Dennoch verweilte Hieronymus und ertappte sich bei dem Gedanken, dass es ihm eigentlich einerlei wäre, wenn dem Gewitter eine Sintflut folgte, die all den Jammer unter sich ertränken würde.

XVII

»Extrablatt! Dirndl-Hacker von Wien schlägt erneut zu! Extrablatt!«

Der lautstark gerufenen Auspreisungen des Zeitungsbuben hätte es nicht bedurft, rissen ihm die Bürger die Gazette doch förmlich aus den Händen.

Hieronymus, der bei einer Fratschlerin einige Äpfel gekauft hatte und nun die Zeitung in Händen hielt, biss in das Obst und überflog kauend den Artikel.

Erneuter Frauenmord in Wien ... gräßliche Mordthaten in einem Zeitraume von kaum einer Woche ... In beiden Fällen sind die Opfer der bestialischen That arme, gefallene Frauenzimmer ... blutige Affaire in all ihren schaudervollen Details ... Der Localaugenschein ergab bei der Unglücklichen folgende Verletzungen: eine einen Centimeter lange horizontal gestellte Stichwunde an der rechten Halsblutader (Drosselader),

*die absolut tödlich ist ... Verstümmelungen an der
Leiche –*

Er hatte genug gelesen.

Wieder eine junge Frau, wieder war sie grausam zerstückelt worden. Hieronymus spürte, wie ihm die Kehle eng wurde, und er spuckte das Stück Apfel aus, das in seinem Mund unmöglich groß zu werden schien. Denn damit bestand kein Zweifel, dass man ab sofort im ganzen Habsburgerreich nach Männern fahnden würde, die ihm ähnlich sahen.

Trotz einer unruhigen Nacht hatte Franz der Schlaf sichtlich gutgetan – seine Platzwunden hatten eine schützende Kruste gebildet und die Schwellung am Auge war zurückgegangen, wenngleich die Haut die Farbe einer reifen Zwetschke angenommen hatte.

»›Dirndl-Hacker‹, so haben's dich also getauft?« Franz grinste schmerzverzerrt, während er vor dem Schindelwagen Roswitha striegelte. »Das klingt irgendwie schmissig, findest du nicht?«

Hieronymus' unbewegte Miene gab zu verstehen, wie sehr ihm im Augenblick zu Scherzen zumute war.

»Schau, du musst die Wiener verstehen. Wenn's einen Pepihacker gibt, dann gibt's halt jetzt den Dirndl-Hacker. Auch wenn's gar nichts mit der Wahrheit zu tun hat.«

Das Pferd hatte offenbar gelauscht, denn es schnaubte und schüttelte sich, als wollte es gegen die Verarbeitung seiner Artgenossen zu Wurstwaren protestieren.

»Du natürlich nicht«, meinte Franz und tätschelte Roswitha den Hals. »Du kommst nicht in die Knochenmühle.«

Hieronymus ignorierte Franz' Bemerkungen und überflog noch einmal den Artikel – erneut fehlte der Name des Opfers.

Im Gegensatz zum Fundort.

»Leg dich wieder hin und ruh dich aus«, meinte er zu Franz. Er fütterte dem Pferd einen der Äpfel und drückte seinem Freund die restlichen in die Hand.

»Ja eh. Und was hast du vor?«

Im Unteren Prater zirpten und zwitscherten die Vögel in allen Facetten, der Wind rauschte lau durchs Blattwerk. Ein Mann der Sicherheitswache stand mit gelangweilter Miene auf seinem Posten, während hinter ihm die neu regulierte Donau ruhig und gemäßigt dahinfloss. Sie war erst am 30. Mai des vorangegangenen Jahres feierlich für den Schiffsverkehr eingeweiht worden, indem die geladenen Festgäste im persönlichen Beisein des Kaisers an Bord der »Ariadne« von der Reichsbrücke bis nach Nußdorf geschippert waren.

Hieronymus, erneut mit falschem Vollbart getarnt, sah sich gewissenhaft um – aber er konnte weder Schaulustige noch Passanten ausmachen.

Nur ein Wachmann, dachte er, da wird es wohl nichts mehr zu sehen geben. Trotzdem war es einen Versuch wert.

Hieronymus zückte einen kleinen Schreibblock und einen Bleistift und näherte sich der Sicherheitswache, ein übertriebenes Grinsen auf den Lippen.

»Gestatten, Rudolph Weber von der ›Morgenpost‹«, stellte er sich lautstark vor.

Der Wachmann sah ihn mürrisch an. »Da kommen S' ein Euzerl zu spät, Herr Weber. Die Kollegen haben schon alles mitgenommen.«

»Aber gehn S', die Fakten kenne ich bereits«, gab Hieronymus vor, ohne auf die schlechte Laune seines Gegenübers einzugehen. »Ich bin vielmehr daran interessiert, was zwischen den Zeilen steht.«

Geschwiegenes Unverständnis.

»Die Menschen sind es, die mein Interesse wecken. Menschen wie Sie, die ihren Dienst versehen, mag er auch noch so schwierig oder eintönig sein. Ich mein', anstelle von Ihnen könnte man da genauso gut ein Afferl herstellen, und –«

»Mäßigen S' sich«, herrschte der Wachmann Hieronymus an. Aber der hatte bereits erreicht, was er wollte, nämlich, eine gefühlsbetonte Reaktion zu provozieren. Darauf ließ sich nun aufbauen.

»Was ich damit sagen will, ist, dass es mehr redliche Wachleute geben sollte, wie Sie einer sind. Und jetzt einmal Hand aufs Herz: Wie ist es Ihnen eigentlich ergangen, als Sie die arme Seele entdeckt haben, Herr …?«

»Wachmann Friedrich Ferenczy. Und ich hab sie nicht entdeckt. Das war so ein Stenz mit seinem Wauwau beim Gassigehen. Trotzdem geht so was nicht spurlos an einem wie mir vorbei, auch wenn ich schon viel gesehen hab in meinen zwanzig Dienstjahren. Und eine schöne Leich, wie man so sagt, war's auch nicht. Ganz verfärbt war ihre Haut, und so viele Viecher, wie auf der herumgekrabbelt sind, hat sie bestimmt schon eine Woche da gelegen. Wundert mich, dass sie bis gestern keiner gefunden hat.«

»Sie war also nicht versteckt? Dann wollte der Mörder wohl, dass sie gefunden wird?«

Ferenczy zuckte mit den Schultern.

Hieronymus nickte betreten. »Aber wenn Sie sie nicht entdeckt haben und die Tote schon abtransportiert worden ist, würde mich interessieren, warum ein Mann Ihres Kalibers hier noch seinen Dienst zu versehen hat?«

Ferenczy straffte seinen Rock und nahm Haltung an. »Das wüsst' ich auch gern. Aber die Herren da oben werden sich schon was dabei gedacht haben.«

»Vermutlich. Wissen Sie denn, wer die Frau gekannt haben könnte?«

Der Wachmann schüttelte den Kopf. Dann spuckte er herzhaft aus. »Nein, in den Kreisen verkehre ich nicht.«

»Also eine aus dem Adel?«

»Die war nicht adelig, eher das Gegenteil. Hat ein bisserl ausgeschaut wie eine Zigeunerin.« Seine Stimme wurde leise. »Sie ist die Tochter vom Julius Tschermak.«

»Tschermak, Tschermak ...« Hieronymus gab vor, den Namen schon gehört zu haben, und machte sich zum Schein ein paar Notizen.

»Dem Tschermak gehört ein stattlicher Teil vom Wurstel-Prater, halt eher inoffiziell.« Der Wachmann winkte ab. »Dass die Tote seine Tochter war, weiß in den nächsten Tagen aber eh ein jeder. Sie können mich also gern in Ihrer Kolumne namentlich nennen.«

»Das werde ich machen, Wachmann Ferenczy. Verbindlichsten Dank«, sagte Hieronymus. »Auf dass sich ein Mann mit Ihren Fähigkeiten bald wieder sinngebenden Tätigkeiten widmen kann.«

Ein Lächeln machte sich auf dem Gesicht des Wachmanns breit.

Hieronymus ließ den Donaufluss hinter sich, ging mit gemäßigten Schritten den Kiesweg entlang und versuchte im Geiste, jene wenigen Anhaltspunkte zu verbinden, die er gesammelt hatte. Bei beiden Toten handelte es sich um Töchter von Männern, die Besitzungen im Prater hatten.

Und beide Leichen waren so inszeniert worden, dass man davon ausgehen konnte, dass sie gefunden werden sollten. Dass er selbst neben einer der Toten aufgewacht war, verdeutlichte nur, dass der Mörder – oder die Mörder – ihn als Sündenbock dastehen lassen wollten. Ihn, der hier in Wien keine Wurzeln hatte, keine Familie. Es mochte ein Zufall gewesen sein, dass man die am Donaufluss Gefundene erst entdeckt hatte, nachdem man ihn eingekerkert hatte. Genauso gut hätte man ihm auch diese Leiche unterschieben können.

Und eine weitere Erkenntnis manifestierte sich: Da beide Opfer eine Gemeinsamkeit hatten, nämlich den Bezug zum Wurstel-Prater, vermutete Hieronymus, dass es hier um etwas ging, das größer war als die Damen selbst. Also keine Mordtat im Affekt, keine verschmähte Liebe, kein Lustmord. Hinter beiden Morden steckte ein Kalkül – und dieses galt es auszuforschen.

XVIII

Trotzdem Hieronymus den ganzen Tag über insistiert hatte, Franz möge ihn am Abend zur Soirée ins Palais Rasumofsky begleiten, hatte dieser ebenso vehement abgelehnt. Es sei schließlich kein Geheimnis, dass er sich bei derartigen Veranstaltungen mehr wie ein Schauobjekt denn ein Gast fühlte, und die gepflegte Eitelkeit der Damen und Herren der besseren Gesellschaft würde in ihm weniger den Durst auf edle Schaumweine denn Brechreiz hervorrufen.

Aber er hatte sich zumindest bereit erklärt, mit Hieronymus bis zum Ort der Veranstaltung zu fahren, um von dort einen ausgedehnten Spaziergang heimwärts zu machen, etwas, wie er meinte, was seine geprügelten Knochen dringend brauchen würden.

Während sich die Nacht über die Kaiserstadt legte, hielt ein Fiaker vor den Toren des weitläufigen Gartens, der zum Palais Rasumofsky führte.

Hieronymus und Franz stiegen aus, bezahlten den Kutscher für seine Fuhre und verabschiedeten sich.

»Auf einen wohlfeilen Abend, Herr … Wer bist du heute?«

Hieronymus zückte aus der Innentasche seines Fracks die Einladungskarte und hielt sie Franz vor die Nase. Der kniff die Augen zusammen. »*Graf* Georg von Pückler.« Er pfiff durch die Zähne. »Hast dich mal schnell adeln lassen, was?«

Hieronymus zwinkerte mit einem Auge. »Mit dem rechten Säckel Sesterzen ist eben vieles möglich in unserer schönen Donaumonarchie.«

»Und der Dialekt?«

»Ich bin viel zu gebildet, um im Dialekt zu sprechen«, intonierte der andere belustigt mit starkem deutschem Akzent. »Gehaben Sie sich wohl, Graf Rudolphi.«

»Sie mich auch«, scherzte Franz und deutete eine Verbeugung an. Dann humpelte er los.

»Moment noch! Nach Hause geht es in diese Richtung!« Hieronymus deutete hinter sich. »Dort geht es über die Kettenbrücke in den Prater.«

Franz drehte sich um, dreist grinsend. »Aber gehn S' der Herr Graf, was Sie nicht sagen.« Er setzte seinen Weg in die eingeschlagene Richtung fort.

Nach Hause spazieren, dachte sich Hieronymus und musste innerlich lachen. Sein Freund würde wohl nach erquicklicher Ablenkung im Wurstel-Prater suchen, und recht hatte er – jetzt standen sie mehr oder weniger unter dem Schutz des Prater-Papstes, oder zumindest würde er sie nicht mehr behelligen. Da konnte sich Franz schon das eine oder andere Gläschen genehmigen.

Hieronymus wandte seine Aufmerksamkeit wieder seinem eigentlichen Ziel zu: bei einem festlichen Abend mit hochrangigen Gästen zu bestehen, die es sich zwar alle leisten könnten, ein solches Fest selbst auszurichten, aber in Wahrheit zu geizig dazu waren und sich deshalb lieber auf Kosten anderer vergnügten.

XIX

MIT EINEM LETZTEN prüfenden Blick in den Spiegel ver-
gewisserte sich Wilhelm Marx, dass seine Adjustierung
einwandfrei saß. Die streng geschnittene Paradeuniform
passte ihm wie angegossen, die silberbestickten Fransen-
epauletten, in die der Doppeladler der österreichisch-
ungarischen Monarchie geprägt war, ließen den Mann
noch bestimmender wirken, als sein stechender Blick dies
ohnehin schon tat.

Der Sohn eines Gärtners aus Mähren hatte es wahrlich weit gebracht. Aber seinen kometengleichen Aufstieg hatte er niemand Geringerem zu verdanken als sich
selbst. Als der Kriegsminister Theodor Baillet von Latour
fürchterlich zugerichtet worden war – man hatte ihm den
Schädel eingeschlagen, ihm mit einem Säbel ins Gesicht
gestochen und den Sterbenden an einem Gaskandelaber
aufgehängt, nur um ihn noch weiter zu malträtieren –,
hatte Marx selbst, damals noch Konzeptspraktikant des
Polizeikommissariats Wieden, den Hauptschuldigen des
Meuchelmordes ausfindig und daraufhin dingfest gemacht.
Auch die Ausforschung der berüchtigten Wiedner Plün-
derer konnte er für sich verbuchen. Vor drei Jahren war
er schließlich zum Präsidenten der Wiener Polizei beru-
fen worden. Und erst im letzten Jahr wurde er in den
Adelsstand erhoben.

Am heutigen Abend galt es, pflichtbewusst einer gesell-
schaftlich wichtigen Einladung zu folgen, auch wenn Marx
die rechte Lust auf die »Feine Gesellschaft« fehlte. Als

letzten Handgriff heftete er sich eine Anstecknadel mit roter Perle an die Uniform, ein Zeichen der Solidarität mit Gleichgesinnten des Bundes.

Marx wandte sich um.

Louise, eine kleine Frau mit dichtem weißem Haar, rundlichem Gesicht und wachen Augen, die von Lachfalten umgeben waren, strahlte ihn an. Sie war nicht nur seine Gemahlin, sondern auch seine beste Freundin, mit der er all seine Sorgen und Nöte zu teilen pflegte – zumindest fast alle. Denn ein Mann ohne Geheimnisse sei nichts anderes als ein Eunuch, wie er in weinseliger Herrenrunde zu konstatieren pflegte.

»Wie sehe ich aus?«, wollte Marx wissen.

»Wie mein lieber Herr Gemahl«, sagte sie, ging auf ihn zu und gab ihm einen Kuss. »Wann wirst du heute heimkommen?«

»Das weiß ich noch nicht, du brauchst nicht auf mich zu warten. Ich hoffe aber, dass ich mich so früh wie nur irgend möglich losreißen kann.«

Sie nickte verständnisvoll. »Eigentlich hätte ich dich heute gern begleitet«, meinte sie zögerlich. »Ist schon einige Zeit her, dass wir gemeinsam auf einem Fest waren.«

»Ich weiß. Aber der heutige Abend wird kein Vergnügen, glaube mir. Wichtige Männer, die wichtige Reden schwingen, um noch wichtiger zu erscheinen – das ist nichts außer ermüdend. Lieber würde ich mit dir jetzt auf Sommerfrische fahren.«

»Oder nach Karlsbad zur Kur, so wie im letzten Jahr?«

»Ja«, seufzte er, »nach Karlsbad zur Kur, das wollen wir wieder machen.« Als er das Leuchten in den Augen seiner Gemahlin sah, fügte er hinzu: »Also gut, ich verspreche es dir.«

Marx gab ihr noch einen Kuss auf die Stirn. Dann verließ er die Wohnung und machte sich auf zur Soirée ins Palais Rasumofsky.

XX

HIERONYMUS ZÜCKTE DAS ZIGARETTENETUI, besah sich prüfend sein Spiegelbild im glänzend polierten Silber und stellte zufrieden fest, dass er standesgemäß gekleidet war. Der Frack passte ihm wie auf den Leib geschneidert, die Haare hatte er pomadisiert und entlang eines Mittelscheitels glatt gekämmt, sein Schnurrbart war an den Enden gezwirbelt und die blau getönten kreisrunden Augengläser verliehen ihm einen irritierend interessanten Ausdruck, wie er meinte. Ein Zylinder komplettierte seine Erscheinung. Der Backenbart, den er zur Vorsicht aufgeklebt hatte – er wollte das Risiko einer Enttarnung so gering wie möglich halten –, sah echt aus und hielt. Zufrieden steckte er das Etui wieder weg und machte sich durch den weitläufigen Garten, der im englischen Stil angelegt worden war, auf zum Palais.

Dieses war die ehemalige Residenz von Andreas Kyrill Rasumofsky, dem geheimen Botschafter des Zaren zur Zeit des Wiener Kongresses im Jahre 1815. Eine Attikabalustrade umlief das imposante zweistöckige Gebäude, dessen Dach gänzlich mit Kupfer gedeckt war. Vom Garten aus führte eine kurze Freitreppe zum Portikus, der von sechs massiven Säulen gestützt wurde.

Hier wurde einem bereits vor dem Betreten der Räumlichkeiten überdeutlich vor Augen geführt, dass man über Geld nicht sprach, sondern es einfach hatte, dachte Hieronymus, während er die Stufen hochstieg. Er zeigte seine Einladung einem älteren Diener, in dessen Verantwortung offenbar die Kontrolle der Gäste lag. Dieser nickte höflich und gab ihm mit einer Geste zu verstehen, dass er weitergehen dürfe.

Durch eine der fünf hohen, rundbogigen Türen betrat Hieronymus den Festsaal, dessen Anblick ihn in ehrfürchtiges Staunen versetzte. Sechzehn korinthische Säulen aus gelbem Marmor ruhten auf schwarzen Sockeln und trugen das umlaufende Gebälk einem Baldachin gleich. Reliefs mit Bildern aus der griechischen Mythologie schmückten die Wände, der Rest des Saals erstrahlte in Weiß und Beige. Fünf gigantische vergoldete Lüster hingen von der Decke und strahlten wie fünf Sonnen.

Unter ihnen tummelten sich gut zweihundert Gäste, schätzte Hieronymus. Die Herren standen in Gruppen zusammen, ihre Gemahlinnen waren wohl allesamt daheim gelassen worden. Dennoch waren auch Damen anwesend. Sie standen oder saßen entlang der Wände, ausschließlich gewandet in Tournüre und Mieder mit spitzen, tiefen Dekolletés, trugen elegante Fächer in den Händen und ob ihrer kräftig aufgetragenen Schminke waren sie eindeutig als Kurtisanen erkennbar.

Kein Wunder, dass Constanze Oppenheim wohl ebenfalls nicht erschienen war, dachte sich Hieronymus, wenn ihr Gemahl seinen Stand lieber von solchen Damen repräsentieren ließ als von seiner eigenen hübschen Frau.

In einer Ecke spielte ein Streichquartett auf, während sich unzählige Diener zwischen den Gästen schlängelten, Silbertabletts mit Champagnergläsern in den Händen. Wo sollte er beginnen? Wen sollte er ansprechen?

Hieronymus griff sich ein Glas, trank es auf ex aus und nahm sich ein weiteres. Mit einiger Überraschung erblickte er schließlich jemanden, mit dem er bereits Bekanntschaft geschlossen hatte: August von der Hagen, der Mann mit dem aufgedunsenen Gesicht vom Lusthaus und edler Spender der Taschenuhr, die ihm und der Familie Svoboda das köstliche Spanferkel auf den Tisch gezaubert hatte. Er erkannte eine rot gefärbte Perle am Revers seines Fracks.

Hieronymus trat an ihn heran, als begrüßte er einen alten Freund. »Wenn das kein Zufall ist, Herr von der Hagen!«

Der Mann drehte sich um und schien zu versuchen, sein Gegenüber irgendwo zuzuordnen.

»Wir hatten vor wenigen Tagen die Bekanntschaft gemacht, beim Lusthaus im Prater«, erklärte sich Hieronymus. »Georg von Pückler.«

Der Dicke schüttelte Hieronymus die Hand, auch wenn er noch immer den Eindruck erweckte, nicht zu wissen, wer ihm gegenüberstand. Dann schien er sich zu erinnern. »Ah, der Herr mit den blauen Augengläsern! Hatten Sie bei unserer letzten Begegnung nicht einen Vollbart?«

Verflucht, dachte Hieronymus, das hatte er übersehen. »Wohl beobachtet, der Herr. Aber ich wollte mich ein wenig freier fühlen, Sie wissen schon, jetzt, wo die Tage heißer und heißer werden.«

»Die Tage oder die Feste?«

Hieronymus grinste. »Wohl Letztere. Und formidabel wie dieses, wie ich meine.«

»Sie sind wohl zum ersten Mal zu einer Oppenheim-Soirée geladen?«

»Ganz recht. Und sie übertrifft schon jetzt all meine Erwartungen.«

»Dann warten Sie einmal«, meinte von der Hagen merklich leiser, »bis die Stunden später werden – und die Damen trunkener.« Er zwinkerte zweideutig und blickte zu den Kurtisanen. »Da kann ein jeder von uns alten Haudegen noch etwas Neues lernen.« Die Herren, die rund um von der Hagen standen, grinsten breit.

Hieronymus hob sein Glas. »Auf dass wir niemals ausgelernt haben mögen.«

Die anderen taten es ihm gleich. »Hört, hört!«

Die drei bunt bemalten Boote schwebten gut zwei Meter über dem Boden. Sie waren mit Seilen an einem Holzgerüst aus massiven Baumstämmen befestigt und schaukelten wild hin und her. Unter den Besuchern, die jeweils zu viert in einem Boot Platz fanden, zeigte sich eine klare Rollenverteilung: Während die Herren bemüht waren, immer höher und schneller zu schaukeln, goutierten die Damen diese Bemühungen mit spitzen Angstschreien, die jedoch mehr zur Motivation der Herren gedacht waren und sie keineswegs stoppen sollten.

Franz besah sich das Treiben mit einem Schmunzeln. Nicht einmal hier, bei einem solch belanglosen Gaudium, schafften es Männer wie Frauen, das auszudrücken, was sie tatsächlich empfanden, sondern nur das, was ihnen ihre zugewiesene Rolle vorschrieb.

Mit einem Male hörte er, wie hinter ihm ein Zeitungs-bub die Abendausgabe des »Illustrirten Wiener Extra-blattes« anpries. Er ging zu ihm hin und steckte ihm zwei Kreuzer zu. »Was Neues zu den Morden?«

»Meinen S' den Dirndl-Hacker? Nein, leider. Dabei würde sich der so gut verkaufen.«

»Was reden denn die Leute darüber? Ich mein, ein vifer Bub wie du wird wohl eine Menge aufschnappen, oder?«

»Schon«, meinte der Bursche zaghaft, »aber so gern die Leute so was Reißerisches lesen, so ungern reden sie dar-über. Könnte ja ein Unglück heraufbeschwören.«

»Was denn für ein Unglück?«

Der Bub zuckte mit den Schultern. Dann wandte er sich ab und begann erneut, seine Zeitung anzupreisen.

Mit einer galanten Geste verabschiedete sich Hierony-mus von der Gesellschaft rund um von der Hagen und schlenderte weiter durch den Festsaal. Auch der zweite Eindruck vermochte seine Einschätzung über den groß-kotzigen Adeligen nicht verbessern, zumal er nichts als altbackene Floskeln von sich gegeben hatte, die die ande-ren Herren in seiner Runde eifrig abgenickt hatten.

Lautes Gelächter von der anderen Seite des Saals zog Hieronymus' Aufmerksamkeit auf sich. Er reihte sich in die Herrengruppe, die rund um einen einzigen Mann stand. Dieser reckte trotzig sein Glas in die Höhe, einen güldenen Ring am Mittelfinger, mit einer eingefassten roten Perle darin.

»Darum sage ich: Jeder Form einer Umsturzbewegung durch die Arbeiterschaftsverbände muss entschieden und mit jener Härte entgegengetreten werden, mit der sie ihre unsinnigen Forderungen durchsetzen wollen.«

Einhellige Zustimmung unter den Gästen brandete auf und wurde kurz darauf in Champagner ersäuft. Hieronymus runzelte die Stirn. Dies musste wohl der Gastgeber und Gemahl von Constanze sein – Ludwig Josef Oppenheim. Seiner fliehenden Stirn und den grau gelockten Haaren nach zu urteilen, war er wohl um die fünfzig. Seine stechend blauen Augen schienen keinen Widerspruch zu dulden, und seine hängenden Backen verrieten eine Nonchalance ähnlich einer Bulldogge. Als Gastgeber war er der Herr des Abends, und dies ließ er sein Umfeld mit jeder Geste spüren.

Auch mutmaßte Hieronymus, dass ein derart egozentrischer Mann wie er nicht imstande war, Freundschaften zu schließen, und so handelte es sich bei den Gästen des heutigen Festes vermutlich um nichts anderes als potenzielle neue Geschäftspartner. Direkte oder indirekte, wie ihm in den Sinn kam, als er bei einer anderen Gruppe Wilhelm Marx ausmachte, den Polizeipräsidenten von Wien.

Welche Ironie, erfreute sich Hieronymus innerlich, dass ausgerechnet jener Mann, nach dem der Präsident im Moment wohl gerade am verbissensten suchen ließ, nur wenige Schritte neben ihm stand.

Aber er war nicht gekommen, um irgendwelchen Herren beim Schwingen ihrer Reden zuzuhören. Es galt, dem nachzugehen, weshalb er eigentlich hier war …

Das geselchte Wiener Würstel schmeckte herzhaft würzig, die dazu gereichte Scheibe Schwarzbrot hatte eine herrlich knusprige Rinde. Franz musste sich zügeln, das Essen nicht mit wenigen Bissen hinunterzuschlingen. Das zart gehopfte Bier rundete für ihn die Mahlzeit grandios ab.

Das Restaurant »Zum Schweizerhaus«, am östlichen Ende des Wurstel-Praters gelegen, war wie immer gut besucht. Das Lachen der Gäste und das Klingen der Bierkrüge, wenn sie zusammenstießen, verbreitete eine gesellige Atmosphäre und erweckte den Eindruck, dass hier die Welt nicht nur noch in Ordnung, sondern die Zeit auf irgendeine seltsame Art und Weise stehen geblieben war – und dies auch so lange tun würde, bis man das Wirtshaus wieder verließ.

Nachdem er fertig gespeist hatte, schaute Franz sich um. Dass ihm manch einer der Gäste einen argwöhnischen Blick zuwarf oder eine feinere Dame bewusst wegsah, fiel ihm gar nicht mehr auf, und wenn doch, war es ihm einerlei. Franz trank noch einen Schluck Bier. Seit er vor sieben Jahren von einem Fuhrwerk überrollt worden war, dankte er dem lieben Gott jeden Tag, dass er ihn noch ein wenig länger auf Erden wandeln ließ. Dass sein Rücken dabei verkrümmt und seine Arme zerschmettert waren, sodass er sie nur mehr eingeschränkt verwenden konnte, spielte für ihn keine Rolle. Er war sein eigener Herr und konnte die Herausforderungen des alltäglichen Lebens allein meistern. Und solange sein Geist frei und seine Gedanken geordnet waren, wähnte er sich glücklicher als viele andere, die von sich meinten, alles zu wissen und alles zu verstehen.

Am Tisch gegenüber hatten vier Frauen Platz genommen, die ob ihrer glitzernden Kleider und opulenten Hüte wohl bei großen Schaustellern oder in Varietés arbeiteten, als Willkommensdamen, Kartenabreißerinnen oder Serviermadeln.

Franz trank seinen Bierkrug leer. Er würde hinübergehen und vorgeben, auf der Suche nach Arbeit zu sein, um dann elegant das Gespräch auf das Grauen der Morde zu lenken – ein Thema, das für zarte Frauenzimmer ja bekanntlich seit jeher ebenso abstoßend wie faszinierend war. Vielleicht könnte er bei der Damenrunde etwas in Erfahrung bringen, denn das schöne Geschlecht erschien ihm milder in der Aburteilung von Menschen wie ihm.

Er erhob sich und näherte sich dem Damentisch, bemüht, nicht zu stark zu humpeln. Die Gespräche am Tisch verstummten schlagartig.

»Das ist eine geschlossene Gesellschaft«, schmetterte eine der Damen Franz entgegen, noch ehe er auch nur ein Wort gesprochen hatte. »Gehen S' bitte weiter.«

»Ihnen auch einen schönen Abend«, knurrte Franz und machte kehrt, wissend, dass ihn die neugierig-angewiderten Blicke der Damen verfolgen würden, bis er die Lokalität verlassen hatte.

Auch Hieronymus war frustriert. Viel hatte er nicht herausgefunden. Über den Tod der beiden jungen Frauen herrschte entweder stille Betroffenheit oder man äußerte verabscheuungswürdige Thesen, unter anderem jene ihm bereits bekannte: Sie hätten die Untaten selbst provoziert. Auch über seinen Gastgeber hatte Hieronymus nichts wirklich Interessantes gehört: Ludwig Oppenheim sei zunächst Kaufmann in Goleniów gewesen und habe im Familienbetrieb mitgearbeitet, der vornehmlich mit Wolle handelte. Nach einer kurzen Zeit in Berlin sei er nach Wien gezogen und habe hier seine Frau kennengelernt, was mit dem übereinstimmte, was ihm Constanze bereits erzählt hatte. Seither handele er erfolgreich mit Zinshäusern und Grundstücken. Außerdem sei er Großaktionär der »Teplitzer Walzwerke« in Nordböhmen, wie man ihm voll des Respekts berichtete. Mochte Oppenheim auch noch so große Reden schwingen, dachte Hieronymus anerkennend, so hatte sich der Mann immerhin seinen Stand selbst erarbeitet.

Während das Streichquartett erneut einen Walzer anstimmte, trank er den letzten Schluck Champagner aus und stellte das leere Glas einem vorbeigehenden Kellner aufs Tablett. In der Zwischenzeit hatten auch immer mehr Herren die umstehenden Damen zum Tanz aufgefordert und wirbelten mit ihnen übers Parkett, wobei die eine oder andere Hand am Rücken der Partnerin nicht immer auf jener Position ruhte, wo es der Anstand gebot. Und auch die Luft wurde trotz des hohen Saals immer heißer und stickiger.

Genug von der Charade, einen Industriellen zu mimen, dem einzig die Gesundheit seiner Aktionäre am Herzen lag, beschloss Hieronymus und schlenderte in den Englischen Garten, um frische Luft zu schnappen. Er atmete tief ein und aus, genoss die plötzliche und allumfassende Kühle unter dem Sternenhimmel. Nach der aufgeheizten Atmosphäre drinnen fühlte sich der Gang nach draußen wie der erfrischende Sprung in einen Bergsee an.

Mit einem Male roch er etwas: einen lieblich-blumigen Duft, der sofort ein Bild vor seinem geistigen Auge entstehen ließ – das Konterfei jener Frau, die er am Abend vor den schrecklichen Ereignissen kennengelernt hatte, Marias Konterfei. Hier draußen roch es nach jenem Parfüm, das sie auch an dem Abend im Café Central getragen hatte. Hieronymus musste wissen, ob dies nur ein Zufall war. Er sah sich prüfend um, ob er nicht beobachtet wurde. Dann reckte er einem Spürhund gleich die Nase in die Höhe und folgte schnuppernd der kaum wahrnehmbaren Duftnote. Diese führte ihn weiter in den Garten hinein, vorbei an Strauchrosen, Lavendel und Buchskugeln, deren Eigengerüche mit dem Parfüm um Aufmerksamkeit zu streiten schienen. Dann verlor sich das Odeur in der frischen Nachtluft.

Ein Ächzen zerriss jäh die Stille.

Hieronymus sah sich um. Die Diener am Eingang des Portikus schienen nichts gehört zu haben, und wenn doch, ließen sie es sich nicht anmerken. Bedächtig schritt er auf das Geräusch zu, das aus dem Gebüsch unweit von ihm zu kommen schien. Als der Kies unter seinen Schuhen laut zu knirschen begann, hielt er inne. Einen Moment später wurde ihm bewusst, was er gehört hatte: das tiefe, innbrünstige Stöhnen eines Mannes, der wohl mit einer der Kurtisanen zugange sein musste.

Hieronymus wollte gerade wieder kehrtmachen, da sah er inmitten der Schatten eine Gestalt, die sich über eine rechteckig zugeschnittene Hecke beugte, und eine weitere, die hinter ihr stand, die Leibesmitte vor- und zurückbewegte und offenbar die seltsam anmutenden Geräusche von sich gab.

Für einen kurzen Augenblick wandte die vordere Gestalt ihren Kopf ins Licht des Mondes – dieser Augenblick genügte, dass es Hieronymus eiskalt über den Rücken lief.

Blitzschnell kauerte er sich hinter eine Hecke. Nach einigen schweren Herzschlägen lugte er vorsichtig über deren Rand. Die Gestalt hatte das Gesicht wieder in die Schatten gewandt, goutierte die Stöße von hinten nun mit zartem Stöhnen.

Hatte er sich getäuscht? War das doch nicht –

Wieder das Gesicht im Mondlicht. Hieronymus erstarrte erneut, er hatte sich nicht getäuscht – es war das Gesicht von Maria, der Frau, mit der er an jenem schicksalhaften Abend vom Café Central ins Zweite Kaffeehaus in den Prater gezogen war und die er seither verzweifelt suchte.

Und nun erkannte er auch, wer hinter ihr stand: Es war niemand Geringerer als Wilhelm Marx – der Polizeipräsident Wiens.

»Hereinspaziert, meine Damen und Herren! Bestaunen Sie die exakten Nachbildungen historischer Persönlichkeiten in Wachs! Lassen Sie die Geschichte Revue passieren mit unseren Gladiatorenkämpfen, dem Inquisitionsgericht oder den lebendig Begrabenen der Pariser Katakomben! Erschaudern Sie beim Anblick echter Mumien der Inkas, anatomischer Missbildungen oder dem Präparat eines Kopfes eines ruchlosen, achtfachen Mörders! Kommen Sie, kommen Sie!«

Der Ausrufer vor Präuschers Panopticum verstand es, die Praterbesucher in seinen Bann zu ziehen. Er wusste, wann er sich laut und prahlerisch geben musste, oder wann es besser war, mit der Stimme leiser zu werden und damit vermeintlich Geheimes vorzuschützen. Und trotzdem sich bereits eine beachtliche Schlange an Menschen vor dem Panopticum und dem Anatomischen Museum daneben gebildet hatte, wurde er nicht müde, immer neue Sensationen anzukünden.

»Ausschließlich bei uns zu besichtigen: die weltberühmte Bartfrau Miss Julia Pastrana, mit ihrem Kinde, in rotseidenen Flitterkleidern! Beide bei der Geburt verstorben, von Gemahl und Vater erst einbalsamiert und in

St. Petersburg zur Schau gestellt, dann mumifiziert und seither bei uns, und nur bei uns, zu bestaunen! Kommen Sie, Herrschaften, kommen Sie!«

Franz, der sich das Spektakel eine Zeit lang angesehen hatte, war unschlüssig, was er davon halten sollte. Einerseits verstand er die Neugierde der Bürger nach Sensationen und dem Unbekannten, die einfache Ablenkung vom täglichen Joch boten. Andererseits schauderte es ihn bei dem Gedanken, dort selbst als Mumie ausgestellt zu sein, anstatt seine gerechte ewige Ruhe in Gottes Acker finden zu dürfen.

»Schau mal, Mama!« Ein Bub von vielleicht zehn Jahren zeigte mit dem Finger auf Franz, mit einer Mischung aus Furcht und Faszination in den Augen. Als seine Mutter sah, auf wen ihr Sohn deutete, nahm sie ihn beschützend an der Hand und drehte ihm den Kopf weg. Dann beugte sie sich zu ihm und schien ihn zu tadeln.

Franz lächelte besänftigend, auch wenn ihn das Schauspiel traurig berührte.

»Der Bucklige gehört ja wirklich ins Panopticum!«, lallte ein Geselle in schmutziger Kleidung, der ebenfalls in der Reihe anstand, die Backen rot und die Zunge schwer. »Oder haben's dich einfach noch nicht eingefangen?«

Die anderen Besucher lachten lauthals auf.

Franz ballte die Fäuste, auch wenn er wusste, dass es keinen Sinn hatte, sich auf einen Streit einzulassen.

»Wenn dein Geist so scharf wäre wie deine Zunge«, entgegnete er, »könntest du dich zumindest bei etwas verdingen, das dir genug einbrächte, um dir etwas Ordentliches zum Anziehen zu kaufen, du Haderlump.«

Der Geselle stutzte. Für einen Augenblick schien es, als wollte er auf Franz losstürmen. Doch dann bleckte er seine angefaulten Zähne. »Der Verwardackelte kann ja sogar reden!«

Wieder lautstarkes Gelächter. Der Verhöhnte senkte den Blick. Eigentlich hätte er sich an derlei Spott längst gewöhnen müssen, aber er traf ihn immer noch.

»Komm«, sprach unerwartet eine helle Frauenstimme. »Menschen wie wir haben hier nichts verloren.«

Franz blickte neben sich. Mitzi, die kleinwüchsige Frau, die ihn am Vortag noch derb beschimpft hatte, sah zu ihm hoch, ein gütiges Lächeln im Gesicht. Dann machte sie kehrt und bedeutete ihm mitzukommen.

»Ich habe gedacht, du willst mit einem wie mir nichts zu tun haben?«, sagte Franz und folgte ihr dennoch.

Sie warf einen Blick auf sein blaues Auge. »Und ich habe gehört, dass der Kupka dich tot sehen will. Vielleicht bist ja doch in Ordnung.«

So leise und schnell er nur konnte, hatte sich Hieronymus zurück in den Festsaal geschlichen.

Hatte er eben richtig gesehen? Maria und der Polizeipräsident, in trauter Sünde vereint?

Obwohl er sich bemühte, Haltung zu bewahren und sich nichts anmerken zu lassen, war ihm doch, als würden ihn auf einmal alle Gäste argwöhnisch mustern und hinter seinem Rücken über ihn tuscheln. Immer stärker spürte Hieronymus das Verlangen, das Fest fluchtartig zu verlassen. Würde er dies jedoch tun, hätte er nichts gewonnen außer der Erkenntnis eines möglicherweise einfach nur dummen Zufalls – Maria war eben eine Kurtisane, die zufällig auch auf Oppenheims Fest geladen war. Dass sie gemeinsam mit dem Polizeipräsidenten gekommen war, schien Hieronymus zu abwegig, zumal sich dieser bei offiziellen Anlässen immer mit seiner Frau Louise zeigte, mochte man den Zeitungsberichten Glauben schenken.

Er wusste aber auch, dass es für ihn zu gefährlich wäre, Maria im Rahmen dieses Festes zur Rede zu stellen.

Hieronymus trank ein Glas Champagner, nahm ein zweites sowie eine Zigarre und zog sich in einen der Repräsentationsräume zurück, die zu beiden Seiten des Festsaals durch große Spiegeltüren zugänglich waren und in denen sich nur wenige Gäste aufhielten.

Er setzte sich in einen opulent gestalteten Stuhl, schloss die Augen und zog an der Zigarre. Ein würziger und zugleich süß-nussiger Geschmack breitete sich in seinem Gaumen aus, ließ die Kakofonie in seinem Kopf aus immer wiederkehrenden Fragen verstummen, ließ ihn in ferne Länder reisen und letztendlich wieder im Hier und Jetzt landen. Im Hier und Jetzt, wo er als Mörder gesucht wurde und wo er zum zweiten Mal binnen weniger Tage auf ein und dieselbe unbekannte Frau gestoßen war. Wenn seine Nachforschungen auch kaum einen Anhaltspunkt boten, so war sich Hieronymus doch mit einem Male sicher, dass diese Frau mehr als nur eine zufällige Bekanntschaft sein musste. Sollte Maria, oder wie immer ihr Name auch war, irgendwie in die Verschwörung gegen ihn verstrickt sein, durfte er sich nicht allzu lange auf dieser Soirée aufhalten. Denn sollte sie ihn wiedererkennen, würde sie ihn vermutlich sogleich lautstark anschwärzen.

Hieronymus blickte an die schwach beleuchtete Decke. Die schwarz-grauen Muster der Grisaillemalerei darauf verschwammen, stoben auseinander und formten neue Bilder – das entsetzlich entstellte Gesicht der toten Johanna Kupka. Die abgetrennten Gliedmaßen, die wie ein Stapel Holzscheite daneben lagen. Das lachende Gesicht Marias … Wer zur Hölle war die Frau? Wobei die eigentliche Frage lautete: Wer wusste etwas über diese Frau? Mit einem Male war Hieronymus klar, was er zu tun hatte.

Er ließ den Repräsentationsraum hinter sich, schritt mit gebeugtem Haupt durch den Saal und erspähte weiter hinten den Polizeipräsidenten, der sich draußen wohl genug amüsiert hatte und nun wieder der verbalen Zerstreuung nachging. Hieronymus fixierte ihn, um sicherzugehen, dass dieser ihn nicht doch bemerken würde – und stieß prompt mit einem anderen Herrn zusammen, der das halbe Glas Champagner in seiner Hand über Hieronymus' Frack schüttete.

»Entschuldigen Sie vielmals«, sagte der Mann, der nur wenige Jahre älter als Hieronymus selbst sein mochte, überraschend schüchtern.

Diesem war der Zwischenfall einerlei, er wollte nur so schnell wie möglich den Saal verlassen. Trotzdem lächelte er höflich und gelassen. »Lassen S' nur, ist ja nichts passiert.«

Der andere schlug geräuschvoll die Hacken zusammen. »Gestatten Sie: František Skorkovský. Zu Ihren Diensten.«

Skorkovský. Der Name des anderen ließ Hieronymus erstarren. Ihm war, als würde ihn ein Geist aus der Vergangenheit heimsuchen, der ihm unerwartet und heimtückisch einen gezackten Dolch durchs Herz trieb.

Skorkovský.

Karolína.

Und ihr Bruder František, der nun offenbar vor ihm stand. Wie konnte –

Hieronymus verdrängte den Gedanken, erstickte den Keim der Hoffnung, bevor er erblühen und weit größeres Unheil anrichten konnte. Es galt, sich um Dringlicheres zu kümmern!

»Geht es Ihnen nicht gut?«, fragte Skorkovský ehrlich besorgt.

»Nichts passiert«, entgegnete Hieronymus und stellte sich ebenfalls vor: »Georg von Pückler. Ist mir trotzdem eine Freude, Ihre Bekanntschaft zu machen. Aber Sie entschuldigen, ich will mich nur schnell frisch machen.«

Der andere schlug erneut die Hacken zusammen. »Selbstverständlich! Auf später.« Mit diesen Worten drehte sich František Skorkovský um und mischte sich wieder unter die anderen Gäste.

Welche Überraschungen dieser verfluchte Abend wohl noch bereithalten mochte?, fragte sich Hieronymus. Er würde ja hoffentlich von nicht mehr allzu langer Dauer sein. Er atmete tief durch und schritt weiter. Vorbei an den viel zu stark parfümierten Damen, die nur mehr spärlich am Rand standen, durch eine der fünf rundbogigen Türen ins Freie und weiter, zielgerichtet auf jenen älteren Diener zu, der für die Kontrolle der Einladungen zuständig gewesen war.

Als der Hieronymus herannahen sah, nahm er eine steife Körperhaltung an und setzte ein ebenso steifes Lächeln auf.

»Der Herr wünschen?«

Hieronymus gab ihm mit einer Geste zu verstehen, dass er mit ihm etwas abseits der restlichen Dienerschaft zu sprechen gedachte. Der Diener folgte ihm in diskretem Abstand, bis sie eine mannshohe Hecke erreicht hatten, ohne sein offenkundiges Desinteresse verbergen zu wollen.

»Es ist mir unangenehm«, begann Hieronymus in gedämpftem Ton, »aber mir ist heute Abend bei einer Dame ein kleines Malheur passiert. Sie wissen schon, einige ungeschickte Worte, eine missverständliche Geste ... und schon ist die holde Weiblichkeit in Rage.«

Der Diener nickte bemüht verständnisvoll.

»Nun möchte ich es wiedergutmachen. Jedoch habe ich die Gute soeben mit jemandem gesehen, dem ich, sagen wir einmal aus Räson heraus, nicht persönlich gegenübertreten kann.« Hieronymus sah sich konspirativ um, dann beugte er sich näher zu dem Diener. »Wilhelm Marx. Sie wissen, wer das ist?«

Der Diener nickte erneut.

»Die Dame war bereits mit ihm zugange. Sie hat hellblond gelocktes Haar, Augen, in denen man sich verlieren kann, ein üppiges Dekolleté. Nase, Wangen und den Hals abwärts zieren sie unzählige Sommersprossen –«

Der Diener hob den Zeigefinger, gleich eines Schulmeisters. »Ich kenne besagte Dame. Ihren Anblick vergisst man nicht so schnell.« Dann schwieg er.

Hieronymus wusste, was nun folgen musste. Er griff in die Innentasche seines Fracks, holte mehrere Zehn-Gulden-Scheine heraus und gab sie dem Diener, der sie mit einer Leichtigkeit einsteckte, die verriet, dass er nicht zum ersten Male Informationen gegen Bezahlung tauschte.

»Elsbeth Fränkel heißt die Dame. Sie verkehrt zumeist in Diplomatenkreisen und soweit ich weiß, kann sie sich daher auch eine Wohnung in der Inneren Stadt leisten. Unser hochangesehener Polizeipräsident gehört zu ihren Stammgästen, wie man munkelt. Und ich nehme an, Sie wünschen, dass dieses Gespräch nie stattgefunden hat?«

Hieronymus nickte knapp, gab dem Diener weitere

zehn Gulden und deutete dann eine Verbeugung an. »Verbindlichsten Dank.«

»G'schamster Diener.«

Franz und Mitzi erreichten eine Gaststätte, die unweit des Vélocipède-Museums lag. Vorhänge verdunkelten die Fenster und am Eingang hing ein Schild mit der Aufschrift »geschlossen«. Die kleinwüchsige Frau klopfte in einem eigenen Rhythmus gegen die Tür. Kurz darauf wurde diese von innen entriegelt und geöffnet. Ein Mann mit mächtigem Schnauzbart versperrte ihnen den Weg. Seinem dicken Hals und den muskelbepackten Oberarmen nach zu urteilen, stemmte er wohl zum Gaudium von Schaulustigen Gewichte.

»Loisl, ich hab wen mit dabei«, sagte Mitzi mit einem Ton in der Stimme, der keinen Widerspruch duldete.

Der Muskelmann senkte das Haupt und trat demütig zur Seite, gleich so, als ob die kleine Dame ein Zauberwort gesprochen hätte.

Franz betrat den großen Schankraum, der ausschließlich von Schaustellern und anderen Mitwirkenden des Wurstel-Praters besetzt zu sein schien, mit denen sich das gewöhnliche Volk lieber nicht und die bessere Gesellschaft keinesfalls zusammen sehen lassen wollte.

Musikanten mit Geige und Quetschn spielten fidel auf, es wurde lauthals gelacht, getrunken und geraucht. Was Franz aber am meisten imponierte, war, dass ihn niemand ansah, als wäre er schwachsinnig, gewalttätig oder beides zusammen. Allein, dass Mitzi ihn mitgenommen hatte, schien ihn hier gesellschaftsfähig zu machen. Sogar Katharina Pulvermacher, die Mundkünstlerin, die an einem der Tische neben ihrem Ausrufer auf einem eigens konstruierten Sessel saß und aus einem speziell gefertigten Krug Wein trank, lächelte ihn überrascht an und prostete ihm zu.

Auch wenn dies nur ein Beweis dafür war, dass wohl jede Gruppe, einerlei wie anerkannt oder ausgestoßen sie war, ihre eigenen Vorurteile gegenüber anderen pflegte, so fühlte sich Franz hier durch und durch wohl. Er nahm neben Mitzi an einem Tisch Platz, an dem noch ein halbes Dutzend anderer Kleinwüchsiger saß, und bestellte sich ein Krügel Bier, das gleich darauf vor ihm stand.

»Da haben die Burschen vom Papst aber ordentlich zugelangt«, meinte ein anderer Kleinwüchsiger am Tisch und deutete auf Franz' Auge. »Das wird noch in allen Farben leuchten.«

»Hab eh noch ein Zweites«, entgegnete dieser und nahm einen Schluck.

»Aber so schlimm kann's nicht gewesen sein«, sagte Mitzi, »sonst hätte er dich und deinen Freund nicht laufen lassen, oder?«

Franz war bewusst, was die Anspielungen bedeuteten: Man wollte informiert werden, was Friedrich Kupka über den Tod seiner Tochter wusste oder wen er verdächtigte. Und Franz musste mitspielen, sonst wäre er hier schneller wieder draußen, als er ausgetrunken hatte.

»Der Kupka hat geglaubt, dass mein Freund Hieronymus seine Tochter umgebracht hätte«, sagte er freimütig.

»Und? Hat er?« Der kleinwüchsige Mann wirkte todernst.

»Ja, Toni, das hat er bestimmt«, fuhr ihn Mitzi an. »Und deshalb sitzt der Franz jetzt auch bei uns am Tisch!« Die anderen in der Runde lachten auf. »Ich schwör's euch«, zog sie mit Blick auf Toni weiter vom Leder, »zum Glück hat der Mann seine Qualitäten im Bett, denn im Hirn hat er sie nicht.«

Noch lauteres Gelächter, in das auch Toni mit einstimmte.

»Sieben Tage hat der Kupka Hieronymus Zeit gegeben, den wahren Mörder zu finden«, fuhr Franz fort, nachdem das Lachen abgeebbt war. »Danach –« Er zog mit dem Zeigefinger eine unsichtbare Linie entlang seines Halses.

»Ach deshalb stellst die ganzen patscherten Fragen.« Mitzi klopfte nachsichtig mit ihrer kleinen Hand auf die von Franz, was wirkte, als würde ein Kind eine Bärenpranke tätscheln. »Wie du bestimmt schon gemerkt hast, ist der Papst bei uns nicht grad beliebt. Er presst jene aus, die das Geld für ihn verdienen, und wenn man einen Fehler macht, setzt es schon mal eine Tracht Prügel. Was aber nicht heißt, dass wir nicht über die Jojo trauern. Denn im Gegensatz zu ihrem Vater gehörte sie zu den Lieben. Ein Maderl, das immer freundlich, immer hilfsbereit war.«

»Wer zählte zu ihren Bekanntschaften?«

»Sie war ein frei denkender Mensch, und ebenso frei war auch ihr Umgang mit anderen Männern.« Mitzi lächelte schief. »Trotzdem hat sie sich immer ihrer Haut erwehren können, oder etwa nicht?«

Sie blickte in die Runde, die ihr ausnahmslos beipflichtete.

»Eine Schande, was ihr widerfahren ist.«

»Und die zweite Tote? Habt ihr sie auch gekannt?«, hakte Franz nach.

»Wir wissen noch nicht, wer sie war«, meinte Toni zögerlich.

»Adriane Tschermak.«

Mit einem Schlag herrschte Totenstille am Tisch.

»Das ist ... war die Tochter vom alten Tschermak?«, flüsterte Mitzi. »Jessas.«

»Also kanntet ihr sie?«

Toni schüttelte den Kopf. »Die war nie im Prater, ihr Vater auch so gut wie nicht. Aber jeder hier weiß, dass er bei vielen Restaurants und Buden finanziell beteiligt ist. Der Tschermak ist jedem ein Begriff.«

»Haben der Kupka und der Tschermak gemeinsam Geschäfte gemacht?«

Toni zuckte mit den Schultern. »Jeder, der hier sein Brot verdient, hat schon mal mit dem anderen ein Geschäft gemacht. Anders geht's gar nicht.«

Franz nickte.

»So!« Mitzi schlug mit der flachen Hand auf den Tisch, dass es einen Tusch machte. »Genug Trübsal geblasen. Scheinst ein rechter Hegel zu sein, Franz, deshalb trinken wir erst mal. Wirt! Eine Runde!«

XXI

NACH EINER KNAPP halbstündigen Fahrt mit einem Fiaker, die ihn durch die von Gaslaternen schwach beleuchtete Innere Stadt über die dunklen Vororte geführt hatte,
stieg Hieronymus bei seiner Unterkunft aus.

Er entlohnte den Kutscher, ging über den Vorplatz und
betrat das schiefwinkelige Haus, das still und finster im
Schein des Mondes lag. Seit er das Palais Rasumofsky
hinter sich gelassen hatte, fühlte sich sein Kopf schwer
und pochend an – Namen und Bilder wechselten sich
ab, als würde man auf einem Karussell sitzen und seine
Umgebung immer nur für den Bruchteil eines Augenblicks wahrnehmen. Hieronymus spürte, dass ihm die
letzten Tage wohl mehr zu schaffen machten, als er sich
selbst einzugestehen vermochte. Er wollte nur mehr ins
Bett und sich vom Schlaf erlösen lassen.

Nachdem er den halben Weg zwischen Eingangstür
und Bett zurückgelegt hatte, öffnete sich auf der anderen Seite der Stube die Tür zu den Räumlichkeiten der
Vermieterin – und auf der Schwelle stand, umsäumt vom
fahlen Mondlicht, Anezka.

»Ich dachte schon, ihr kommt heute Nacht gar nicht
mehr heim«, flüsterte sie ungewöhnlich sanft.

»Franz ist noch nicht hier?«, fragte Hieronymus irritiert. Auch hörte er zum ersten Mal, dass er am Abend
zu einer bestimmten Uhrzeit hier sein sollte.

»Nein, ist er nicht. Aber umso besser«, raunte Anezka,
kam mit leisen Schritten auf Hieronymus zu und blieb

vor ihm stehen. »Ich habe mich noch gar nicht artig für das Festmahl bedankt, das du uns so großzügig spendiert hast«, sprach sie und ließ ihr Nachtkleid zu Boden gleiten, sodass sie splitternackt dastand.

Hieronymus sah verstohlen an ihr hinab und stellte fest, dass ihr Gesicht schwerer von Leben und Sorgen gezeichnet schien als ihr Körper, der kräftig und straff war.

»Danke«, flüsterte er, »aber ich habe keine Gegenleistung erwartet. Und außerdem bin ich … also … Es war ein langer Tag. Entschuldige.«

Er ging an ihr vorbei, legte sich auf seine Bettstatt und hoffte inniglich, dass Anezka Verständnis für seine Ausflüchte zeigen würde.

Die Frau stand noch einige Augenblicke lang reglos da, als würde sie auf etwas warten. Dann zog sie ihr Nachtkleid hoch, stapfte zur Tür und warf diese mit lautem Knall zu.

Vermutlich hatte er auf zu viel Verständnis gehofft, dachte Hieronymus und war einen Atemzug später eingeschlafen.

XXII

DER ERLÖSENDE SCHLAF, den Hieronymus sich erhofft hatte, war ausgeblieben. An seiner statt waren Namen in großen Lettern an ihm vorbeigeschwirrt, gleich den Aufmachern von Gazetten, hatten ihn gedrängt, gegeißelt und gequält.

Kupka. Constanze. Johanna. Adriane. Marx. Skorkovský. Maria. Elsbeth. Karolína.

Und dazwischen Anezkas nackter Körper, einmal aufreizend, das andere Mal einschüchternd, verlockend und bedrohlich zugleich …

Hieronymus tauchte den Kopf in den Kübel voll klarem Wasser, richtete sich wieder auf und hoffte, dass ihn die Erinnerung an diese Nacht schnellstmöglich verlassen würde.

»Morgen, Herr Graf!« Franz kam auf den Vorhof gehumpelt, eine zusammengerollte Zeitung in der Hand. Seine Wangen waren gerötet, ein seliges Grinsen zierte sein Gesicht.

»Na, zumindest einer hat gute Laune«, meinte Hieronymus und strich sich die nassen Haare aus der Stirn.

»Zwar mit schwerem Schädel, aber der war redlich erkämpft.«

Hieronymus wischte mit der Hand vor seinem Gesicht hin und her, als wollte er ein lästiges Insekt vertreiben. »Kau ein paar Kräuter. Du stinkst wie eine ganze Brauerei.«

»Auch das habe ich mir redlich erkämpft.«

Der andere sah Franz fragend an.

»Die gute Nachricht ist: Wir sind im Prater nicht mehr Personae non gratae.«

»Ich jubiliere. Und die schlechte?«

Franz legte die Zeitung auf den Rand des Brunnens. »Sie haben noch eine gefunden.«

»Noch eine was?« Dann dämmerte es Hieronymus. »Das darf nicht wahr sein.« Er atmete tief durch. »Das heißt, von nun an –«

»Ganz genau«, meinte Franz und kam damit der Ausführung seines Freundes zuvor. »Fünfmal haben sie mich heute schon kontrolliert, allein vom Prater bis hierher. Die Sicherheitswache zeigt seit den frühen Morgenstunden eine Stärke auf den Straßen, als gelte es wieder einmal, die verfluchten Osmanen abzuwehren.«

»Da ist ja der bucklige Franz!«, schallte es vom Haus her.

Anezka hatte ihr Sonntagskleid an. Ihre Kinder waren ebenfalls gebürstet und gestriegelt. »Das Wasser trägt sich aber nicht allein vom Brunnen ins Haus!«

Mutter und Kinder gingen über den Vorplatz, der frischen Kleidung nach zu urteilen auf dem Weg in die Sonntagsmesse.

»G-gleich g-gnä' Frau«, mimte Franz wie auf Kommando den Schwachsinnigen.

Anezka nickte ihm überraschend freundlich zu. Hieronymus würdigte sie keines Blickes.

Als die Familie außer Sichtweite war, sah Franz seinen Freund herausfordernd an. »Was hast denn mit der Frau angestellt, dass sie dich gar so negiert?«

»Frag lieber, was ich nicht mit ihr angestellt habe.« Er winkte ab, nahm die Zeitung und überflog die Titelseite. »Angeblich haben sie die dritte Leiche beim Neuen Donaubett gefunden. Diesmal also im Oberen Prater.«

Franz schüttelte gramvoll den Kopf. »Wieder eine junge Frau. Wieder zerstückelt. Wieder bereits seit einer Woche tot. Und was macht der Polizeipräsident? Vollmundige Versprechungen, dass man den Dirndl-Hacker alsbald dingfest gemacht haben will.«

Hieronymus zog eine Augenbraue hoch. »Na, die Versprechung wird er sicher nicht gestern Abend getätigt haben. Da war er nämlich anderweitig beschäftigt, das kannst du mir glauben.«

Franz runzelte die Stirn.

»Erklär ich dir auf dem Weg in die Innere Stadt.«

»Du willst in die Höhle des Löwen?« Er kratzte sich den beinahe kahlen Schädel.

»Was bleibt uns über? Ich glaube nämlich nicht, mein Freund, dass der Löwe zu uns kommen wird.«

Nachdem sie eine gefühlte Ewigkeit später vier Kontrollposten ohne größere Schwierigkeiten passiert hatten, erreichte der Einspänner endlich die Elisabethbrücke, über die die namensgebende Kaiserin an ihrem Hochzeitstag im April 1854 ihren feierlichen Einzug in Wien gehalten und sie damit eröffnet hatte.

Auf dem Weg dorthin hatte Hieronymus Franz darüber in Kenntnis gesetzt, wie die gestrige Soirée verlaufen war – von dem Wiedersehen mit von der Hagen über die großmäulige Rede Oppenheims bis zu dem Tête-à-Tête des Polizeipräsidenten mit der mysteriösen Frau im englischen Garten, die Hieronymus als Maria kennengelernt hatte, die in Wahrheit jedoch Elsbeth Fränkel zu heißen schien. Ihretwegen waren sie nun in die Innere Stadt

unterwegs. Sie mussten sie ausfindig machen, denn Hieronymus hatte die Hoffnung, Elsbeth könnte das Bindeglied
zwischen seiner fehlenden Erinnerung und seinem Erwachen am Spittelberg sein. Dass er auf einen Mann namens
František Skorkovský getroffen war, verschwieg er – die
grauenhafte Vergangenheit hatte vorläufig zu warten.

Als die Kutsche mitten auf der Brücke, die den Wien-
fluss querte, halten musste, da sich Karren und Fuhr-
werke ob eines neuerlichen Kontrollpostens am Beginn
der Kärntnerstraße stauten, beschlossen Hieronymus und
Franz, ihren Weg zu Fuß fortzusetzen. Sie entlohnten den
Fuhrmann und schritten über die Brücke.

»Warum haben's denn die Hin- und Herrschaften so
trabig?« Der Wachmann streckte Franz und Hieronymus die rechte Handfläche entgegen, als könnte er sie
allein dadurch aufhalten.

Die beiden Freunde warfen sich einen kurzen, beun-
ruhigten Blick zu, dann blieben sie stehen und nahmen
Haltung an.

»T-tempus f-f-fugit«, stieß Franz heraus.

»Was?« Der Wachmann stutzte.

»Die Zeit verrinnt, meint mein vom Schicksal gezeich-
neter Freund«, erklärte Hieronymus. »Und deshalb schicken wir uns an, die Innere Stadt zu Fuße zu erreichen,
solange die Läden noch geöffnet haben.«

»Mhm«, brummte der Kontrollposten. »Ich hab meine
Zeit auch nicht gestohlen. Ihre Ausweispapiere.«

Franz und Hieronymus zückten die angeforderten
Dokumente und händigten sie dem anderen aus, der sie
kritisch beäugte. Immer wieder schnellte sein Blick zwischen den Papieren und den beiden Männern hin und her,

als würde er jeden Eintrag mit der Wirklichkeit abgleichen. Dass Hieronymus' Papier ihn als Georg von Pückler und damit als Hochstapler auswies, konnte er nicht einmal erahnen.

Franz versuchte, so gelassen und gleichzeitig geistig beeinträchtigt zu wirken, wie es ihm nur möglich war. Nicht nur zog dies fast immer die Aufmerksamkeit auf sich und so weg von Hieronymus, das zumeist geheuchelte Mitleid der anderen beeinträchtigte diese auch in ihrem Urteilsvermögen. Ein kurzer Blick zu seinem Freund offenbarte jedoch etwas, das keine noch so gut gespielte oder gar tatsächliche Beeinträchtigung wettmachen könnte – der aufgeklebte Backenbart begann, sich knapp unter Hieronymus' echten Koteletten zu lösen. Und der hatte es nicht bemerkt.

Franz räusperte sich aufdringlich, was zwar den Wachmann kurz innehalten ließ und ihm einen angewiderten Blick einbrachte, nicht aber Hieronymus dazu veranlasste, ihm seine Aufmerksamkeit zu schenken. Ein weiterer, gleich geahndeter Versuch verlief ebenso erfolglos.

Nun bemerkte Franz, dass der Blick des Kontrollpostens seltsam irritiert im Gesicht seines Freundes haften blieb. Sollte sie der Wachmann enttarnten, da war sich Franz sicher, gäbe es kein Entrinnen. Und er würde nicht einmal schnell genug davonlaufen können, schoss es ihm durch den Kopf.

Gleich würde es so weit sein, gleich würde der Kontrollposten –

In einer heftigen Bewegung, ähnlich einer Zuckung, stieß Franz mit der flachen Hand in Hieronymus' Gesicht und klatschte so den sich lösenden falschen Backenbart wieder an seine Stelle.

Wachmann und Hieronymus machten ein ähnlich überraschtes wie verwirrtes Gesicht, woraufhin Franz eine gutmütige Miene aufsetzte und das Wort »F-Freund« hervorbrachte.

Obgleich noch immer unsicher, was das eben sollte, klopfte Hieronymus dem anderen auf den Buckel.

»Ist seine Art, seine Zuneigung kundzutun«, meinte er mit verbindlichem Lächeln.

»Na das bräuchte ich wie Läuse am Beidl«, brummte der Wachmann und gab den beiden die Ausweispapiere zurück. »Sie können passieren, Herr von Pückler und Herr Rudolphi.«

Franz und Hieronymus nickten knapp und gingen ohne Eile an dem Kontrollposten vorbei. Sie hatten es geschafft.

»Momenterl noch!« Die Bestimmtheit in der Stimme des Mannes ließ die Freunde erstarren. Der Wachmann kam auf die beiden zu, blieb dienstbeflissen vor Hieronymus stehen.

»Bei Ihrem Freund«, meinte er und sah nun Franz an. »Da sind die Schuhbänder offen. Binden S' ihm die, sonst stolpert der noch und kommt unter die Räder.«

Hieronymus sah, dass er recht hatte. »Verbindlichsten Dank!«

Dann kniete er sich hin und band Franz den Schuh.

XXIII

DER GROSSE SITZUNGSSAAL im Niederösterreichischen Landhaus wirkte leer und erdrückend. Durch seine hohen Rundbogenfenster fiel das aschgraue Tageslicht in den dunstigen Raum, zeichnete gitterartige Licht- und Schattenspiele auf die marmorne Wandverkleidung. An der Gewölbedecke prangte farbenprächtig das größte zusammenhängende Gemälde Österreichs, die Fresken des Bologner Künstlers Antonio Beduzzi. Verziert mit Flussallegorien glorifizierte es die Figur der »Austria«, der Personifikation des Habsburgischen Vielvölkerstaates, wie sie vor der göttlichen Vorsehung schwebte.

Darunter erstreckte sich ein schier endloser Tisch aus dunkler Eiche, an dessen beiden Seiten sich unzählige Stühle reihten.

An einem Ende der Tafel hatten sieben Herren Platz genommen. Keiner von ihnen war unter sechzig Jahre alt, aber jeder trug eine rot gefärbte Perle – ob am Revers eines dunkeln Fracks, eingefasst in einen goldenen Ring oder, beinahe unauffällig, als rechten Manschettenknopf.

Die sieben bildeten die Führung eines Geheimbundes, der sich »Leonis Mures« nannte, die Mäuse des Löwen. Nicht, dass dieser Bund etwas zu verbergen hätte, aber es war einfacher, außerhalb des Wahrnehmungsbereiches sowohl des gemeinen Bürgers als auch des Beamtenapparates zu wirken.

Ziel des Bundes und daher Aufgabe jedes einzelnen Mitglieds war es, das Kaiserreich gegen alle Widersacher zu schützen, einerlei, ob sie von außerhalb seiner Grenzen operierten oder von innen agitierten.

Wie in der altägyptisch-demotischen Tierfabel »Der Löwe und die Maus« verstand sich jeder von ihnen als einer unter vielen Mäusen, die den Löwen zu retten versuchten – der Löwe, das Wappentier der Habsburger und somit die Kaiserliche Dynastie selbst.

Auch wenn es unter den Mitgliedern des Bundes keinerlei Standesunterschiede gab, so waren die sieben Herren den anderen »Mäusen« hierarchisch doch überlegen – sie bildeten die von allen demokratisch gewählte Führungsspitze.

Unter den Männern herrschte an jenem Vormittag eine unausgesprochene Anspannung, ihre Mienen waren so ernst wie ihre Stimmung. Jeder schien sich der Dringlichkeit dieser eilends einberufenen Sondersitzung bewusst.

»Die Gazetten werden es ausschlachten wie ein gieriger Fleischhauer einen ausgezehrten Ackergaul«, meinte einer der sieben.

»Nicht nur das«, entgegnete ein anderer. »Sie werden hinterfragen, wie sicher der einzelne Bürger noch ist, und anprangern, dass die Polizei nach wie vor im Dunkeln tappt.«

»Tut sie das nicht immer?«

»Drei tote junge Frauen sind nichts Alltägliches. Irgendwann wird der Ruf nach einem Machtwort Seiner Kaiserlichen Majestät laut werden.«

»Und nach der Abberufung des Polizeipräsidenten.«

»Und wer bitte schön sollte Marx nachfolgen? Der Mann ist durch alle Schichten der Gesellschaft anerkannt. Eine strategisch wichtige Figur wie ihn kann man nicht einfach vom Spielbrett nehmen, ohne dass man in Zugzwang gerät.«

»Man müsste jemand anders aufbauen.«

»Dafür fehlt die Zeit.«

Einstimmiges Schweigen.

Derjenige, der am äußersten Rand des Tisches saß, fuhr sich mürrisch durch den weißgrauen Vollbart. »Auf alle Fälle werden alle opportunistischen Kräfte diese Schwäche nutzen, um die Machtverhältnisse zu ihren Gunsten zu verändern, glauben Sie mir, geschätzte Herren.«

»Was also können wir Mures beitragen?«

»Das, was wir am besten können: jedem noch so kleinen Hinweis folgen, ihn hinterfragen und, sofern er nur halbwegs glaubwürdig ist, ihn den anderen mitteilen. Auf dass sich die Kunde verbreite und der Hinweis zum Beweis und folgend zur Anklage werde.«

»Wann wollen wir die anderen über das weitere Prozedere informieren?«

»Heute Abend, neun Uhr. Ich lasse alles vorbereiten.«

Die sieben Männer tauschten bekräftigende Blicke. Dann schlug einer von ihnen mit der Faust auf den Tisch.

»Pro Austria, meine Herren.«

Die anderen taten es ihm gleich.

»Pro Austria!«

XXIV

HIERONYMUS RIEB SICH die Wange, auf die er den Schlag bekommen hatte.

»Wofür war eigentlich die Watschn?«

»Dein Bart hat sich abgelöst, als wolltest du dich häuten.«

Instinktiv griff sich Hieronymus mit beiden Händen auf die Wangen und drückte die haarige Verkleidung fest.

»Danke.«

»Dir auch fürs Schuhebinden. Darfst ab jetzt immer machen.«

»Du träum schön weiter.«

Die beiden Männer zwängten sich durch die schier unerträgliche Enge der Kärntnerstraße, in der sich Fußgänger wie Karren und Kutschen dermaßen lebensgefährlich drängten, dass man bisweilen hoffte, sich bereits mit den heiligen Sterbesakramenten versehen zu haben.

Sie passierten das Gasthaus »Zum Wilden Mann«, in dem Ludwig van Beethoven häufig zu Gast gewesen war und von wo er die Postkutsche nach Baden nahm.

Nach einer schieren Ewigkeit des Drängens und Stoßens tat sich vor Hieronymus und Franz endlich der Stock-im-Eisenplatz auf, zu dessen Linker Wiens vornehmste Einkaufsstraße begann und zu dessen Rechter sich der Dom zu St. Stephan in majestätische dreihundertfünfzig Fuß Höhe reckte.

Franz überblickte das geschäftige Treiben. »Alsdann, wo wollen wir die Mamsell zu suchen beginnen?«

»Darüber habe ich mir auch schon den Kopf zermartert«, gestand Hieronymus. »Da sie an dem Abend, als ich sie kennenlernte, und auch gestern Abend teuer aussehende Kleider trug, schlage ich vor, wir fragen bei Tuch-, Seiden- und Leinenwäschehändlern nach. Vielleicht hat sie dort einmal etwas in Auftrag gegeben.«

»Was ist mit Galanteriewaren-Geschäften?«

Hieronymus nickte. »Gute Idee. Dann wollen wir einmal.«

Die beiden Männer begannen die südliche Ladenzeile des Grabens hinaufzugehen, in dessen Mitte zwei Brunnen – einer mit der Bleifigur des Heiligen Josephs, einer mit der des Heiligen Leopolds – standen, die wiederum die Pestsäule flankierten, die Kaiser Leopold I. zur Beendigung der Pestepidemie des Jahres 1679 hatte errichten lassen.

Im Gegensatz zu den Läden in den Außenbezirken Wiens und seinen Vororten, die ihre Waren auf dem Trottoir vor dem Lokal oder an den geöffneten Ladenfenstern feilboten, hatten die am Graben seit Kurzem große Schaufenster, in denen man sich Appetit auf die Reichhaltigkeit des Angebots im Inneren der Geschäfte holen konnte.

Nachdem sie an der Geschäftszeile einen Laden nach dem anderen betreten, den Inhaber nach Elsbeth Fränkel befragt und nur ein Kopfschütteln oder eine ruppige mündliche Abfuhr erhalten hatten, machten die beiden Männer am Ende des Grabens erfolglos kehrt und versuchten ihr Glück auf der nördlichen Seite der Promenade. Doch auch hier kannte niemand die Gesuchte.

Entmutigt standen die beiden schließlich vor dem Dom zu St. Stephan und sahen sich ratlos an.

»Wir können kaum jedes Geschäft der Inneren Stadt abklappern«, seufzte Hieronymus und steckte resignierend die Hände in die Hosentaschen.

»Nicht in diesem Leben.« Franz blickte zu dem mächtigen sakralen Bauwerk, dessen Bauzeit unglaubliche vierhundert Jahre verschlungen hatte, und weiter zu den kleinen Läden, die sich ihm gegenüber in den Erdgeschossen der Häuser reihten und wirkten, als würden sie sich der Dominanz des Doms beugen.

»Was ist mit der Schneiderei dort?«

Hieronymus folgte dem Blick seines Freundes. Ein kleines, unscheinbares Geschäft, beinahe nur so schmal wie die Tür, die in sein Inneres führte.

»Ich nehme an«, sagte Franz, »dass in dem Gewerbe, dem die Mamsell nachgeht, öfters mal eine Naht aufreißt, in der Hitze des Gefechts. Und wenn sie so gut verdient, dass sie sich hier eine Wohnung leisten kann, dann wird sie wohl kaum selber nähen müssen.«

Hieronymus zuckte mit den Schultern, überlegte kurz. Dann schritt er auf die Schneiderei zu. Franz folgte ihm.

XXV

ELSBETH FRÄNKEL STIEG die Stufen zu ihrer Wohnung empor, die im zweiten Stock eines Hauses in der Singerstraße lag, gegenüber der k.k. Hof- und Staatsdruckerei. Die Nacht war lang gewesen und hatte sich bis Mittag des heutigen Tages gezogen, erst dann waren die letzten Gäste – zumeist volltrunken – nach Hause gewankt. Trotzdem hatte der Gastgeber der Soirée darauf bestanden, dass einige ausgewählte Damen noch blieben, sollte der eine oder andere Gast noch das Bedürfnis verspüren, bespaßt zu werden. Und auch wenn ihr der Unterleib bereits geschmerzt hatte, so tat sie, worauf sie sich am besten verstand: den Herren das Gefühl zu vermitteln, dass sie verwegen, interessant und begehrenswert waren. Dass sich die Welt um sie drehte, auch wenn ihre Witze schal, ihre Annäherungsversuche plump und ihr Äußeres wenig einladend waren. Aber Elsbeth hatte gelernt, dass, wenn sie dies alles tolerieren konnte, sie diejenige war, die bis zu einem gewissen Grad die Kontrolle behielt, diejenige, die geschickt nur so weit ging, wie sie es zulassen wollte, und die es buchstäblich in der Hand hatte, wie lange die Intimität letztendlich andauerte. Dies alles könnte sie als Nymphe am Graben oder am Spittelberg nicht, denn dort wäre sie dem brutalen Ungestümsein der Zecher und Tagelöhner ausgesetzt. Davon abgesehen, dass sie niemals genug verdienen würde, um sich eine so adrette Wohnung leisten zu können, all die schönen Kleider und Schmuckstücke, die ihr das Gefühl gaben, jemand Besonderes zu sein. Und schon gar nicht würde sie sich eine Amme leisten können, die auf das Einzige, was ihr etwas auf der Welt bedeutete, aufpasste, als ginge es um ihr eigenes Leben – ihren Sohn Peter.

Elsbeth sperrte die Tür auf, betrat die Stube, die mit ihren drei großen Sprossenfenstern hell und freundlich wirkte. Der Parkettboden war frisch gewienert und die wenigen, aber eleganten Möbelstücke strahlten eine heimelige Geborgenheit aus.

»Peterchen! Ich bin zu Hause!«

Ihren Fächer legte Elsbeth auf die Kommode, dann zog sie sich die Schleifen und Nadeln aus der hochgesteckten Frisur, sodass ihre hellblonden Locken sanft über ihre Schulter fielen.

Elsbeths Blick nahm liebevolle Züge an. »Wo ist denn mein Peterchen?«

Keine Antwort.

Ihr Blick verfinsterte sich. »Frau Barbara? Sind Sie nicht hier?«

Plötzlich trat eine Gestalt aus dem Nebenraum, ein Mann, der ein Bündel in den Armen hielt, es sanft hin und her wiegte.

Elsbeth wurden die Knie weich. Sie musste sich an der Kommode abstützen. »Barbara?« Der Name kam ihr nur stockend und heiser über die Lippen.

»Ihnen auch einen guten Tag, *Maria*.«

Die Gestalt machte einen Schritt nach vorn. Das blond gelockte Kind, das selig in ihren Armen schlummerte, war noch kaum ein Jahr alt – Elsbeths Sohn Peter. Der Eindringling kam der Mutter schlagartig bekannt vor: Es war jener Mann, dessen Bekanntschaft sie vor wenigen Tagen hatte schließen sollen – Hieronymus Holstein.

»Mein Kind ... bitte ...«

Elsbeth begann zu zittern. Alles in ihrem Körper schien danach zu trachten, auf den Fremden loszustürmen und ihm Peter zu entreißen, aber wie würde er reagieren? Würde er das Kind fallen lassen? Es gar meucheln?

Hieronymus machte einen Schritt auf die Mutter zu und streckte ihr den Buben entgegen. Die griff ihn mit der Schnelligkeit und Kraft eines Raubtieres, was sie selbst zu überraschen schien. Sie drückte das Bündel an sich, presste ihr Gesicht an die Wangen ihres Sohnes und begann bitterlich zu schluchzen, während sie immer und immer wieder seinen Namen aussprach.

»Sie dachten doch nicht, ich könnte dem Kind was zuleide tun, Maria? Oder sollte ich Sie lieber Elsbeth nennen?«

Einen Moment lang reagierte die Frau nicht, dann blickte sie Hieronymus an, als wünschte sie seinen Tod. »Elsbeth ist schon recht. Was wollen Sie?«

»Die Wahrheit, wenn's beliebt. Aber lassen Sie uns doch erst Platz nehmen.«

Er ging zu dem kleinen Tisch mit den vier Sesseln, die in einer Ecke der Stube standen, und setzte sich, ohne abzuwarten, bis sich die Frau zuerst setzte, wie es der Anstand gebot. Elsbeth folgte ihm mit einigem Abstand und tat es ihm schließlich gleich.

»Wie haben Sie mich gefunden?« Sie wischte sich die Tränen von den Wangen.

»Nun, das war nicht ganz leicht, und ein bisschen Glück gehört im Leben eben auch dazu. Aber seien Sie gewiss, dass ich Sie nicht länger behellige als notwendig.«

Elsbeths Blick verriet nicht, ob sie den Worten ihres Gegenübers Glauben schenkte. Trotzdem tat sie so, als würde sie es. »Ich kann mir vorstellen, was Sie wissen wollen. Zuvor möchte ich Ihnen aber ehrlich sagen, dass ich nicht gewusst habe, dass man Ihnen die Morde unterschieben will. Ich schwöre es bei Peterchens Leben.«

»Ich glaube Ihnen, auch wenn ich dazu eigentlich keinen Grund habe. Denn nun bin ich es, der seine Unschuld beweisen muss.«

»Bitte entschuldigen Sie. Wo ... wo ist Frau Barbara, meine Amme?«

»Im Schlafzimmer, sie wartet auf Sie.« Dann rief er etwas lauter: »Geht es Ihnen gut, Barbara?«

»Es fehlt mir an nichts«, gab eine ältere Frau mit heiserer Stimme aus dem Raum nebenan zurück.

»Gut, gut.« Elsbeth machte eine Pause, fasste sich. »Vor etwa einer Woche, genauer gesagt am 16. Juni, erhielt ich per Boten einen Brief. So etwas ist nichts Ungewöhnliches, keiner meiner Kunden kontaktiert mich persönlich, wissen S'?«

Hieronymus nickte knapp.

»In dem Brief stand, dass ich mich ab Montagmittag, also dem 19., bereithalten sollte, mich mit jemandem zu treffen, genauer gesagt sollte ich dafür sorgen, dass er mich trifft. Und ein nicht unbeträchtlicher Geldbetrag war ebenfalls beigelegt. An besagtem Tag wurde ich mit einem Fiaker abgeholt und zum Café Central gefahren. Dort erhielt ich eine Phiole mit einer Flüssigkeit und genaue Anweisung, wie Sie denn aussehen und wo ich Sie hinzubringen hätte. Ich nehme an, von dem Kerl, den Sie verärgert haben.«

»Ich habe niemanden verärgert. Denn wenn ich wüsste, wer mir so übel mitspielt, wäre ich jetzt nicht hier bei Ihnen, Gnädigste.«

Elsbeth entgegnete nichts.

»Sie haben also letzte Instruktionen erhalten, sich mit mir getroffen und mir dann das Gefühl vermittelt, dass Sie sich in meiner Gesellschaft wohlfühlten und gerne Zeit mit mir verbrächten.«

»Ich –«

Hieronymus brachte die Frau mit einer Handbewegung zum Schweigen. »Sparen wir uns die Heuchelei. Wie ging's weiter?«

»Ich sollte Sie ins Zweite Kaffeehaus in den Prater bringen.«

»Aber, aber, Ihre Lieblingsdamenkapelle spielte doch dort auf«, meinte Hieronymus sarkastisch.

Elsbeth blickte betreten zu Boden. »Ja … Auf alle Fälle musste ich Ihnen, sobald wir dort angekommen waren, die Substanz aus der Phiole ins Glas schütten. Dann sollte ich noch zwei Tänze abwarten, und danach könnte ich einfach so wieder nach Hause gehen.«

»Wie ungemein gefällig für Sie. So mussten Sie sich zur Abwechslung nicht betatschen lassen.« Hieronymus' Blick war eisern. »Was ist mit mir dort geschehen?«

»Das kann ich Ihnen leider nicht sagen. Sie haben mit mir das Kaffeehaus verlassen und sind nach wenigen Schritten ins Gebüsch gestolpert und dort liegen geblieben. Ich hatte noch versucht, Sie anzusprechen, aber als ich vier Männer herbeieilen sah, bin ich geflüchtet.«

Elsbeth hielt dem Blick ihres Gegenübers stand, während ihr erneut Tränen über die Wangen liefen. »Es tut mir wirklich aufrichtig leid.«

»Ja«, meinte Hieronymus. »Das tut es mir auch.«

»Ich darf Ihnen ehrlich sagen, dass mir der Abend mit Ihnen viel Freude bereitet hat. Es war nicht, Sie wissen schon, einer jener Aufträge, an dessen Anfang man bereits das Ende herbeisehnt. Wäre es nach mir gegangen, hätten wir die Nacht durchgetanzt.«

Hieronymus nickte, auch wenn er sich über den Wahrheitsgehalt in den Worten der Kurtisane nicht sicher war. Zusätzlich rief der blumige Duft ihres Parfüms gerade wieder jene Gefühle in ihm hervor, die er am ersten Abend im Café Central verspürt hatte – unbeschreibliche Vertrautheit und das Verlangen, die Frau in die Arme zu nehmen. So musste er diese Gefühle beiseitedrücken und sich darauf konzentrieren, weshalb er und Franz hergekommen waren.

»Also gut«, sagte er schließlich. »Wie sahen die vier Männer aus?«

Elsbeth zuckte mit den Schultern. »Sie wirkten wie rohe Arbeiter. Hemden, Strickjacken, abgewetzte Hosen. Grobschlächtig halt. Es war ja bereits Nacht.«

»Und der Mann vor dem Café Central?«

»Der wirkte sehr distinguiert. Vierzig oder fünfzig Jahre alt, mit Schnurrbart. Gepflegt, nach der neuesten Mode gekleidet. So wie viele Herren in der Inneren Stadt.«

»Ein Allerweltsgesicht also.«

Elsbeth nickte unsicher.

»Haben Sie auch nur die leiseste Ahnung, wer der eigentliche Auftraggeber sein könnte? Denn Ihr Kontaktmann war es mit Sicherheit nicht.«

Sie schüttelte den Kopf.

Hieronymus schlug frustriert mit der flachen Hand auf den Tisch. Elsbeth zuckte zusammen. »Das ist nicht gerade viel«, machte er sich Luft. »Dann erzählen Sie mir alles, was Sie über Wilhelm Marx, den Präsidenten der Polizei, wissen.«

Die Frau blickte ihn erschrocken an. »Nichts weiß ich. Ich kenne ihn nicht einmal –«

Hieronymus setzte ein mitleidiges Gesicht auf. »Ach kommen S'. Ich hab Sie gestern Abend mit ihm im englischen Garten bei der Arbeit gesehen.«

Elsbeth wurde rot. »Sie waren auch dort? Dann –« Sie räusperte sich. »Ich kann Ihnen wirklich nichts über Herrn Marx berichten. Ich darf nicht.«

Hieronymus nickte verständnisvoll. »Franziskus!«

Einen Augenblick später polterte Franz in die Stube, stieß ein wildes Grölen aus und humpelte auf Elsbeth zu. Die stieß einen spitzen Schrei aus, wandte sich instinktiv mit dem Kind im Arm von der drohenden Gefahr ab.

»Bitte nicht!«

Hieronymus streckte die Hand in die Höhe. Franz blieb abrupt stehen. »Glauben S' mir«, sagte er beschwichtigend, »Ihr Sohn wird Sie immer lieben, einerlei wie verunstaltet Ihr Gesicht auch sein mag. Ihre gönnerhaften vornehmen Herren hingegen …« Er machte eine gewichtige Pause. »Aber was man so hört, ist man am Spittelberg nicht sonderlich wählerisch, wie das Nympherl so ausschaut. Hauptsache, die bekommt den Mund auf und den Arsch in die Höhe.«

Mit blankem Entsetzen starrte Elsbeth nun Hieronymus an, Tränen rannen ihr über die Wangen. Dann blickte sie zu Franz, der wild schnaubte.

Hieronymus' Stimme wurde mit einem Mal sanft. »Wenn ich meine Unschuld nicht beweisen kann, werde ich entweder meinen Lebensabend hinter Gittern verbringen oder baumeln. Und im Augenblick kann ich nicht sagen, welche der beiden Möglichkeiten ich bevorzuge. Bezweifeln Sie also nicht meine Entschlossenheit, Frau Fränkel.«

Elsbeth zögerte.

»Dafür gebe ich Ihnen mein Ehrenwort, dass niemand erfahren wird, dass wir beide gesprochen haben. Und auch nicht, dass Sie eine Liaison mit Wilhelm Marx unterhalten. Also bitte.«

Franz trat einen Schritt zurück.

Langsam löste sich Elsbeth aus ihrer verspannten Haltung. Sie wischte sich die Tränen vom Gesicht, atmete tief durch.

»Also gut.«

XXVI

DER RAUM WAR ERFÜLLT vom Schmatzen der Kinder, die schiere Unmengen an harten und weichen Würsten, Speck, Käse und Brot in sich hineinstopften. Hieronymus und Franz hatten auf ihrem Heimweg beschlossen, dass sie sich ein ausgiebiges Abendbrot redlich verdient hatten. Und da sie es nicht übers Herz gebracht hatten, nur für sich einzukaufen, nahmen sie genug für Anezka und ihre Kinder mit. Wie bei der letzten gemeinsamen Mahlzeit hatte auch diesmal ihre Vermieterin darauf bestanden, dass sich ihr Nachwuchs saubere Wäsche anzog, den Schmutz von Gesichtern und Händen wusch und sich die Haare kämmte. Da diese wussten, womit sie am Ende dieser Mühsal belohnt würden, hatten sie dies widerspruchslos getan. Auch Anezka schien durch diese Geste versöhnt, oder zumindest ließ sie sich ihren Groll ob Hieronymus' Abfuhr nicht mehr anmerken.

Der schenkte sich launig Wein nach.

»Ich enthülle also die Fotografie, und alle drei Herrschaften starren erst ungläubig das Bild an und dann mich. Ich habe mich zuerst nicht ausgekannt –« Er machte eine beschwörende Geste, sodass ihn die sechs Kinder mit großen Augen erwartungsvoll fixierten. »Die Familie hatte doch eine spirituelle Fotografie von sich und ihren verstorbenen Eltern bestellt? Man muss dazusagen, dass diese Herrschaften alle einen makellos weißen Teint hatten, blaue Augen, hellblonde Haare … Und da bemerkte ich es: Die beiden Geister der Eltern waren unverkennbar Zigeuner!«

Alle am Tisch lachten schallend los.

»Ich hatte einfach die falsche Fotografie eines alten Ehepaares erwischt.«

Anezka wischte sich Tränen aus den Augenwinkeln. »Was haben Sie dann gemacht?«

Hieronymus setzte eine unschuldige Miene auf. »Na was schon? Ich habe meine Tasche geschnappt, bin aus dem Haus gestürmt, vor dem Franz zum Glück noch auf dem Kutschbock unseres Wagens saß und geistesgegenwärtig die Zügel schnalzen ließ, während ich auf den schon fahrenden Wagen aufgesprungen bin. Das war das letzte Mal, dass wir einen Fuß nach Krumau gesetzt haben, oder, Franz?«

Der nickte belustigt und ahmte das Schnalzen der Zügel nach. »G-genau s-so war's.«

Wieder lachten die Anwesenden.

Anezka nahm die Flasche Wein und füllte Franz' Glas auf, dann die Gläser ihrer Kinder und zuletzt das ihre.

»Wir danken euch erneut für das köstliche Abendmahl.«

Sie stießen die Gläser zusammen.

Mit lautem Knall wurde die Tür aufgestoßen.

Alle Blicke richteten sich schlagartig zum Eingang, wo ein Mann in der Tür stand, der offensichtlich Mühe hatte, sich auf den Beinen zu halten.

»Dobrý večer, miláčku – Guten Abend, Liebling!« Er lallte.

»Leoš?« Anezka sprang auf, als hätte sie gerade eine Hornisse gestochen, und bekreuzigte sich. »Jessasmariaundjosef!«

»Co se tady děje – Was ist denn hier los?«

Anezkas Gemahl stolperte unbeholfen in die Stube. Sein schmutziges Hemd hing ihm auf einer Seite aus der Hose, die von ausgeleierten Hosenträgern nur notdürftig an der schlaksigen Gestalt gehalten wurde. Die dunklen Haare standen wirr zu Berge, sein schmutzverschmiertes Gesicht hatte schon tagelang keine Rasur mehr erfahren.

Hieronymus sah zu den sechs Kindern, die den Eindruck machten, als wüssten sie nicht, ob sie sich fürchten oder freuen sollen. Emil, der Jüngste, begann schließlich zu weinen, woraufhin sein Bruder Jaroslav mit einstimmte.

Franz sprang ebenfalls auf. »K-kommt m-mit.«

Er breitete seine Arme aus, als wollte er Federvieh zusammentreiben. Die Kinder sahen zu ihrer Mutter, die aber nur ungläubig auf ihren volltrunkenen Gemahl starrte. Dann standen sie auf und ließen sich von Franz in das benachbarte Zimmer zu ihren Betten bringen.

Leoš deutete auf Hieronymus.

»Wer bist du?«, fragte er mit hartem böhmischem Akzent.

»Hieronymus Holstein«, antwortete dieser. »Setkali jsme se jednou předtím – Wir sind uns schon einmal begegnet.«

Der Trunkenbold wirkte erst verwundert, dass ihm der Fremde in seiner Muttersprache antwortete, dann kippte sein Blick zu seiner Frau. »Du und er, treibt ihr's schön? Ein Ziegelbehm reicht dir wohl nicht mehr, was? Jetzt muss es dir schon ein waschechter Österreicher besorgen?« Er sah in die Richtung, in der Franz und die Kinder den Raum verlassen hatten. »Oder gar ein Krüppel?«

Anezka ging zu ihm und gab ihm eine schallende Ohrfeige. Völlig verdattert starrte Leoš sie an, als wüsste er nicht, wo er sich befand oder was gerade geschehen war. Dann zog er mit der rechten Hand durch, dass es Anezka gegen den Tisch warf.

Hieronymus ballte die Fäuste, doch ein kurzes Kopfschütteln seiner Vermieterin ließ ihn innehalten.

Orientierungslos blickte sich Leoš um, griff sich eine der harten Würste, die auf einem Holzteller lagen, biss schmatzend ab und stakste dann Richtung Schlafstube.

Hieronymus wollte Anezka aufhelfen, doch die wehrte ihn ab.

»Soll ich Ihnen vielleicht –«

»Nichts kannst du tun!«, fauchte sie, hielt sich die gerötete Wange und war dabei sichtlich bemüht, ihre Tränen zurückzuhalten. Dann ging sie ihrem Gemahl nach und schloss die Tür hinter sich.

Hieronymus spürte unbändige Wut in sich aufsteigen. Was zur Hölle dachte sich der Haderlump, um diese Tageszeit und in solch einem Zustand seine Familie heimzusuchen? Nicht mal sich selbst tat der Trunkenbold damit einen Gefallen.

Im Nebenraum wurden Stimmen laut. Anezka zeterte, Leoš brüllte etwas zurück. Anezka weinte, Leoš brüllte erneut.

Wieder Stille.

Dann ein Klatschen. Anezka schrie auf.

Hieronymus stürmte zur Tür, riss sie auf. Sah, wie Leoš Anezka an den Haaren gepackt hielt, mit der Faust ausholte – und wie Franz plötzlich hinter ihm stand, seine mächtige rechte Hand hob und diese blitzschnell niedersausen ließ.

Leoš wurde zu Boden geschmettert, als hätte ihn ein Schmiedehammer getroffen. Bewusstlos blieb er liegen.

Anezka warf dem Buckligen einen Blick zu, dankend und verteufelnd zugleich.

»Er w-wird sich m-morgen n-nicht mehr daran e-erinnern.«

Mit diesen Worten packte Franz den Bewusstlosen am Kragen, schleifte ihn mit scheinbarer Leichtigkeit aus der Schlafstube, quer durchs Zimmer, in dem er und Hieronymus schliefen, und warf ihn zur Tür hinaus. Dann schloss er diese und verriegelte sie.

Er sah zu Anezka. »Gute N-nacht.«

Die stand wie angewurzelt auf der Schwelle. Schließlich fasste sie sich und schloss wortlos und beinahe zaghaft ihre Tür.

»Chapeau!«, gab sich Hieronymus beeindruckt und setzte sich auf die Bettstatt.

Franz griff sich die Flasche Sliwowitz, setzte sich auf seinen Strohsack und nahm einen beachtlichen Schluck. »Kretén.«

Dann reichte er seinem Freund den Pflaumenschnaps.

XXVII

Als Franz am nächsten Morgen die Haustüre öffnete, war von Leoš keine Spur mehr zu sehen. Vielleicht war er noch während der Nacht wieder Richtung Wienerberg gezogen, dachte er ohne schlechtes Gewissen, denn um zu erfrieren, war es ohnehin zu warm.

Um einen klaren Kopf zu bekommen, hatte er sich mit Hieronymus bei Tagesanbruch aufgemacht, durch die Vorstadt zu spazieren und zu rekapitulieren, was sie bisher in Erfahrung bringen konnten.

»Also«, meinte Franz. »Fangen wir doch von Anfang an.«

Hieronymus fuhr sich durch die Haare. »Drei tote junge Frauen. Johanna Kupka, Adriane Tschermak und eine dritte, deren Namen wir noch nicht wissen. Adriane und die Letzte wurden im Gebiet des Praters gefunden, Johanna und Adriane waren durch ihre Väter in irgendeiner Weise mit demselben verbunden, möglicherweise auch die Dritte.«

»Ich würde einmal davon ausgehen«, stellte Franz fest.

»Dann ist da Elsbeth Fränkel, vulgo Maria. Eine Kurtisane, die mich gefügig machen sollte, damit man mir die Morde in die Schuhe schieben konnte. Und dieselbe ist auch die bevorzugte Spielgefährtin unseres ehrenwerten und verheirateten Polizeipräsidenten. Am Ball selbst konnte ich sonst keine neuen Fährten entdecken. Wir haben also lauter Seile mit losen Enden und wissen nicht, wie man den Knoten macht, der sie alle verbindet.«

»Oder wer sich die Art des Knotens erdacht hat.«

Hieronymus trat wütend einen Stein zur Seite.

»Weißt du«, meinte Franz mit verklärtem Blick, »manchmal sehne ich mich noch nach der Ruhe und Abgeschiedenheit meines alten Klosters.«

»Nach allem, was geschehen ist?«

»Ich spreche vom Gemäuer, mein Freund, nicht von den Ordensmännern.« Franz spuckte zu Boden.

Die beiden Freunde näherten sich ihrer Unterkunft. Sie schlenderten den morschen Zaun entlang, der um das Haus ihrer Vermieterin verlief, bogen in die Einfahrt.

»Können sich die Herren ausweisen?« Zwei Männer in blauen, zweireihigen Ulstern mit Manschettenärmeln bauten sich vor Hieronymus und Franz auf.

»W-wer w-will das w-wissen?« Franz verfiel wieder in seine Rolle.

Die beiden Männer zückten Legitimationskarten. »Zivilwache. Und jetzt machen S', sonst wird's ungemütlich für Sie.«

Hieronymus und Franz warfen sich einen vielsagenden Blick zu. Dann holten sie ihre Ausweispapiere hervor und gaben sie den Wachmännern. Die überflogen die schriftlichen Angaben bezüglich Namen und Aussehen.

»Herr Rudolphi.« Der Mann gab Franz den Ausweis zurück. Dann wandten sich beide Hieronymus zu.

»Herr von Pückler. Wo waren Sie in der Nacht vom 19. Juni?«

Hieronymus schob die Brauen zusammen und zwirbelte sich den Schnurrbart, tat so, als würde er sich angestrengt versuchen zu entsinnen. In Wahrheit suchte er jedoch nach einem glaubwürdigen Alibi.

»Was ist hier los?« Die kläffende Stimme Anezkas, die aus dem Haus geeilt kam.

»Mischen S' sich nicht in eine Amtshandlung, gnä' Frau!«, herrschte sie der eine Wachmann an.

Wieder zu Hieronymus: »Ich wiederhole: Wo waren S' in der Nacht vom 19. auf den 20. Juni?«

Der setzte ein überraschtes Lächeln auf und zeigte auf Anezka. »Ich war bei ihr.«

Die Köpfe der beiden Wachmänner fuhren überrascht herum, betrachteten die abgekämpft wirkende Frau. »Wollen S' mich häkln?«

Anezka stemmte erzürnt die Hände auf die Hüften. »Und warum bitte nicht?«

Die Wachmänner sahen wieder zu Hieronymus. »Sie waren also die ganze besagte Nacht bei dieser, ähm, Dame?«

»So ist es«, sagte Hieronymus bestimmt und lächelte verschmitzt. »Bei ihr, auf ihr, in ihr …« Er zuckte mit den Augenbrauen. »Sie wissen schon …«

»Stimmt das?« Wieder der Blick zur Vermieterin. Diese rieb verstohlen Daumen und Zeigefinger aneinander, um anzudeuten, dass sie sich ihre Aussage etwas kosten lassen würde. Hieronymus nickte unmerklich.

»Genau so war es, die Herren Kriminalisten.« Sie lächelte gepresst. »War eine unvergessliche Nacht für Anezka.«

Die beiden Wachmänner in Zivil sahen sich unschlüssig an. Dann fasste einer der beiden einen Entschluss.

»Und wenn schon«, sagte er zu Hieronymus. »Sie kommen jetzt einmal mit auf die Wache. Ihre Visage schaut einer gesuchten Person einfach zu ähnlich.«

Jede einzelne Faser in Hieronymus' Körper schrie förmlich, Reißaus zu nehmen, die Gelegenheit am Schopfe zu packen und mit dem Vorteil der Überraschung zu flüchten. Einen Augenblick später war dieser Vorteil jedoch verpufft wie eine Atemwolke in kalter Winterluft.

Hieronymus wurde unsanft an der Schulter gepackt.

»Mitkommen!«

Zwei uniformierte Männer der Sicherheitswache standen bereits hinter ihm.

Hieronymus senkte den Kopf, dem Schicksal ergeben.

XXVIII

Die k.k. Polizei-Direction hatte ihren Sitz am Schottenring 11 in einem quadratischen vierstöckigen Gebäude, ähnlich einem riesigen Bauklotz. Die Fassade war von überdachten Mansarden durchbrochen, vier mächtige Eckrisaliten mit pavillonähnlichen Aufsätzen verstärkten den Eindruck einer Trutzburg. Erst im letzten Jahr waren die ersten Abteilungen der Sicherheitswache hier eingezogen, da das Gebäude bis dahin das Hotel Austria beherbergt hatte, welches anlässlich der Weltausstellung 1873 errichtet worden war. Der Polizeipräsident hatte das Bauwerk persönlich ausgesucht, und seither erweckte es aufgrund seines imposanten Erscheinungsbildes in den Menschen, die es betraten, unterschiedliche Gefühle: Stolz und Erhabenheit bei jenen, die dem Gesetz untertänigst dienten. Verängstigung und Beklemmung bei den anderen, die versucht hatten, es zu beugen.

Die, die mit Hieronymus die Zelle teilten, gehörten mit Sicherheit zu Letzteren. Fünfundzwanzig Mann hatte er gezählt, die hier auf engstem Raum auf hölzernen Pritschen und am Boden hockten oder kauerten, die meisten von ihnen verschmutzt und verwahrlost – Diebe, Tagelöhner, Bettler. Sie husteten und jammerten leise vor sich hin, stanken nach Schnaps, Schweiß und Ausscheidungen. Unter ihnen stach Hieronymus in seinem sauberen, dunkelgrauen Anzug hervor wie das sprichwörtliche schwarze Schaf. Vielleicht war es genau dieser Gegensatz gewesen, der die beiden Wachmänner argwöhnisch hatte werden lassen – was machte ein augenscheinlich feiner Herr wie er in einem der heruntergekommensten Vororte der Kaiserstadt? Diesen Umstand hatte Hieronymus wohl übersehen, denn so, wie er in der Inneren Stadt in der Menge der wohlfeil gekleideten Herren unterging, so sehr stach er fernab dieser heraus.

Als er in die Zelle gestoßen worden war, wusste er sogleich, was der Wachmann mit »ähnlicher Visage« gemeint hatte: Die anderen Inhaftierten trugen einen nahezu identischen Haarschnitt wie Hieronymus, ihre Bartpracht glich der seinen und sie hatten in etwa die gleiche Statur wie er. Er machte sich jedoch weniger Sorgen, dass man ihn gleich als Täter anklagen, sondern vielmehr, dass man ihn auf unbestimmte Zeit festhalten würde, denn damit wäre es ihm unmöglich, sein Versprechen gegenüber dem Prater-Papst einzuhalten. Selbst wenn er irgendwann wieder freikommen würde, wäre er wohl ein toter Mann.

Mit lautem metallischem Knacken schwang die Zellentüre auf und jener Mann, der vor einer gefühlten Stunde abgeholt worden war, wurde wieder in die Zelle hineingestoßen. Seine Nase blutete, eine Platzwunde klaffte an seiner Schläfe. Er stürzte zu Boden, kroch wie ein verwundetes Tier in eine Ecke und blieb dort wimmernd liegen.

Der Wärter besah sich eine Liste, die auf einem Klemmbrett fixiert war, und blickte die Gefangenen an. »Georg von Pückler?«

Keiner der Inhaftierten zeigte auch nur die kleinste Regung. Hieronymus atmete tief durch. Dann stand er auf und ließ sich wortlos vom Wärter abführen.

Der Raum, in den Hieronymus geführt wurde, war klein und stickig, es stank nach Tabakrauch und Erbrochenem. In der Mitte stand ein abgeschundener Tisch, an dessen Seiten sich zwei Stühle gegenüberstanden. Auf jener Seite, die Hieronymus zugewiesen wurde, klebten Blutspritzer an Tischoberfläche und Boden. Dahinter stand ein Mann der Sicherheitswache mit dem Körperbau eines Schranks und dem Blick eines wilden Tieres. Die Knöchel seiner rechten Hand waren aufgeplatzt und blutig.

Hieronymus setzte sich und sah dem Wärter nach, der die Kammer wieder verließ und die Tür hinter sich zuschlug. Dann war es still im Raum, bis auf das rasselnde Schnaufen des Mannes, der hinter ihm stand.

Hieronymus versuchte, sich nicht anmerken zu lassen, wie nervös er war. Was würde nun geschehen? Würde er befragt und dann verprügelt werden? Oder würde der Mann hinter ihm erst einmal zuschlagen, nur um zu verdeutlichen, welche Rechte man als Gefangener hatte? Unwillkürlich spannte Hieronymus alle Muskeln seines

Körpers an, denn er rechnete schon damit, dass sich Letzteres bewahrheitete –

Aber nichts geschah.

Schließlich wurde die Tür geöffnet, beinahe mit Bedacht. Ein schmächtiger Mann mit Augengläsern, gewandet in der Uniform der Sicherheitswache, betrat den Raum. Er setzte sich Hieronymus gegenüber, legte einen Bogen Papier vor sich auf den Tisch und zückte einen Bleistift.

»Der Name ist Georg von Pückler?«

Hieronymus sah den Mann ungerührt an. »Nein.«

Der Wachmann stutzte. »Was heißt da ›Nein‹?« Er holte aus einer Tasche Ausweispapiere hervor und hielt sie Hieronymus vor die Nase. »Wenn Sie das nicht sind, warum sind S' dann aufgestanden, als der Wärter diesen Namen aufgerufen hat?«

»Die Papiere sind schon die meinen.«

Jetzt wirkte der Wachmann völlig irritiert. »Wie können Ihnen diese Papiere gehören, ohne dass Sie der Beschriebene sind?«

Hieronymus lächelte sein Gegenüber an, wie man es bei einem Kinde tat, auf dass es selbst die Antwort auf seine dumme Frage fände.

Schließlich dämmerte es dem Wachmann. »Alsdann ... gefälschte Papiere. Das macht die Lage für Sie jetzt nicht wirklich besser.«

Er runzelte die Stirn, da das Lächeln in Hieronymus' Gesicht breiter wurde.

»Wenn S' also nicht der sind, den die Papiere ausweisen, wer sind S' dann? Und warum bestätigen S' Ihre Falschangaben?«

»Auf welche Ihrer Fragen wünschen Sie zuerst eine Antwort?«

Ein Schlag auf den Hinterkopf ließ Hieronymus zusammenzucken.

»Glaub nicht, du kannst hier den Kaschperl mimen, du Haderlump.« Das Duzen sollte wohl die Geringschätzung verstärken, das damit einhergehende Grinsen den Ernst der Lage konterkarieren.

»Probieren wir es noch mal: Wer bist du?«

Hieronymus richtete sich auf, sein Blick war ernst. »Ich bin gewillt, alles wahrheitsgemäß zu beantworten. Und ich werde auch alles gestehen, was ich zu den drei Morden an den jungen Frauen weiß. Aber –« Er machte eine theatralische, unnötig lange Pause. »Aber nur gegenüber dem Herrn Polizeipräsidenten persönlich.«

»Aber –«

»Und versuchen Sie erst gar nicht, mich mit Drohungen, Schlägen oder Folter einzuschüchtern. Am Ende wird die Kunde nach außen dringen, bis hin zu Ihrem Präsidenten, dass ich alles hätte gestehen wollen, aber aufgrund Ihrer Weigerung, den Dienstweg zu beschreiten, der Dirndl-Hacker leider nicht gefasst werden konnte. Was das für Ihren weiteren Aufstieg bei der Sicherheitswache bedeutet, können Sie sich sicherlich ausmalen. Und für Ihren Kollegen Haudrauf da hinter mir gilt dasselbe.«

Der Wachmann schien einen Augenblick lang Für und Wider abzuwägen. Dann packte er Papier und Bleistift wieder in seine Tasche und erhob sich.

»Wie du willst. Aber wenn du glaubst, du kannst irgendwelche Gschichtln drucken, dann wirst du dir wünschen, deine Mutter hätte dich nach der Geburt ersäuft!«

Mit hochrotem Kopf verließ der Wachmann den Raum. Die Tür fiel mit einem Knall ins Schloss.

Vor dem schiefwinkeligen Haus in der Vorstadt knisterte ein Lagerfeuer. Rauch und Funken stoben in den sternenklaren Himmel, die Luft war klar und angenehm sommerlich warm.

Franz hockte auf einem Stein und hielt gedankenverloren einen Ast in die Flammen, zog ihn immer wieder heraus, wenn er drohte, zu stark Feuer zu fangen. Er machte sich Sorgen um Hieronymus. Sie waren sorgfältig gewesen, waren mit Bedacht vorgegangen. Aber wenn einem das Schicksal auf den Fersen war, konnte man eben keine Haken mehr schlagen. Vielleicht würde der Prater-Papst ihnen einen zeitlichen Aufschub gewähren, sollte Hieronymus irgendwann wieder freikommen. Hätten sie doch früher die Flucht ergreifen sollen?

Franz seufzte. Die Vergangenheit vermochte eben niemand zu ändern, auch wenn sie einen manchmal einholte.

»Hast du noch immer nichts von Herrn Holstein gehört?« Anezkas schneidende Stimme riss Franz aus seinen Gedanken. Er schüttelte den Kopf.

»N-nein, leider n-noch n-nicht.«

Sie setzte sich ungefragt zu ihm ans Feuer, nahm einen Schluck aus einer Flasche voll Sliwowitz. Dann hielt sie ihm das Gefäß hin, zog dieses aber wieder zurück, als er danach greifen wollte.

»Jetzt passen S' einmal auf, Herr buckliger Franz«, begann sie in einem Tonfall, der bedrohlich und belustigt zugleich klang. »Bei mir kannst dir die Schwachsinnigen-Nummer verkneifen. Du bist zwar ein Krüppel, aber Depperl bist keins, so viel weiß Anezka.«

Franz konnte sich nicht entscheiden, ob ihn die Direktheit der Frau neben ihm verärgerte oder brüskierte.

Schließlich entschied er sich für keine der beiden Möglichkeiten, sondern schmunzelte beschämt.

Sie hielt ihm erneut die Flasche hin, zog sie aber diesmal nicht zurück. Franz trank einen guten Schluck des fruchtig-scharfen Schnapses, genoss es, wie er Kehle und Hals hinunterrann und seinen Bauch von innen erwärmte. Dann sah er Anezka in die Augen.

»Ist schon zur Routine geworden. Die Leute gehen einfach unbefangener mit mir um, wenn sie mich wegen meiner Verkrüppelung bemitleiden und gleichzeitig wegen des Stotterns für schwachsinnig halten. So fühlen sie sich überlegen. Und machen eben manchmal auch Fehler.«

»Ja, die dir dann von Nutzen sind.« Anezka lachte hell auf. »Wie gesagt, bei mir braucht's ein solches Schmierentheater nicht. Mein Leben ist auch so schon ein bühnenreifes Stück, wie du vielleicht schon mitbekommen hast.«

Franz brummte seine Zustimmung, obwohl er sich nicht sicher war, ob er hören wollte, was Anezka auf dem Herzen lag. Andererseits hatte sie ihn ja auch nicht nach seiner Meinung gefragt.

»Mit so großen Plänen sind der Leoš und ich damals nach Wien gekommen. ›Dort werden wir uns ein neues, ein gutes Leben aufbauen‹, hat er mir versprochen. Und ich Tschopperl hab's ihm geglaubt. Und wo hat er schließlich Arbeit gefunden?«

»Als Ziegeleiarbeiter am Wienerberg«, antwortete Franz.

»Ano, přesně. Als Ziegelbehm. Als Sandler hat er dort angefangen, und jetzt als Lehmscheiber schiebt er die Scheibtruhen. Was für ein neues, gutes Leben ... Am Anfang ist er zumindest an den wenigen freien Tagen noch heimgekommen. Eine Frau hat auch ihre Bedürfnisse, weißt, Franz? Aber mittlerweile versäuft er sich lieber in den Werkskantinen. Und dann kommt er heimgetorkelt, wie wir alle so herzerfrischend erleben durften.«

Ihre Augen wurden traurig. Sie trank aus der Flasche und setzte erst ab, als ihr die Kehle brannte.

»Aber ich hätt's auch schlimmer treffen können. Immerhin dürfen die Kinder und ich hier leben, und müssen nicht in den Baracken der Ziegelei hausen, wo bis zu siebzig Leute in einer Schlafstätte liegen. Der Leoš hat einmal erzählt, dass da eine Frau ein Kind geboren hat, während ihr fünfzig Männer dabei zugesehen haben. Jessasmariaundjosef!«

Anezka bekreuzigte sich. Ihr Blick ging ins Leere und blieb dort haften. Sie seufzte.

»Und was ist mit dir? Ist dein Leben verlaufen, wie du es dir erträumt hast?«

Franz schnaubte. Was ging diese Frau sein Leben an? Warum sollte er ausgerechnet ihr … Doch dann gab er sich einen Ruck, denn Anezkas Gesellschaft war an diesem Abend wohl besser als gar keine. »Nein, nicht ganz. Du wirst es mir nicht glauben, aber in einem gefühlten früheren Leben war ich Mönch.«

»Ein Mönch?«, stieß Anezka hervor und bekreuzigte sich ein weiteres Mal.

Franz nickte wehmütig. »Bei den Franziskanern. Es war ein einfaches, aber ein glückliches Leben. Der Glaube hat uns verbunden, aber die Bruderschaft hat uns zusammengeschweißt. So war das.«

Die letzten Worte klangen rau und schwermütig. Anezka sah den Mann fragend an, ein feines Lächeln in den Mundwinkeln.

»Leider waren nicht alle meiner Ordensbrüder von hehrer Gesinnung. Sie lebten den Glauben nicht, sie benutzten ihn. Manche für Macht, andere zur persönlichen Bereicherung. Und wieder andere … Irgendwann wollte ich nicht mehr dazu schweigen, ich konnte es einfach nicht länger. Auch wenn niemand frei von Sünde ist, so muss man sich doch nicht selbst an den Wehrlosesten versündigen. Eine Handvoll Mitbrüder hat den Namen des Herrn missbraucht, hat ihn aufs Schlimmste besudelt. Die armen Waisenknaben … Mir wird noch heute schlecht bei dem Gedanken daran.«

Franz nahm Anezka die Flasche aus der Hand und trank.

»Deshalb bist du einfach gegangen?«

»Nein. Ich hatte die Oberen zur Rede gestellt, ihnen berichtet, was vorgefallen war. Aber ich wurde nur verhöhnt. Es kann eben nicht sein, was nicht sein darf. Ich habe den Orden verlassen und mich dann ebenfalls versündigt, denn ich habe die Namen jener preisgegeben, die das Unaussprechliche begangen hatten. Glaub mir, so tief mancher Säufer auch gefallen sein mag, die wenigsten haben Verständnis für Männer, die sich an Kindern vergehen. Wenige Tage später hat man jene Mönche dann am Waldrand gefunden, mit abgeschnittenen Schwänzen, die man ihnen in den Mund gestopft hatte, auf dass sie daran erstickten.«

Anezka nickte wohlwollend. »Du hast dich nicht versündigt. Du hast getan, wozu den anderen die Chuzpe gefehlt hat. Und dann?«

»Dann tat ich das Einzige, was mein Gewissen zugelassen hat: Ich habe mich dem Rausch ergeben. Und wie ich getschechert habe … Der Herr ist mein Zeuge! So verblassten langsam die Erinnerungen, und mit ihnen die Gewissensbisse. Leider auch die Orientierung.« Franz stieß ein heiseres Lachen aus. »Eines Tages bin ich im vollen Delirium auf die Straße gestolpert, gestürzt und genau unter die Räder eines Fuhrwerks gekommen. Damit war der bucklige Franz geboren.«

Anezkas Miene zeigte ehrliches Mitgefühl.

»Allerdings heißt es ja, Kinder und Trunkenbolde hätten einen besonderen Schutzengel, und so bin ich davon überzeugt, dass ich den Zusammenstoß nüchtern wohl kaum überlebt hätte.« Franz schnaubte belustigt. »Vor fünf Jahren habe ich dann Hieronymus kennengelernt. Er hat auch gerne gesoffen, und bei einer Wirtshausrauferei hat er einen Tonkrug so hart über den Schädel gezogen bekommen, dass er ohnmächtig zu Boden gefallen war und alles vollgeblutet hat. Ich habe ihn gepackt, ins Freie gezerrt und verarztet.«

»Du hast ihm das Leben gerettet?«

»Schon möglich. Aber wer weiß schon, was einem vom Herrgott vorbestimmt ist. Seither ziehen wir gemeinsam durch die Lande.«

Die Frau blickte zu dem Schindelwagen, mit dem Hieronymus und sein Freund erst vor wenigen Monaten gekommen waren, und legte Franz die Hand auf die Schulter. »Ich glaube, Anezka hat dich unterschätzt.«

Der grinste breit. »Da bist du nicht die Erste.«

Eine Burg, die über einer Stadt thront.

Eine Tür, die eingetreten wird.

Schemenhafte Gestalten, die auf einen zustürmen, einem einen Sack über den Kopf ziehen.

Ein Schlag.

*Eiskaltes Wasser, das einen unbarmherzig aus dem
süßen Nichts der Bewusstlosigkeit reißt.*
Beschimpfungen.
Schläge.
Bewusstlosigkeit.
Erneut eiskaltes Wasser.
Die rechte Hand, die auf eine Tischplatte gedrückt wird.
Ein kleines Beil, das hinabsaust.
*Das unwirkliche Bild eines kleinen Fingers, der abge-
hoben neben der Hand liegt.*
Ein Teil des eigenen Körpers, bar jeden Empfindens.
*Dann ein stechender Schmerz, rot und alles beherr-
schend.*
Ohnmacht.
*Eine Frau, das Gesicht abgewandt, mit wallendem
rotem Haar, die aus Hanffasern ein Seil knüpft ... lang-
sam den Kopf wendet ... einen ansieht, ohne Ausdruck in
den Augen ... Karolina –*

Mit einem Knall wurde Hieronymus aus dem Schlaf gerissen. Sein Kopf lag auf dem blutbefleckten Tisch ... Vor
lauter Erschöpfung musste er eingenickt sein. Hieronymus sah auf. Vor ihm stand ein stattlicher Mann mit güti-
gen Augen und einem fulminanten Backenbart – Polizeipräsident Wilhelm Marx. Einer jener raren Menschen, die
ihren Stand oder Rang nicht erklären oder unter Beweis
stellen mussten, sondern ihn einfach ausstrahlten.

Hieronymus richtete sich auf, schob die Schulterblät-
ter zurück und hob das Kinn. Er wusste, dass es nun um
seinen Kopf ging.

»Er hat verlangt, mich zu sprechen?«, fragte der Polizeipräsident mit ruhiger, angenehm klingender Stimme.

Hieronymus nickte. Mit einem Male schien ihm der Plan, den er gefasst hatte, undurchführbar, ja gar lächerlich. Man erlangte in der Monarchie nicht eine solch angesehene Position, wenn man sich von jedem Taschenspielertrick täuschen ließ. Andererseits war Hieronymus ja auch kein Taschenspieler ... Er holte tief Luft, beugte sich ein wenig nach vorn und sagte dann kaum hörbar: »Elsbeth Fränkel.«

Stille.

Keine Regung im Gesicht seines Gegenübers. Keine Mimik, die Rückschlüsse auf die Gedanken des anderen zugelassen hätte.

Dann ein doppelter Augenaufschlag. Ein gütiges Lächeln wie das eines Großvaters, bevor er seinem Enkelkind eine lehrreiche Geschichte vorlas.

»Lass er uns allein«, sagte Marx und blickte zu dem Mann, der noch immer hinter Hieronymus stand.

Der Wachmann salutierte steif. Dann schritt er ohne Widerspruch zur Tür und schloss diese von außen.

Marx musterte stumm den Gefangenen, eine schiere Ewigkeit lang. Schließlich setzte er sich ohne Hast auf den Stuhl. »Er hat meine Aufmerksamkeit, so viel sei ihm gelungen. Aber was will er mir tatsächlich sagen? Und wähle er seine Worte weise, denn es könnten seine letzten sein.«

Hieronymus räusperte sich. »Zunächst einmal möchte ich Ihnen danken, dass Sie mir Ihre wertvolle Zeit widmen«, komplimentierte er sein Gegenüber. »Und gestatten Sie mir, dass ich zunächst ausführe, weshalb ich Elsbeth Fränkels Namen genannt habe, bevor ich auf den Kern meines Anliegens zu sprechen komme.«

Da Marx nichts entgegnete, schien dies seinem Einverständnis gleichzukommen.

»Ich weiß, dass Sie eine amouröse Liaison zu ihr pflegen«, fuhr Hieronymus fort. »Mehr noch, ich weiß, dass Sie ihr monatlich einen nicht unstattlichen Betrag zukommen lassen. Ich verstehe das, glauben Sie mir. Die Dame geht einem nicht mehr so schnell aus dem Kopf, wenn man auch nur einen Abend mit ihr verbracht hat. Elsbeth und ihr Söhnchen Peter … Sie wissen sicher, dass neugeborene Kinder, so sagt man, meist eine frappante Ähnlichkeit mit dem leiblichen Vater aufweisen, um so die Blutsverwandtschaft augenscheinlich zu machen. Was mich daher gar nicht überrascht hat, war, dass Peter Ihnen wie aus dem Gesicht geschnitten ist, Herr Polizeipräsident.«

Erneut war keine Gefühlsregung in Marx' Gesicht zu lesen. Er saß da, gänzlich unbewegt, als würde ihm ein Waschweib ihre täglichen Mühen klagen.

»Und er meint«, sagte der Präsident schließlich, »dass ihm dieses Gschichtl irgendjemand glaubt?«

Hieronymus zuckte mit den Schultern. »Darum geht es gar nicht. Die Gazetten drucken heutzutage doch alles, was sich verkaufen lässt. Und wer weiß, vielleicht ist das Ganze ja auch keine Schlagzeile wert. Oder vielleicht haben Sie bald vor Ihrem Amtssitz Schreiberlinge, die Schlange stehen, um Antworten von Ihnen zu erhalten. Ihre Frau Gemahlin könnte das doch auch interessieren, nicht wahr?«

Am Zucken des rechten Auges des anderen erkannte Hieronymus, dass er eine rote Linie überschritten hatte. Ein weiteres falsches Wort, und er würde dieses Gebäude wohl nur mehr in einer Kiste verlassen.

»Aber wie ich eingangs bereits bekräftigt habe«, fuhr er hastig fort, »dies ist nicht der Kern meines Anliegens. Und es liegt mir auch nichts ferner, diese meine abstruse Vermutung öffentlich oder im Privaten kundzutun, glauben Sie mir. Der Kern meines Anliegens ist, dass mir bewusst ist, dass ich verdächtigt werde, Johanna Kupka ermordet zu haben. Deshalb gestatten Sie mir, mit offenen Karten zu spielen.«

Marx zog eine Augenbraue hoch.

»Ja«, bekräftigte Hieronymus, »ich bin derjenige, der in jener Nacht aus dem Zimmer am Spittelberg geflohen ist, nachdem er neben der Zerstückelten aufgewacht war. Aber ich war es nicht, der sie getötet hat. Irgendjemand versucht, mir den Mord anzuhängen, und seit dieser Nacht ist mein einziges Bestreben, diesen Jemand aufzuspüren und dingfest zu machen.«

Erneutes Schweigen.

»Ihnen wird wohl bekannt sein, wie wenig Blut die Zerstückelte am vermeintlichen Tatort, nämlich dem Zimmer im Löberl am Spittelberg, verloren hat. Wenn es also ein Mord im Affekt gewesen wäre, warum hätte ich mir die Mühe machen sollen, Johanna an einem anderen Ort mit einer Axt zu zerhacken, um dann –«

»Wer hat etwas von einer Axt gesagt?«

»Oder einer Säge, womit auch immer, warum hätte ich Johanna zerteilen und ihre Körperteile mit auf das Zimmer schleppen sollen, nur um dort mit eben diesen erwischt zu werden?«

»Er glaubt ja gar nicht, wie dumm manche Leute handeln, wenn es darum geht, den eigenen Kopf aus der Schlinge zu ziehen«, sagte Marx tonlos. »Abgesehen davon: Vielleicht war genau diese Argumentation sein Ansinnen?« Er machte eine unangenehm lange Pause. »Und die beiden anderen toten Frauen?«

»Weder habe ich zu Lebzeiten ihre Bekanntschaft

gemacht, noch war ich an ihrem Verschwinden oder an ihrer Tötung in irgendeiner Weise beteiligt.«

Der Präsident verengte die Augen wie ein Jäger, der ein Wild erspähte.

»Und mein richtiger Name ist Hieronymus Holstein.«

»Angenommen, ich glaube ihm. Was gedenkt Herr Holstein zu tun, außer zu flüchten?«

»Hätte ich die Flucht ergreifen wollen, hätte ich das bereits am Morgen nach dem Erwachen neben Johanna Kupka tun können. Daran ist mir auch jetzt nicht gelegen. Erstens, weil ich weiß, wie gut der Polizeiapparat Seiner Kaiserlichen Majestät funktioniert. Andererseits, weil mir Friedrich Kupka, Johannas Vater, glaubhaft versichern konnte, dass er mich auch im kleinsten und entlegensten Rattennest aufspüren würde. Denn so, wie die Öffentlichkeit nach Gerechtigkeit dürstet, so sehr will Kupka Rache für den Mord an seiner Tochter. Sie erkennen vielleicht, dass mir nicht viel mehr übrig bleibt, als den wahren Mörder zu finden.«

»Außer, wir finden ihn zuerst.«

»Mit Verlaub, wenn es so einfach wäre, dann hätten Sie das bereits und wir würden uns nicht so höflich unterhalten.«

»Ich nehme an, er will einen Passierschein, der ihn bei Kontrollposten unbehelligt lässt?«

Hieronymus atmete tief durch.

»Sie wissen gar nicht, wie sehr mir das alles erleichtern würde.«

Der Schindelwagen mit den aufgemalten Versprechungen der spirituellen Fotografie wippte rhythmisch, die Blattfedern über den Rädern quietschten leise. Erst schwoll die keuchende Stimme einer Frau an, dann die eines Mannes. Dann hörten das Wippen und das Quietschen auf und machten einer süßen Stille Platz.

Anezka, die auf einer ausklappbaren Bank im Wageninneren auf allen vieren kniete, sackte zusammen und rollte sich auf den Rücken, den nackten Körper von Schweißperlen übersät. Franz, der hinter ihr gestanden hatte, legte sich mit überraschender Leichtigkeit neben sie.

Beide waren außer Atem. Beide starrten an die halbrunde hölzerne Decke, auf die irgendjemand vor langer Zeit einen Sternenhimmel gemalt hatte, der trotz des spärlichen Lichts, das der Mond von draußen hereinwarf, verzaubernd wirkte.

»Und wie Anezka dich unterschätzt hat«, sagte sie schließlich.

Franz versuchte, seinen linken Arm unter ihren Kopf zu schieben, aber aufgrund seiner schlecht zusammengewachsenen Knochenbrüche gelang ihm das nicht. Sie richtete sich auf, ließ seinen Arm unter ihren Körper gleiten und legte dann ihren Kopf auf seine Brust.

»Weißt du, auch wenn es vorhin nicht so geklungen hat, bin ich im Grunde mit meinem Leben doch zufrieden«, sagte sie leise. »Ich würde mir nur wünschen, dass es mehr Augenblicke wie diesen gäbe. Momente, in denen man sich einfach nur spürt, fern von der Welt da draußen. Aber diesen Wunsch wird mir Leoš nie mehr erfüllen, das weiß ich. Er schaut lieber ins Glas als bei seinem Weib vorbei. Und wenn, dann ist er ... Du hast es ja miterlebt.« Sie seufzte tief.

»Was wünschst du dir noch?« Franz' Stimme hatte einen sanften Klang.

Anezka überlegte. Dann kicherte sie wie ein kleines Mädchen. »Es mag einfältig klingen, aber einmal im Leben

würde ich mich gerne wie eine Dame von Welt fühlen.«
Sie fuhr mit ihren Fingerspitzen durch sein dichtes Brust-
haar. »Anezka *von* Svoboda.«

»So einfältig klingt das gar nicht«, meinte er. »Ich denke,
wir wollen immer ein anderer sein, als wir sind, selbst der
Adel.« Er zuckte mit den Schultern. »Das liegt wohl in
der Natur des Menschen.«

Sie schwiegen.

»Du darfst es Hieronymus nicht persönlich nehmen,
dass er dich abgewiesen hat«, meinte Franz schließlich.

»Wie soll Anezka es denn sonst nehmen?« Sie richtete
sich empört auf.

Franz hob die Hände zu einer beschwichtigenden
Geste. »Es liegt wirklich nicht an dir, sondern daran, was
ihm widerfahren ist.«

Sie legte ihren Kopf wieder auf seine Brust. »Und was
bitte soll das sein?«

Franz überlegte kurz. »Das werde ich dir erzählen, aber
ein andermal.«

Anezka knurrte ihre Zustimmung, dann drückte sie
sich fest an Franz.

»Genau genommen sollte ich ihm dankbar sein, sonst
wäre ich jetzt nicht hier bei dir«, meinte sie.

»Hab ich mir auch schon gedacht. Aber das müssen
wir ihm ja nicht sagen.«

Anezka kicherte, dann wurde sie ernst. »Auch wenn
morgen alles wieder so ist, wie es war«, flüsterte sie, »wollen wir heute Nacht so tun, als ob es nur uns beide gibt?«

Franz spürte die Wärme ihres Körpers, ihre Hand, die
über seinen stattlichen Wanst strich. Er drückte die Frau
an sich und schloss die Augen.

»Ja, genau das wollen wir tun.«

XXIX

Der Morgen brach an und die Vögel begannen so laut zu zwitschern, als wäre es ihr letzter Tag auf Erden und es müsste noch so viel gesagt werden.

Hieronymus war der Lärm einerlei. Ermattet stapfte er eine schlammige Straße entlang, die durch den Vorort führte und an der sich auf beiden Seiten der Unrat häufte. Er kam zu dem morschen Zaun, an dem er tags zuvor verhaftet worden war, bog in die Einfahrt und sah, wie zwei Gestalten vor dem Schindelwagen zusammenstanden. Beide waren nur in je eine Wolldecke gehüllt.

Waren das Franz und Anezka? Was zur Hölle –

»Ich hoffe, zumindest ihr hattet eine gute Nacht!«, schmetterte er den beiden gereizt entgegen.

»Also Anezka kann sich nicht beklagen«, gab diese sich schnippisch. Sie drückte Franz einen Kuss auf die Wange, wandte sich dann Hieronymus zu. »Sie schulden Anezka noch einen Gulden für das unverschämte Alibi – auch wenn's nicht geholfen hat.«

Der nickte, nun nur noch müde.

»Ich gehe jetzt die Kinder wecken.« Die Vermieterin strafte ihn noch mit einem feindseligen Blick, dann ging sie Richtung ihres Hauses.

Hieronymus starrte Franz an, forderte ihn mit einer Geste auf, sich zu erklären.

»Wie das Leben halt so spielt«, meinte der belustigt.

»Während ich im Gefängnis saß? Wirklich?«

»Was hätte ich denn tun sollen?«, fragte Franz, nun

weniger freundlich. »Die Polizei-Direction stürmen? Die ganze Nacht lang Rosenkränze beten?«

»Nein«, versuchte Hieronymus abzuwiegeln.

»Nicht jeder muss seiner Vergangenheit so hinterherhängen, wie du es tust, mein werter Freund.« Mit diesen Worten stieg Franz die Stufen in den Schindelwagen hoch und verschwand darin.

Hieronymus blickte in den Himmel. Er war zu weit gegangen, und das hatte er nicht gewollt. Aber er war todmüde, und selbst wenn ihm das Gespräch mit Marx ein wenig Aufschub gewährt hatte, so spürte er doch, dass ein Damoklesschwert über ihm hing, das ihn jeden Augenblick zu richten drohte.

Franz hatte sich im Schindelwagen Hose und Hemd angezogen und gewartet, bis die erste Wut verflogen war. Dann stieg er wieder aus dem Wageninneren und sah Hieronymus am Brunnen stehen, zwei blecherne Becher neben sich, aus denen es dampfte. Nicht, dass er seinem Freund die Übergriffigkeit bereits verziehen hatte, aber so abgekämpft und müde, wie Hieronymus aussah, wollte er ihn nicht über Gebühr leiden lassen.

»Eine muselmanische Entschuldigung?«

Der andere nickte. »Die Nacht in der Polizei-Direction hat es wirklich in sich gehabt. Irgendwann kam es mir vor, als ob ich dort nie wieder rauskäme.«

Franz nahm den Becher mit pechschwarzem Kaffee, roch das kräftige Aroma der gerösteten Bohnen und nahm einen Schluck. Augenblicklich durchströmte seinen Körper wohlige Wärme, gepaart mit Erinnerungen an die Leidenschaft der letzten Nacht. Er hob seinen Becher.

»Entschuldigung angenommen.«

Hieronymus nickte zufrieden und trank ebenfalls einen Schluck.

»Hat es sich zumindest bezahlt gemacht, dass wir die Mamsell ausfindig gemacht haben?«, fragte Franz.

Sein Freund nickte. »Ich habe nun einen Passierschein, vom altehrwürdigen Polizeipräsidenten höchstpersönlich. Und der garantiert mir, mich in Wien und seinen Vororten frei bewegen zu können. Außerdem habe ich erfahren, wer die dritte Tote ist: Henriette Arnold, Tochter von Eduard Arnold, einem stinkreichen Adeligen, der seinen wohlfeilen Ruf als Kunstmäzen und weltoffener Liberaler pflegt. Nur die Juden soll er verabscheuen.«

»Ich nehme an, wir wollen ihm einen Besuch abstatten?«

»Und wie wir das wollen. Denn im Gegensatz zu Johanna und Adriane, die beide in irgendeiner Weise mit dem Prater in Verbindung gebracht werden können, erschließt sich mir bei Henriette nicht, was sie mit den anderen beiden zu tun haben soll, außer dass sie im gleichen Viertel gefunden worden ist.«

»Vielleicht ist die Verbindung ja auch nicht der Prater. Vielleicht verbindet die Damen ja etwas ganz anderes«, meinte Franz.

»Ja, vielleicht. Und das sollten wir schleunigst herausfinden.«

»Willst du dich nicht vorher ein wenig ausruhen?«

Der andere winkte ab. »Zum Schlafen habe ich immer noch genug Zeit, wenn ich erst unter der Erde liege.«

Hieronymus prüfte ungeduldig seine Taschenuhr, prüfte ebenfalls zum wiederholten Male, ob die feingliedrige Kette, an der der Chronograf hing, mit dem anderen Ende an einem Perlmuttknopf seiner Frackweste befestigt war. Natürlich war sie das, wie hätte sie sich auch befreien können? Er ließ die Uhr in seine Seitentasche gleiten. Vor einer geschlagenen halben Stunde hatte man ihm und Franz versichert, dass sich Eduard Arnold hier mit ihnen treffen würde, aber bisher war er dieser Zusicherung säumig geblieben.

Hinter den beiden Männern stand, am Eingang zum Stadtpark, der prächtige Kursalon, der erst vor knapp zehn Jahren im Stil der italienischen Renaissance errichtet worden war und in dem, wie der Name nahelegte, Heilwasser für Trinkkuren ausgeschenkt werden sollte. Da dies aber unter der Bevölkerung kaum Anklang gefunden hatte, wurde seine Bestimmung zu einem Tanz- und Konzertlokal geändert, das Johann Strauß' Sohn mit einem Konzert im Oktober 1868 fulminant eröffnete. Seither fand der Salon regen Zuspruch und wurde gerne als Treffpunkt der Wiener Gesellschaft genutzt. So auch an diesem Tag, weshalb sich andauernd Leute in einem steten Kommen und Gehen an Hieronymus und Franz vorbeidrängten.

Gerade als Letzterer vorschlagen wollte, ob es nicht besser sei, wieder zu gehen, da der Verabredete wohl nicht mehr kommen würde, näherte sich den beiden ein Mann in dunklem Anzug. Auf seinem Kopf saß ein Zylinder, unter dem schwarze Locken hervorquollen, die Koteletten, die buschig seine Wangen erreichten, waren bereits weiß. Seine Augen wirkten verschwollen und müde und seine Körperhaltung verriet, dass dieses Treffen für ihn eine reine Mühsal darstellte.

»Man hat mir zugetragen, dass Sie mich sprechen wollen?«, fragte Arnold und rang sich ein bemühtes Lächeln ab.

Seinen Wohnsitz hatte er, parallel zum Kursalon, in der Fichtegasse. Dort hatte die Dienerschaft vor einer guten Stunde Hieronymus und Franz den Zutritt verweigert, dafür aber zugesichert, ihr Anliegen zuverlässig anzubringen.

»Hieronymus Holstein. Und das ist Franziskus Rudolphi«, stellte sich Hieronymus vor und machte zeitgleich mit seinem Freund eine knappe Verbeugung.

»Eduard Arnold. Man hat mir berichtet, dass Sie –«, er hielt kurz inne, »… privat in den jüngsten Mordfällen ermitteln? Also auch im Falle von unserer Hen…« Arnold versagte die Stimme.

»Das ist richtig«, übernahm Hieronymus das Wort. »In diesem Zuge möchten mein Partner und ich Ihnen und Ihrer gesamten Familie unser aufrichtiges Beileid ausdrücken.«

Arnold nickte verbindlich.

»Wissen Sie, da unsere Polizei, so bemüht sie auch ist, offensichtlich an ihre Grenzen stößt, wurden mein Partner und ich damit beauftragt, auf eigene Faust zu ermitteln.«

»Und wer hat Sie beauftragt, wenn Sie mir die Frage gestatten?«

»Ich gestatte, nur darf ich Ihnen keine Namen nennen. Genau so, wie auch dieses Gespräch der völligen Verschwiegenheit unterliegt.«

Arnold nickte bedächtig. Dann streckte er die rechte Hand aus und wies den Weg Richtung Stadtpark. »Darf ich bitten, die Herren.«

Die drei Männer schlenderten am Kursalon vorbei und in den Stadtpark hinein, dessen üppige Pflanzenwelt den Eindruck vermittelte, man befände sich in einem wild wuchernden, begehbaren Landschaftsgemälde. Strenge geometrische Formen suchte man vergeblich, selbst die Gehwege wanden sich verspielt, einem mäandrierenden Fluss gleich.

»Womit kann ich Ihnen nun dienen, meine Herren?«, griff Arnold das Gespräch schließlich wieder auf.

»Die dringlichste Frage, die sich uns stellt, ist, ob Ihr Fräulein Tochter Henriette die beiden anderen Opfer kannte?«

Arnold überlegte kurz, dann schüttelte er den Kopf. »Nein, beim besten Willen nicht. Jetti ist … Jetti *war* ein eher scheues Geschöpf, die ihre Nachmittage lieber zu Hause mit Lesen und Strickarbeiten verbrachte, als sich einem Tanzvergnügen hinzugeben. Oder, Gott bewahre, sich im Wurstel-Prater herumzutreiben.« Er atmete mehrmals tief durch, versuchte, den Schmerz seines Verlustes zu unterdrücken.

»Und doch hat man sie dort gefunden«, meinte Franz nachdenklich.

»Sie haben auch keine Geschäfte mit den Leuten dort getätigt?« Hieronymus sah dem Mann in die geröteten Augen.

»Mit Zigeunern und jüdischem Lumpenpack? Für wen halten Sie mich? Ich kenne derlei Subjekte nicht einmal.« Arnold machte keinen Hehl aus seiner Entrüstung. »Meine Jetti hat niemandem etwas zuleide getan, verstehen Sie? Niemandem!« Er wischte sich eine Träne aus dem Augenwinkel. »Was soll sich ein behütetes Mädchen von neunzehn Jahren auch schon zuschulden kommen lassen?«

»Seit wann war Henriette abgängig?«

Arnold brauchte nicht zu überlegen. »Am 9. Juni wollte sie nur schnell zum Posamentierer. Sie hat auch gerne genäht und gestickt, wissen Sie? Es war drei Uhr nachmittags, das Ladengeschäft keine Viertelstunde von unserer Wohnung entfernt. Zurückgekehrt ist sie jedoch nicht mehr.« Sein Blick ging ins Leere. »Meine Gemahlin und ich haben Tag und Nacht gewartet, dass sie heimkommt, dass sie uns eine Nachricht zukommen lässt, oder … oder was weiß ich. Und vorgestern um sechs Uhr abends brachte man uns dann die Kunde, dass sie … also dass man sie …«

»Ich verstehe schon, Herr Arnold«, meinte Hieronymus sanftmütig. »Ich nehme an, man kann auch ausschließen, dass sie, verzeihen Sie meine Offenheit, eine Bekanntschaft mit einem Herrn gepflegt hat?«

Der Vater atmete nur tief ein und aus, aber dies war Antwort genug. Sie hatten einen kleinen Teich erreicht, gingen entlang des Ufers.

»Gibt es sonst noch etwas, vielleicht eine Kleinigkeit, die uns weiterhelfen könnte? Haben Sie als Geschäftsmann irgendwelche Feinde oder Leute, von denen Sie annehmen, dass sie Ihnen schaden wollten?«, fragte Franz und sah Arnold durchdringend an.

Der schüttelte nur hilflos den Kopf, während sich seine Augen verklärten.

»Dann danken wir Ihnen, dass Sie sich die Zeit genommen haben«, sagte Franz. »Sollte uns noch eine Frage beschäftigen, dürfen wir uns doch an Ihre Dienerschaft wenden?«

»Selbstverständlich. Ihnen auch verbindlichsten Dank, meine Herren. Meine Gemahlin und ich werden dafür beten, dass Sie den Mörder unserer Tochter seiner gerechten Strafe zuführen.«

»Viel Kraft für Sie und Ihre Gemahlin«, sagte Franz.

Eduard Arnold schüttelte den beiden Männern die Hand, dann wandte er sich um und ging wieder zurück Richtung Kursalon.

Hieronymus sah seinen Freund an. »Ich hatte nicht das Gefühl, dass uns der Mann irgendwas vorspielt, geschweige denn verheimlicht.«

Der andere pflichtete ihm bei. »Andererseits muss irgendwas im Schatten liegen, denn dass der Mörder Henriette zufällig ausgerechnet an jenem Tag aufgelauert hat, an dem sie einmal die Wohnung verlassen hat, und das auch noch mitten am helllichten Tag, das kann mir keiner weismachen.«

Hieronymus ballte unwillkürlich die Fäuste. »Wo ist nur der verfluchte Zusammenhang?«

»Drei ähnlich begangene Morde. Drei tote junge Frauen. Und niemand weiß von nichts. Ist dir klar, wie es sein kann, dass bei einem Kartenspiel drei Leute behaupten, sie hätten jeder zwei Buben in der Hand?«

Hieronymus überlegte. Plötzlich dämmerte ihm, worauf Franz hinauswollte. »Dann verschweigt irgendeiner die Wahrheit.«

»Ganz genau. Einer lügt wie gedruckt. Was ist mit dem Vater des zweiten Opfers, diesem Tschermak?«

»Das sollten wir einen anderen fragen.«

XXX

GEDULDIG WARTETE HIERONYMUS in der muffigen Halle hinter dem Restaurant »Zum Glückshasen«. Erinnerungen wurden wach, daran, wie er hierhergezerrt worden war, zu Boden geworfen und geschlagen. Und wie er geglaubt hatte, dass dies das Ende seines Lebens bedeutete. Aber dieses Mal war alles anders. Dieses Mal war er derjenige gewesen, der Friedrich Kupka hierherbeordert hatte – auch wenn er sich nicht anmaß, in dem erhöhten Stuhl Platz zu nehmen.

Er war allein hier. Franz wollte derweil Mitzi treffen, vielleicht hatte sie noch etwas in Erfahrung bringen können.

Mit einem hallenden Klacken wurde die Eingangstür geöffnet. Kupka und zwei seiner Handlanger betraten die Halle. Ihnen folgte ein weiterer Mann, der ob seines hohen Alters einen gebrechlichen Eindruck vermittelte.

»Hieronymus Holstein!«, donnerte Kupkas Stimme durch den Raum. »Womit verdiene ich die Ehre?«

Der wartete, bis ihn der Prater-Papst erreicht hatte, und schüttelte ihm erst einmal die Hand. »Begrüße Sie. Wie Sie sicherlich bereits wissen, ist eine weitere Tote gefunden worden. Henriette Arnold.«

»Du bist gut informiert«, meinte Kupka anerkennend. »Ja, ich habe es gelesen.« Er lächelte traurig. »Aber natürlich wurde es mir auch zugetragen.«

»Wenn Sie den Namen bereits kennen, dann müssen Sie gute Verbindungen zur Polizei-Direction haben, denn die

Presse hat den Namen nicht veröffentlicht«, sagte Hieronymus, ohne durchklingen zu lassen, ob er dies anerkennend oder höhnisch meinte.

»Was wäre die Welt ohne gute Verbindungen? Doch nur ein einsamer Spielplatz. Also, mein Lieber. Warum hast du nach mir gerufen?«

»Sehen Sie, Herr Kupka, woraus ich einfach nicht schlau werde, ist, nach welchem Muster der Mörder seine Opfer ausgesucht hat. Welche Verbindung gab es zwischen den drei jungen Frauen? Oder glauben Sie etwa, dass der Täter die Mädchen willkürlich ausgesucht hat?«

»Worauf willst du hinaus?«

»Gehen wir einmal davon aus, die Frauen haben sich untereinander nicht gekannt. Also muss der Mörder jemand sein, der trotzdem eine Verbindung herstellen kann. Kennen Sie beispielsweise den Vater von Adriane Tschermak?«

Kupka sah Hieronymus mit einem tiefgründigen Lächeln an. »Warum fragst du ihn das nicht selbst?« Er wandte sich ab und streckte die Hand Richtung des greisen Mannes aus, der hinter ihm die Halle betreten hatte.

Dieser schlurfte nun langsam auf Hieronymus zu. »Julius Tschermak, begrüße Sie«, sagte er mit dünner Stimme.

»Hieronymus Holstein. Angenehm.«

»Herr Tschermak und ich wollten uns gerade einem neuen Projekt widmen, als mich die Nachricht ereilte, dass du mich sprechen willst. Da dachte ich, ich nehme ihn gleich mit.«

»Sie sind Adrianes Vater?« Hieronymus schob die Brauen zusammen.

Der Greis rang sich ein müdes Lächeln ab. »So kommt

das eben, wenn man meint, mit sechzig noch Vater werden zu müssen.«

»Mein aufrichtiges Beileid zu Ihrem Verlust«, sagte Hieronymus. Tschermak nickte träge.

»Ich nehme an, Sie kennen Eduard Arnold nicht, den Vater der dritten Toten?«

»Doch, wohl, ich kenne ihn«, sagte Tschermak mit einer Selbstverständlichkeit, die Hieronymus überraschte. »Ich habe schon einige Werke von Künstlern gekauft, deren Mäzen Arnold ist.«

»Wenn man nicht weiß, wohin mit seinem Geld«, stichelte Kupka.

»Gut«, meinte Hieronymus, »vielleicht steigt ja der Preis für das eine oder andere Kunstwerk, dann ist das Geld nicht schlecht angelegt.«

Kupka verdrehte die Augen.

»Verbindet Sie sonst etwas? Irgendetwas?«

Der Greis und der Prater-Papst sahen sich an.

»Schluss damit!« Die Worte waren aus Hieronymus lauter herausgeplatzt als beabsichtigt. Dafür war ihm die Aufmerksamkeit der Anwesenden nun gewiss. »Hören S', wenn Sie glauben, Sie müssen mit Dingen hinter dem Berg halten, die vielleicht entscheidend zur Lösung des Falles beitragen könnten, dann kann *ich* Ihnen nur sagen, dass ich somit meinen Hals aus der Schlinge ziehe.«

Kupka stutzte, schnitt dann eine gönnerhafte Grimasse. »Nein, tust du nicht.«

Hieronymus schluckte. »Wie dem auch sei, ich weiß, dass Sie über all die Jahre Grundstücke hier im Prater erst profitabel verkauft und dann mit ordentlichem Gewinn wieder günstig zurückgekauft haben. Ist dem nicht so?«

Kupka schwieg. Er zog eine Zigarre aus seiner Jackentasche, bohrte in das hintere Ende mit einem Rundschneider ein kleines Loch. Er entzündete sie eine schiere Ewigkeit lang an einem langen Schwefelholz, bevor er kräftig daran sog. Er ging auf und ab, während er dicke Rauchschwaden ausstieß, ähnlich einer Lokomotive, die an Fahrt aufnahm.

Endlich wandte er sich wieder Hieronymus zu. »Du hast recht. Vornehmlich im Zuge der Weltausstellung war das ein Batzen-Geschäft. Die Investoren konnten gar nicht genug zusammenkaufen, und dann, als die Besucher ausblieben, wollten sie so schnell wie möglich alles wieder loswerden.«

Tschermak hustete zustimmend. »Aber was soll das mit dem Tod unserer Töchter zu tun haben, Friedrich?«

Hieronymus fuhr sich ungeduldig durch die Haare. »Verstehen Sie denn immer noch nicht? Die entscheidende Verbindung, die es zwischen Ihnen, Herrn Tschermak und Herrn Arnold gibt, sind nicht ihre Töchter – es sind Ihre Geschäfte.«

Kupka hielt einen Moment lang inne. Dann stieß er eine gewaltige Rauchwolke aus.

»Lächerlich! Hätte ich jeden, mit dem ich in meinem Leben Geschäfte gemacht habe und der mir irgendwie linkisch gekommen ist, unter die Erde gebracht, dann hätte ich einen weitläufigen Friedhof vor meinem Haus.«

»Sie vergessen, dass nicht alle Menschen so *gönner-haft* sind wie Sie«, entgegnete Hieronymus in einem ironischen Tonfall. Noch im selben Augenblick konnte er nicht glauben, was er gerade gesagt hatte, insbesondere im Hinblick darauf, was ihm Kupka in Aussicht gestellt hatte, würde er den Mörder nicht binnen sieben Tagen dingfest machen.

Doch der schien nicht darauf eingehen zu wollen. »Wohl wahr, trotzdem. Warum meine Tochter? Warum nicht ich? Oder Tschermak? Oder –«

»Ich weiß es noch nicht. Und ehrlich gesagt interessiert es mich im Augenblick auch nicht. Das Einzige, was für mich von Interesse ist, ist die Frage, in welche Projekte Sie drei in jüngster Vergangenheit gemeinsam involviert waren. Und erzählen Sie mir nicht schon wieder, dass dem nicht so war.«

Kupka nahm erneut einen tiefen Zug aus seiner Zigarre. Dann schritt er zu dem Alten und begann sich mit ihm im Flüsterton zu unterhalten.

Nach einer gefühlten Ewigkeit kam er wieder auf Hieronymus zu.

»Schau«, begann er ruhig, »grundsätzlich wird Eduard Arnold leugnen, von irgendeinem Geschäft mit uns gewusst zu haben, geschweige denn an einem beteiligt gewesen zu sein. Aus irgendeinem Grund glaubt er nämlich, dass ich Jude bin. Oder Zigeuner. Oder beides.«

Er hustete ein Lachen hervor.

»Wie dem auch sei, seine Liebe zur Förderung der schönen Künste muss eben auch irgendwie finanziert werden, und so ist er meist als stiller Teilhaber mit an Bord, ebenso der Tschermak. Der zumindest ist ein waschechter Zigeuner. Also, ich werde eine Liste mit Namen aufstellen lassen, wer innerhalb der letzten fünf Jahre mit uns ins Geschäft gekommen ist. Ich fürchte jedoch, diese Liste wird nicht gerade kurz. Und die meisten davon sind angesehene Mitglieder der Wiener Gesellschaft. Also hüte dich davor, voreilige Schlüsse zu ziehen.«

Kupka sog so fest an der Zigarre, als wollte er sie in einem Zuge fertigrauchen.

»Wenn du jedoch beweisen kannst, dass irgendeiner von denen etwas mit dem Tod von Johanna zu tun hat, dann schwöre ich bei Gott, ich werde ihm bei lebendigem Leibe die Haut abziehen.«

Hieronymus nickte stumm, er hatte verstanden.

Kupka machte kehrt, ließ Hieronymus zurück. »Wohin kann ich dir morgen Früh die Liste schicken? Zu dem Drecksloch, in das du dich eingemietet hast?«

»Ja!«, rief der ihm hinterher. Diesmal jedoch wollte er keinen Hehl aus seinem Sarkasmus machen. »Schicken Sie's einfach zu dem Drecksloch!«

Die allabendliche Standpauke war ausgeblieben, ebenso die obligatorische Watschn für eines ihrer Kinder. Anezka war ruhig, beinahe liebevoll mit ihren Sprösslingen umgegangen, hatte sie jedoch zeitiger als sonst ins Bett geschickt.

Hieronymus und Franz hatten ebenfalls bereits ihre Nachtlager bezogen und lagen nun wie so oft da, mit dem Blick an die Decke.

»Was glaubst du, wer alles auf der Liste stehen wird?«, fragte Franz mit leiser Stimme.

»Wenn man bedenkt, dass die Weltausstellung erst vor drei Jahren ihre Pforten geöffnet hat und was im Vorfeld alles verheißungsvoll gebaut wurde, dann fürchte ich, dass wir der Namen kaum Herr werden.«

»Und dann?«

Hieronymus stieß geräuschvoll die Luft aus. »Dann, mein Freund, bin ich mit meinem Latein am Ende. Ich kann mir höchstens aussuchen, ob ich mich Marx stelle und den Rest meines Lebens in einer Zelle verrotte, oder doch vorher zu Kupka gehe und ihn bitte, kurzen Prozess mit mir zu machen.«

»Also die Wahl zwischen Pest und Cholera.«

Hieronymus stimmte schweigend zu.

»Sich vor einen Karren zu werfen kann ich jedoch nicht empfehlen«, raunte Franz, gefolgt von einem unterdrückten Lachen. »Da kommst am Ende fescher hervor, als du zuvor warst. So wie ich.«

Hieronymus stieß ebenfalls ein Lachen aus. Dann überlegte er, ob es der richtige Zeitpunkt wäre, um Franz von der Begegnung mit Skorkovský am Abend der Soirée zu berichten.

Doch bevor er sich dazu durchringen konnte, schwang die Tür zu Anezkas Kammer knarrend auf und die Frau stand gänzlich ungeniert auf der Schwelle, nur in das Lichtkleid einer Kerze gehüllt.

»Franz, schläfst du schon?« Ihr harter Dialekt ließ die Wörter mehr wie Peitschenhiebe denn süße Verlockungen klingen.

Der Angesprochene setzte sich auf, machte eine empörte Miene. »Mitnichten, Mademoiselle.«

Anezka kicherte und wandte sich um. »Na dann komm.«

Hieronymus sah Franz ungläubig an und flüsterte: »Du musst wohl einen Schwanz aus Gold haben, mein Freund.«

Der hob entschuldigend die Hände. »Was soll ich sagen … Manchen gibt der Herr eben reichlich.«

Dann humpelte er breit grinsend zu der noch immer geöffneten Tür und schloss sie von der anderen Seite.

XXXI

ANEZKA HATTE IHREN MUND auf den von Franz gepresst, als dieser in ihr gekommen war, damit ihre Kinder so wenig wie möglich in ihrem Schlaf gestört wurden. Aber das Schnarchen, das unaufhörlich aus der kleinen Nebenkammer drang und das sich aus unterschiedlichen Tonhöhen und Rhythmen zusammensetzte, ließ vermuten, dass keines der Kinder überhaupt bemerkt hatte, dass sie Franz zu sich ins Bett geholt hatte.

Als der Schweiß auf ihrer Haut sie frösteln ließ, zog Anezka die Filzdecke bis zu ihren Schultern und bettete ihren Kopf auf die Brust des Mannes neben ihr, so wie sie es im Schindelwagen auch getan hatte. Sie fühlte sich behütet, beschützt und frei zugleich.

Franz strich ihr sanft über den Kopf.

»Du wolltest mir erzählen, was deinem Freund widerfahren ist«, flüsterte sie, ohne den Kopf zu heben.

Franz knurrte. »Du hast ein Gedächtnis wie ein Elefant.«

»Meine Haut ist auch so dick. Aber meine Beine und mein Arsch sind es zum Glück nicht. Also, ich höre?«

Er stieß ein Seufzen hervor. »Hieronymus wurde in Prag geboren und kommt aus ärmlichen Verhältnissen. Aber mit Geschick, Fleiß und dem bisschen Charme, den er halt besitzt, hat er sich nicht nur nach oben gearbeitet, er hatte es sogar geschafft, ein kleines Vermögen anzusparen. Und damals war er erst Anfang zwanzig. Dann hat er sie kennengelernt.« Er machte eine nachdenkliche Pause.

»Karolína Skorkovský, die Tochter eines äußerst wohl-habenden Bürgers. Sie soll nicht nur bildhübsch gewesen sein, sondern auch etwas im Köpfchen gehabt haben.«

»Wie Anezka«, meinte diese trocken.

»Vielleicht war sie nicht ganz so bescheiden wie du«, stichelte Franz und fuhr ernst fort. »Aber nicht nur Hie-ronymus hatte sich verliebt, auch Karolína war wie vom Blitz getroffen. Aber Jindřich Skorkovský, ihr Vater, war gegen diese standesungemäße Liaison, hatte er doch einen anderen Mann für sein Töchterchen auserkoren. Sie sollte nach oben heiraten, nicht nach unten.«

»Ein Ehrenmann mit Herz also, der Herr Papa.«

»Ja, und zwar für alles, was ihm selbst dienlich war. Nachdem Hieronymus jedes Angebot, das ihm Jindřich gemacht hatte, um die Avancen seiner Tochter gegenüber zu lassen, ausgeschlagen hatte, platzte dem Alten irgend-wann der Kragen. In der Nacht vom 28. Juni 1867 schickte er vier seiner Handlanger, die dem jungen Don Juan die Leviten lesen sollten. Sie drangen in sein Haus ein, das er erst kürzlich erworben hatte, fesselten ihn an einen Stuhl und begannen auf ihn einzuschlagen. Als er gerade noch bei Bewusstsein war, schnitten sie ihm gar den kleinen Finger ab, den ein feiner Goldring zierte.«

Anezka grub sich in Franz' Brusthaare. »Das ist ja schrecklich.«

»Aber das war erst der Anfang. Die Kerle zündeten sein Haus an, wodurch sein ganzes Hab und Gut und all sein Geld verbrannten, und zerrten Hieronymus vor die Stadt-mauern, wo sie ihn mehr tot als lebend zurückließen.«

»Und Karolína?«

Franz schwieg einen Moment lang, schien mit sich zu ringen, ob er fortfahren sollte. Dann tat er es.

»Der Vater zeigte seiner Tochter den kleinen Finger, der ganz verkohlt war, als Beweis dafür, dass Hieronymus in dem Feuer umgekommen war. Karolína erkannte den Ring natürlich wieder, hatte sie ihm diesen doch als Beweis ihrer immerwährenden Liebe geschenkt. Sie soll zusammengebrochen sein, doch für den Papa schien alles wie am Schnürchen zu laufen: Hieronymus würde nie wieder zurückkommen, seine Tochter war zwar gebrochen, doch würde sie sich sicherlich fangen und dann gestärkt in die Ehe mit dem vom Vater ausgesuchten Bräutigam gehen.«

»Hat sie ihn tatsächlich geheiratet?«

Franz verzog das Gesicht, als würde er etwas Bitteres schmecken. »Bereits am nächsten Morgen fand Jindřich seine Tochter in ihrem Zimmer vor, wie sie an einem Strick von einem der Deckenbohlen baumelte. Jegliche Hilfe kam zu spät.«

Anezka, deren Augen glasig wurden, brachte nur ein kehliges »Nein« hervor.

»Als Hieronymus wieder so weit genesen war, dass er sich auf den Beinen halten konnte, drang er in das Haus von Jindřich Skorkovský ein und stellte diesen zur Rede. Der meinte zu Tode betrübt, dass der einzige Grund, warum seine Handlanger Hieronymus am Leben gelassen hatten, der war, dass er als guter Christ keinen Mord verantworten konnte. Und doch habe er nun den Tod seiner einzigen Tochter auf dem Gewissen, eine Schuld, mit der er jeden einzelnen Tag seines restlichen Lebens verbringen müsste. Hieronymus traf die Nachricht wie ein Blitzschlag. Eigentlich wollte er den Mann töten, der alles zerstört hatte, was ihm lieb und teuer gewesen war, aber er erkannte, dass der Tod für Jindřich nur eine Erlösung gewesen wäre. Also hatte er ihn am Leben gelassen.

Noch in derselben Nacht hatte Hieronymus Prag verlassen und ist seither nie wieder zurückgekehrt.«

»Das ist alles unglaublich traurig«, meinte Anezka und bekreuzigte sich. »Ich wünschte, ich hätte nie danach gefragt.«

»Soweit ich weiß, hat Hieronymus seither auch jegliche Avancen seitens des schöneren Geschlechts zurückgewiesen.«

»Der arme Mann.«

»Selbst Kleopatra würde er wohl von der Bettkante stoßen.«

Anezka sah zu Franz auf. »Wohnt die etwa hier in Wien?«

Der stieß ein kurzes Lachen aus. »Ja, die wohnt hier in Wien. Aber wie gesagt, selbst sie hätte keine Chance bei meinem Freund.«

»Trotzdem ... was für ein Schicksal. Erst wenn man von den Leiden anderer erfährt, wird einem bewusst, dass man es selbst doch nicht so schlecht erwischt hat.«

Sie schmiegte sich ganz innig an seine Brust. Franz gab ihr einen Kuss auf den Kopf.

»Damit hast du absolut recht.«

XXXII

»WAS QUÄLT DICH?«

Louise Marx wandte den Kopf zur Seite und sah zu ihrem Gemahl, der in seinem eigenen Bett auf dem Rücken lag und an die Zimmerdecke starrte. Die beiden Eheleute hatten schon seit Jahrzehnten getrennte Betten, und beide waren damit einverstanden. Denn wenn einer von beiden den Drang zu körperlichen Intimitäten verspürte, konnte er jederzeit ins Bett des anderen kriechen, ansonsten stahl man sich weder Decke noch Platz.

»Ich dachte, du schläfst bereits«, meinte Wilhelm Marx mit trockener Kehle.

»Dasselbe dachte ich von dir. Sind es die drei Morde, die überall so lautstark kolportiert werden?«

Marx' Schweigen war seiner Frau Antwort genug.

»Machst du dir Sorgen, dass man dich dafür verantwortlich machen könnte, dass der Mörder immer noch nicht dingfest gemacht wurde? Oder dass er erneut zuschlägt?«

Er seufzte tief und innig. »Weder noch. Ich habe eine schreckliche Vorahnung, aus welchen Kreisen der Mörder kommen könnte. Und wenn sich diese Vorahnung bewahrheitet, dann muss ich womöglich gegen einen aus unseren Reihen vorgehen.«

»Aus der Polizei oder … oder aus dem Bund?«

Erneut keine Antwort, die trotzdem eine war.

»Wenn dem so ist«, hakte Louise nach, »was gedenkst du zu tun? Wird man von dir Loyalität fordern?«

»Drei junge Fräuleins, beinahe noch Mädchen«, sagte

Marx leise. »Da hört sich doch jede Loyalität auf. Zumindest hoffe ich, dass die anderen Mäuse dies ebenso sehen.«

»Du bist ein ehrbarer Mann, Wilhelm, das warst du schon immer. Selbst wenn ich manches Mal nicht wusste, ob du mit mir oder mit deiner Arbeit verheiratet bist, so hast du dich doch immer für das Richtige entschieden.«

»Das Richtige … In der heutigen Zeit ist es oftmals nicht mehr so einfach, den Redlichen vom Unredlichen, den Gauner vom Edelmann zu unterscheiden. Wenn du einem Mann das Portemonnaie stiehlst, bist du ein Dieb. Stiehlst du Hunderten von Männern das Geld aus den Taschen, bist du Aktionär.«

Louise lachte kurz auf, dann schwieg sie.

»Weißt du«, begann sie schließlich, »ich habe die Art und Weise, wie du die Welt betrachtest, immer an dir geliebt. Für dich gab es nie nur Schwarz und Weiß. Du hast immer auch die Grautöne gesehen.«

»Nur sind es eben diese Grautöne, die mehr und mehr verblassen. Die Schlagzeilen der Gazetten werden immer reißerischer, alles muss immer schneller erledigt werden. Aber der Tag hat einfach nicht mehr Stunden.«

»Und deshalb verbringst du jene Zeit, in der du schlafen solltest, damit, dass du an den Plafond starrst?«

»Manches kann man eben nicht erreichen, auch wenn man es sich noch so sehr wünscht. Aber schlaf zumindest du.«

Ein feines Lächeln erhellte Louises Gesicht. Sie warf die Decke zurück, stieg aus ihrem Bett und kletterte in das ihres Gemahls. »Du brauchst den Schlaf«, flüsterte sie, »dein morgiger Tag wird wohl wieder ein anstrengender und langer werden.«

Sie stupste ihn. Er sollte sich auf die Seite rollen, was

dieser auch widerspruchslos tat. Dann schmiegte sie sich von hinten an ihn und legte ihre Hand auf seine Wange. »Ich liebe dich, Wilhelm.«

»Ich liebe dich auch, Louise.«

Augenblicke später war Wilhelm Marx, Präsident der Wiener Polizei, tief und fest eingeschlafen.

XXXIII

NOCH VOR DEM ersten Hahnenschrei hatte ein Bote an die Tür des schiefwinkeligen Hauses in der Vorstadt geklopft und Hieronymus, der sich gerade den Schlaf aus den Augen wischte, eine lederne Mappe übergeben. Dann war er wieder davongeeilt.

Hieronymus öffnete die Schnur, mit der die Mappe zugebunden war, und schlug den Deckel auf. Zwei Seiten lagen darin, eng mit Tinte beschrieben, ein Name folgte dem anderen. Er stöhnte innerlich – so etwas in der Art hatte er befürchtet.

Mit drei Faustschlägen gegen Anezkas Tür weckte er seinen Freund, bevor er zum Brunnen ging, um sich zu waschen.

Nachdem Franz und Hieronymus jeder einen Teller Hafermehlbrei mit Ziegenmilch gegessen und dazu einen dünnen Tee, dem sie ein wenig Branntwein beimischten, getrunken hatten, setzte sich Franz auf die Stufen des Schindelwagens, holte seine Klappbrille aus dem Etui und begann, die Namen auf den Seiten zu studieren, die in keiner erkennbaren Ordnung standen.

Vor ihm ging Hieronymus fahrig auf und ab.

Schließlich nahm Franz die Klappbrille von der Nase, einen zweifelnden Ausdruck im Gesicht. »Manche der Namen kann ich kaum entziffern. Die meisten anderen sagen mir überhaupt nichts. Wer weiß, ob diese Herren noch in Wien ansässig sind. Wir könnten uns natürlich durch die Register der melderechtlichen Erfassung auf der Polizei-Direction wühlen. Marx würde dich wohl kaum behindern.«

»Da magst du recht haben«, sagte Hieronymus. »Danach wüssten wir, wer auf dieser Liste noch in Wien gemeldet ist. Aber dann? Sollen wir etwa jedem einen Besuch abstatten? In zwei Tagen läuft die Galgenfrist aus, die Kupka mir gesetzt hat.« Seine Stimme klang aggressiver als beabsichtigt.

»Lass uns jetzt nur nicht den Kopf verlieren«, bekräftigte Franz betont ruhig.

»Nein, du hast recht. Ich muss ihn einfach nur freibekommen.«

Hieronymus ging zu jener Wand des Hauses, wo Feuerholz gestapelt war. Er stellte ein dickes Holzstück auf den Hackklotz, packte die Spaltaxt und holte aus. Mit einem kräftigen Schwung spaltete er es in zwei Scheite. Dann nahm er ein weiteres Holzstück und wiederholte die Prozedur.

Wieder und immer wieder.

Doch die ersehnte Klarheit wollte sich nicht einstellen. Gesichter erschienen vor seinem geistigen Auge, verwandelten sich blitzschnell zu Orten. Das Echo von Namen hallte wider, wurde lauter, bis es ihm förmlich entgegenbrüllte. Und anstatt sich auf die Morde zu konzentrieren, durchlebte Hieronymus immer wieder jene unerwartete Begegnung bei der Soirée – »František Skorkovský. Zu Ihren Diensten.«

Meinen Bruder František wirst du auch bald kennenlernen. Er wird dich mögen.

Ihre Stimme, ein Hauch in der Ewigkeit …

Tschack! Das Bersten von Holz.

Das hohle Klacken, als die Scheite zu beiden Seiten vom Stock fielen.

Zwei Seiten voller Namen …

Tschack!

Jeder einzelne so verdächtig wie der Name zuvor …

Tschack!

Und vermutlich alle mit blütenweißer Weste …

Tschack! Tschack! Tscha–

Die Axt hatte sich im Hackklotz verkeilt. Hieronymus stützte den rechten Fuß darauf, dann entriss er dem Klotz das Werkzeug. Schweißgebadet und außer Atem betrachtete er seine Hände, die den Stiel so fest umklammert hielten, dass seine Knöchel weiß waren. Sein Blick wanderte zur Klinge.

Johanna mit einer Axt zu zerstückeln, und –

Wer hat etwas von einer Axt gesagt?

Mit einem Male bemächtigte sich Hieronymus eine tiefe, unaussprechlich schreckliche Vorahnung.

… nicht mit einer Axt zerstückelt … mit etwas anderem …

Kreidebleich im Gesicht wandte er sich dem Schindelwagen zu, auf dessen Treppe Franz noch immer saß und die Namen studierte.

»Sag mir, dass dir der Oppenheim noch nicht untergekommen ist, Franz!«, rief Hieronymus mit beschlagener Stimme.

Sein Freund hielt einen Moment inne. Er nahm das andere Blatt in die Hand, überflog es. Dann blickte er auf, hielt den Zettel in die Höhe. »Ludwig Josef Oppenheim, hier steht er. Warum?«

Hieronymus warf die Axt weg und stürmte auf den Schindelwagen zu. Zu Franz' Überraschung drängte er sich jedoch an ihm vorbei und stürzte ins Innere des Wagens.

Wo war sie?

Er klappte lautstark die Pritsche hoch, auf der sein Freund Anezka beglückt hatte, packte eine Kiste, stellte sie auf das Tischchen an der Wand und öffnete den Deckel. Wie ein Besessener kramte er zwischen unzähligen Fotografien, die auf Karton affichiert waren. Schließlich zog er ein Blatt heraus. Er griff eine Standlupe aus dem Setzkasten, der an der Wand hing, und stürmte wieder ins Freie.

Hieronymus stellte sich in die pralle Sonne, betrachtete entsetzt die Fotografie.

»Nein«, murmelte er und schüttelte dabei den Kopf, als wollte er sich selbst vom Gegenteil des Offensichtlichen überzeugen. Er setzte die Standlupe, deren Linse in Messing gefasst war, auf die Aufnahme und lugte durch das Glas. Wieder schüttelte er den Kopf, wieder murmelte er die Verneinung.

Schließlich ließ er Fotografie und Standlupe sinken, stand einfach nur regungslos da.

»Willst du, dass ich deine Gedanken errate?«, fragte Franz und blickte kurz zum Pferd. »Wobei mir das vermutlich bei Roswitha besser gelingen würde ... Oder beichtest du von dir aus, was sich in deinem Kopf abspielt?«

Franz zog die Brauen hoch und machte große Augen.

Hieronymus reagierte erst nicht, dann drehte er sich langsam um.

»Oppenheim ist der Mörder.«

»Wie bitte?« Franz blickte drein, als wollte man ihm Wasser für Bier verkaufen.

Hieronymus streckte ihm die Fotografie hin. Der nahm sie, besah sich die Ablichtung. Es war eine fotografische Kopie von jenem Werk, das Hieronymus Constanze Oppenheim verkauft hatte. Sie saß auf einem Stuhl, machte eine ernste Miene. Auf ihrem Schoß die gleißenden Umrisse eines kleinen Kindes, unwirklich und durchscheinend. Hinter ihr eine elegante Kommode, rechts neben ihr eine große Flügeltüre, die offen stand und einen Einblick ins Zimmer dahinter gewährte – und an dessen Wand eine armlange Machete hing.

Franz blieb der Mund offen.

»Damit hat er die Frauen zerstückelt«, sagte Hieronymus, als wäre er in Trance.

Franz fasste sich wieder. »Jetzt einmal der Reihe nach, Herr Inspektor. Lassen wir Oppenheim einmal außen vor – warum soll es keine gewöhnliche Axt gewesen sein, wie du sie in jedem Haushalt vorfindest?«

Hieronymus' Blick fiel auf die zerhackten Holzscheite. »Ich erinnerte mich, wie glatt die Schnittstellen ausgesehen hatten. Eine gewöhnliche Axt würde Haut und Fleisch viel stärker zerfransen und die Knochen mehr zertrümmern als zerteilen.«

»Dann hätte es auch ein Fleischerbeil gewesen sein können.«

Hieronymus schüttelte den Kopf. »Manche der Gliedmaßen waren in der Mitte durchtrennt, nicht bei den Gelenken. Versuche das mit einem Beil bei einem Oberschenkelknochen. Da müsste sogar ein Fleischhauer mehrmals zuschlagen. Nein, das muss etwas gewesen sein, mit dem man richtig Schwung holen kann.«

»Gut, sagen wir, es war so eine Machete. Was hat Oppenheim damit zu schaffen?«

»Die Liste. Oppenheim scheint mit allen drei Vätern der Opfer Geschäfte gemacht zu haben. Und ich vermute, nicht zu seinem Vorteil.«

»Hast du nicht gesagt, wie opulent die Soirée gewesen war? Und dass Oppenheim auch noch Firmenanteile in Böhmen besitzt?«

Hieronymus kratzte sich nervös am Hals. »Das lässt sich prüfen. Davon abgesehen, vergiss eines nicht: Oppenheim hat nicht nur mit den dreien Geschäfte gemacht, Oppenheim kennt auch mich. Er war dabei, als mich seine Frau vor dem ›Aquarium‹ bei unserem Wagen auf die spirituellen Fotografien angesprochen hat.«

Franz atmete beunruhigt tief durch. »Warum sollte jemand wie er, der vermutlich an einem Tag so viel verdient wie unsereins in einem ganzen Jahr, überhaupt so eine scheußlich brutale Tat begehen?«

»Genau das möchte ich aus seinem Munde hören.«

Franz erhob sich. »Mein Freund, du bist verrückt.«

Der andere grinste dämonisch. »In zwei Tagen werde ich wohl tot sein. Da spielt es auch keine Rolle mehr, ob ich heute verrückt bin, oder?«

XXXIV

I<small>NMITTEN DES</small> B<small>ÖRSENPLATZES</small> erhob sich ein wuchtiges, dreistöckiges Gebäude, einem Steinquader gleich. Es war erst zwei Jahre zuvor fertiggestellt und in Formen der italienischen Renaissance errichtet worden, und repräsentierte den Nachrichtenknotenpunkt der Monarchie: die k.k. Telegrafen Centrale.

In das Gebäude und aus ihm heraus strömten schier unablässig Menschen, als wäre es ein Ameisenbau.

Hieronymus warf noch einmal einen prüfenden Blick auf den Zettel in seiner Hand, auf dem stakkatoartig eine zu überliefernde Nachricht in Worte gefasst war und von deren Antwort, wenn schon nicht sein Leben, so doch zumindest sein weiteres Handeln abhing. Aber er wollte nichts mehr an der Formulierung ändern, alles war so präzise und knapp wie nur irgend möglich formuliert.

Mit sorgenvollem Blick maß Hieronymus die Telegrafenzentralstation. Darin war auch die Stadtrohrpostanlage für Telegramme sowie für Briefe und Karten untergebracht, die sich damit rühmte, in ihrem unterirdischen Rohrnetz Nachrichten in Aluminiumkapseln per Druckluft mit einer Geschwindigkeit von einem Kilometer pro Minute zu befördern. Aber selbst diese Geschwindigkeit wäre Hieronymus zu langsam gewesen, weshalb er die Schalter zur Übermittlung von telegrafischen Nachrichten aufzusuchen gedachte, die in Windeseile jedwede Botschaft bis an die Grenzen des Kaiserreichs tragen konnten.

Er dachte noch einmal ehrfürchtig an die Wichtigkeit seiner nächsten Handlungen. Dann schloss er sich jenem Strom an Leuten an, der sich in das Gebäude bewegte, und ließ sich von ihm hineintragen.

XXXV

»Was haben S' denn da?«

Constanze hielt das Dienstmädchen auf, das mit gesenktem Haupt zur Wohnungstür hereingeeilt kam und ein Briefchen in Händen hielt.

»Das hat gerade ein Bote vorbeigebracht, Madame«, antwortete Fini dienstbeflissen. »Ist für den gnädigen Herrn.«

»Lassen S', ich mach das schon«, sagte die Dame des Hauses und nahm ihrem Dienstmädchen das Briefchen ab.

»Sehr wohl, Madame«, antwortete diese ein wenig pikiert, denn immerhin gehörte dies zu ihren Aufgaben, dafür mit angedeutetem Knicks.

Constanze kümmerte die Befindlichkeit ihres Dienstmädchens nicht. Ohne Eile schritt sie durch die Wohnung, durchquerte das Jagd- und das Speisezimmer und kam schließlich ins Wohnzimmer, das durch einen hölzernen

Anbau erweitert war und in dem es aufgrund der vielen Fenster angenehm hell war. Dort saß auf einem ausladenden Sessel aus Rattan ihr Gemahl, Ludwig Oppenheim, eine Pfeife im Mund, und las Zeitung. Auf einem kleinen Beistelltisch neben ihm standen eine leere Kaffeetasse und ein Teller mit Brotkrumen darauf.

»Ist gerade für dich gekommen«, sagte Constanze und streckte ihrem Gemahl das Briefchen entgegen. »Möchtest du noch einen Kaffee?«

Oppenheim nahm den Umschlag entgegen. »Nein danke, Liebes. Du kannst Fini sagen, sie möge abräumen.«

Constanze entfernte sich mit einem Lächeln.

Oppenheim sah seiner Gemahlin hinterher. Dann glitt sein Blick über die Trophäenwand im Jagdzimmer, in dem er bevorzugt Gleichgesinnte empfing, um sich bei Cognac und Rauchwaren über die Unbilden der Neuen Zeit zu echauffieren. Er betrachtete das Wohnzimmer, das er wegen seiner Größe und Weitläufigkeit immer schon als angemessen für einen Mann seines Standes erachtet hatte, auch wenn die Erhaltungskosten seines Domizils Unsummen verschlangen. Aber ihm war bewusst, dass er finanziell nur noch ein wenig länger durchhalten musste, dann würde alles wieder ins Lot kommen. Und doch machte sich ein Anflug von Wehmut in ihm breit, gepaart mit einer kaum greifbaren Verlustangst. Oppenheim hoffte jedoch inständig, dass Fortuna ihn wieder zu ihrem Liebling auserwählen würde, so wie sie es sein Leben lang getan hatte. Wie schlimm die Zeiten auch gewesen sein mochten, er war immer auf die Butterseite des Lebens gefallen, wie der gemeine Volksmund so treffend formulierte. Und doch –

Oppenheim sah die braune Feder, die ebenfalls auf dem Beistelltischchen lag, die Feder eines Adlers. Sie wirkte fehl am Platze, wie ein zu greller Farbklecks in einem sonst in gedämpften Tönen gehaltenem Gemälde. Und trotzdem gehörte sie seit Kurzem hierher. Am Tag nachdem das dritte Opfer gefunden worden war, hatte Oppenheim sie auf dem Kopfkissen seines Bettes vorgefunden. Seine Frau hatte damit nichts zu schaffen, das war ihm sofort klar gewesen. Es war vielmehr ein Zeichen. Eine Warnung. Botschaft und Erinnerung zugleich, dass der Reichsadler aufgrund der Unsicherheit in der Bevölkerung wegen der Morde an Stärke eingebüßt hatte. Und sie kam von jenem Bund, bei dem Oppenheim seit Jahren Mitglied war: »Leonis Mures«, die Mäuse des Löwen.

Und nun hatte eine der Mäuse eine Feder als Warnung bekommen. Obwohl Oppenheim das Signal ernst nahm, so verursachte es ihm keine schlaflosen Nächte, denn er hatte sein Werk getan. Weitere Funde würde es nicht geben, ebenso keine Enthüllungen, mit denen defätistische Schmierfinken das Vertrauen des gemeinen Mannes in die Sicherheit der Monarchie untergraben könnten.

Keine Enthüllungen mehr …

Oppenheim fühlte das Briefchen in seiner Hand.

Er legte seine Pfeife zur Seite. Dann schlitzte er das Kuvert mit einem vergoldeten Brieföffner auf, der unter der Feder gelegen hatte, und zog den Inhalt in Form eines gefalteten Blatt Papiers heraus. Oppenheim schlug es auf, begann die in schwarzer Tinte erstarrte Handschrift zu lesen.

Als er damit fertig war, faltete er es ruhig wieder zusammen, steckte es in das Kuvert und ließ es in seine Rocktasche gleiten. Er zog an seiner Pfeife, doch die Glut war bereits verglommen.

Keine weiteren Enthüllungen …

Oppenheim stand auf. Er ging in dem lichtdurchfluteten Erker auf und ab, den Blick ein wenig gen Himmel geneigt, verinnerlichte wieder und immer wieder die wenigen Worte des Briefes.

Schließlich blieb er stehen, regungslos wie ein Raubtier, das seiner Beute harrte.

Plötzlich schrie er aus voller Kehle, packte das Tischlein und schleuderte es mit aller Kraft durch die geschlossenen Fenster.

XXXVI

AUCH WENN DIE RUPRECHTSKIRCHE die älteste Kirche in Wien war, wirkten ihre wuchtigen Mauern doch einsam und verlassen. 1840 hatte man ihr eintausendeinhundertjähriges Bestehen noch mit einer elftägigen Feier zelebriert, an deren Pontifikalamt sogar Kaiser Ferdinand I. samt Gemahlin und Hofstaat teilgenommen hatten. Aber seit man sechs Jahre später damit begonnen hatte, in dieser Kirche für die polnische Gemeinde der Stadt in deren Muttersprache zu predigen, wurde sie fortan von den deutschsprachigen Bürgern gemieden, als verströmten die Gemäuer die Pest.

Doch genau diese Ruhe und Einsamkeit waren es, die Hieronymus gesucht hatte. Am heutigen Tag würden sich nicht zum ersten Mal die Weichen für sein Leben neu stellen. Es war auch der Tag vor so vielen Jahren, der einst sein Schicksal besiegelt hatte …

Es war der 28. Juni.

Hieronymus entzündete eine kleine, krumm gezogene Kerze, die in ihrer Unvollkommenheit doch eigenartig vollkommen wirkte. Er kniete sich nieder und faltete die Hände zum Gebet.

Obwohl er seit jener schicksalhaften Nacht dem allen aufoktroyierten und vermeintlich einzig wahren Glauben entsagt hatte, so glaubte er doch daran, dass alles, was wir zu Lebzeiten taten, Auswirkungen hatte – und wenn schon nicht auf ein eigenes Leben danach, dann zumindest auf all jene, die einen umgaben.

So wie die Tat eines Mannes seinen eigenen Lebensweg bestimmt hatte, in jener Nacht des 28. Juni 1867. Eine Nacht, nach der nichts mehr so gewesen war wie am Tag davor, und auch nie wieder sein würde. Eine einzige Tat, nach der alles vorbei zu sein schien. Zumindest damals …

Hieronymus schloss die Augen. Er versuchte, sich ihr Gesicht ins Gedächtnis zu rufen, ein Bild, das seither zwar ein wenig verblasst, aber immer noch eigenartig präsent war. Das Bild von Karolína. Eine Fotografie von ihr hatte es nie gegeben, und so musste seine Erinnerung ihren Dienst für das tun, was für viele der wohlhabenden Bürger von heute so selbstverständlich war.

Ob dies der ursprüngliche Grund dafür gewesen war, dass Hieronymus die Kunst der auf Platten verewigten Bilder erlernt hatte, musste er sich unwillkürlich selbst fragen.

Aber er wusste es nicht.

Doch die Genugtuung, die er erlebte, wenn seine Kunden das Kunstwerk zum ersten Mal sahen, die kindliche Freude, wenn sie im Lächeln erstrahlten – dies alles schien tief in ihm verwurzelt zu sein.

Wenn er doch nur auch eine Fotografie von seiner Karolína hätte ...

Würde sie ihm dann noch mehr fehlen, oder weniger? Würde die Sehnsucht, sie zumindest ein letztes Mal in die Arme schließen zu können, ihre Wärme und Liebe zu spüren, größer sein als jetzt, oder geringer?

Auch das vermochte er nicht zu beantworten.

Karolína ... Wo immer du jetzt auch sein magst, ich bin bei dir und werde es auch immer sein.

Er umfasste mit der linken Hand seine rechte und strich über jene Stelle, wo früher sein kleiner Finger gewesen war, den er seltsamerweise nie vermisst hatte. Mit einem Male betrogen ihn seine Erinnerung und sein Bewusstsein. Mit einem Male hatte Hieronymus das Gefühl, dass Karolína hinter ihm stand, ganz nah. Er roch ihr lieblich-blumiges Parfüm, den Hauch von Seifenflocken und Kräuterzusätzen, mit denen sie ihr wallendes rotes Haar jeden dritten Tag gewaschen hatte. Er spürte ihren Atem in seinem Nacken, spürte, wie sich die Härchen auf seiner Haut aufstellten und ein lustvolles Prickeln verbreiteten. Und schließlich spürte er, wie sie von hinten zärtlich ihre Arme um ihn schlang, ihn an sich drückte und ihm ins Ohr flüsterte, wie sehr sie ihn liebte.

Karolína ...

Er begann, stoßweise zu atmen, sein Brustkorb zuckte, als würde er unter Spasmen leiden. Tränen krochen unter seinen geschlossenen Lidern hervor. Sie bahnten sich ihren

Weg die Wangen hinunter, sammelten sich kurz am Kinn und tropften schließlich auf den kalten Steinboden.

»Wenn der Seele die Worte fehlen, dann schickt sie Tränen«, hatte ihn Franz einst gelehrt, als er wieder einmal fürchterlich von der Trauer gebeutelt worden war. Und wahrlich, seine Seele hatte seitdem sehr viel über sein Herzeleid zu erzählen gewusst, in so vielen einsamen Nächten.

Doch ebenso schnell, wie das Gefühl der Liebe und Geborgenheit gekommen war, so schnell war es verflogen. Und wie immer machte es dem Bewusstsein Platz, dass alles nur Lug und Trug war. Dass Karolína ihn nie wieder umarmen würde, ihm nie wieder ihre Liebe zuflüstern würde.

Er war allein und würde es auch bleiben.

Hieronymus sah zu dem Kreuz empor, das über dem schlichten Altar hing. Da niemand beweisen konnte, dass Gott existierte, waren es nicht derlei Schicksalsschläge, die den eindeutigen Beweis dafür lieferten, dass es ihn nicht geben konnte?

Er wusste es nicht. Trotzdem bekreuzigte Hieronymus sich.

Anschließend erhob er sich, ließ seinen Blick über die kargen Mauern des einschiffigen Sakralbaus schweifen, verharrte schließlich am Mittelfenster der Apsis, wo sich zwei jahrhundertealte Glasmalereien befanden, die »Thronende Maria« und die »Kreuzigung«.

Wie passend, dachte Hieronymus und verließ Augenblicke später den verwaisten Ort, denn er ging nun seiner eigenen Kreuzigung entgegen.

XXXVII

LANGSAM ABER STETIG bahnte sich die Sonne ihren Weg Richtung Horizont, schien dabei noch einmal so viel Wärme abgeben zu wollen, wie ihr möglich war. Auf der Hauptallee des Praters flanierten die Damen und Herren der Wiener Gesellschaft mit unbeschwerter Leichtigkeit. Kinder spielten Fangen, Verstecken oder wetteiferten im Reifentreiben.

Über allen erhob sich, mit der großen und kleinen Laterne, die Rotunde in stolze vierundachtzig Meter Höhe. Anlässlich der Weltausstellung 1873 war sie als zentraler Treffpunkt für Besucher und als Veranstaltungsort für offizielle Anlässe errichtet worden und besaß mit Abstand die größte Kuppel der Welt, auf deren Spitze die österreichische Kaiserkrone thronte. Vor der Errichtung des monumentalen Gebäudes musste jedoch erst einmal so viel Erdreich ausgehoben werden, dass damit ein ganzer Hügel aufgeschüttet werden konnte.

Dieser Konstantinhügel, wie man ihn getauft hatte, erhob sich im Unteren Prater, und auf ihm ruhte die Restauration »Am Hügel«, die der Hotelier Eduard Sacher gepachtet hatte. Zu Füßen der Erhebung lag ein malerischer kleiner Teich, und weiter hinten, wo Bäume und Sträucher immer dichter wurden, ruhte ein leer stehendes Glashaus, für das seit Jahren niemand mehr Verwendung fand. Viele seiner Scheiben hatten bereits Sprünge, manche waren schon zersplittert. Das Glas der Wände war so schmutzig, dass man kaum hindurchblicken konnte. Und von einer Seite aus hatte sich der Ast eines Baumes seinen Weg ins Innere gebahnt, dessen Blattwerk, durch das Glasdach geschützt, wild austrieb – gleich einem Mahnmal der Natur, das einem die Endlichkeit des vom Menschen Geschaffenen vor Augen führen wollte.

In dieser beinahe märchenhaft verwunschenen Umgebung stand eine Gestalt mit einem Koffer in der Hand, der viermal so lang wie hoch war.

Hieronymus wippte unruhig mit dem Fuß auf und ab. Er holte zum gefühlten zehnten Mal seine Taschenuhr hervor, ließ den Deckel aufschnappen, prüfte die Uhrzeit und ließ den Chronografen gleich wieder in seiner Westentasche verschwinden. Seine Verabredung war bereits über eine halbe Stunde verspätet. Bald würde die Dämmerung einsetzen, und mit ihr Hand in Hand die Nacht Einzug halten. Schließlich würde der nächste Tag anbrechen, und dies würde jener Tag sein, an dem das Ultimatum des Prater-Papstes auslief.

Aber noch war es nicht so weit, versicherte sich Hieronymus wieder und immer wieder. Noch galt es, die schreckliche Zukunft auszublenden und sich auf das Hier und Jetzt zu konzentrieren, denn –

Hatte er gerade ein Geräusch gehört?

Wieder Stille. Nein, er musste sich –

Ein eisernes Knirschen, gefolgt von hallenden Schritten. Jemand kam.

Hieronymus atmete tief durch. Ein Mann näherte sich, mit Zylinder und Mantel bekleidet, die Nachmittagssonne im Rücken, sodass er wie ein Scherenschnitt wirkte. Aber in Anbetracht der Korpulenz und Körperhaltung wusste Hieronymus, dass dies jener Mann war, auf den er gewartet hatte.

»So sieht man sich also wieder«, tönte die Gestalt und blieb in einigem Abstand stehen.

»Ganz recht, so sieht man sich wieder ... Herr Oppenheim«, gab Hieronymus zurück. »Muss eine echte Überraschung für Sie sein. Sie hatten vermutlich damit gerechnet, mich nie wieder zu sehen.«

Oppenheim steckte gelassen die Hände in die Manteltaschen. »Das Leben verläuft eben nicht immer so, wie man es plant.« Er machte eine kurze Pause. »Ich habe Ihre Nachricht erhalten. Sie wollen also Geld von mir pressen?«

»Das haben Sie richtig verstanden.«

»Und wenn ich Ihnen nun mitteile, dass ich so gut wie mittellos bin?«

Hieronymus überlegte einen Moment lang. »Ich würde Ihnen Glauben schenken. Ansonsten wären Sie nämlich ein Narr, sich mit solch niedrigen Beträgen für Ihre Aktien bei den ›Teplitzer Walzwerken‹ abspeisen zu lassen.«

Oppenheim klang überrascht. »Sie scheinen Ihre Hausaufgaben gemacht zu haben.«

»Telegrafie, ein Wunder der modernen Zeit. Kein Läufer mehr, der von Marathon nach Athen sprinten muss. Kein Reiter, der einen Gaul nach dem anderen niederreitet, um eine Depesche rechtzeitig zu überbringen. Nur ein leichtes Tippen, und –«

»Sie hören sich wohl gerne reden, was?«, unterbrach Oppenheim ruppig. »Da Sie nun wissen, dass ich die Wahrheit spreche, frage ich Sie noch einmal: Was ist Ihr Begehr?«

»Auch wenn Sie nicht so liquid sind, wie Sie es vielleicht gewohnt sind, so wollen Sie mir doch nicht ernsthaft weismachen, dass ein Mann, der derart opulente Feste auszurichten versteht, nicht in der Lage ist, einen armseligen Erpresser wie mich zufriedenzustellen und damit mundtot zu machen?«

Oppenheim lachte laut auf. »Mein guter Herr, Sie haben fürwahr keinen blassen Schimmer. Das ›opulente‹ Fest war einer meiner letzten Rettungsringe, den ich ausgeworfen habe, um wieder ins Gespräch zu kommen – und damit ins Geschäft.«

Hieronymus spürte, dass er bei dem Mann mit seiner momentanen Strategie nicht weiterkam, zudem er das Erpressen eines Geldbetrages nur vorgeschützt hatte – quasi ein Fundament, auf dem er aufzubauen hoffte, war es doch für jedermann verständlich und glaubhaft.

»Dann erleuchten Sie mich doch zumindest mit Ihrem Wissen, Herr Oppenheim«, sagte er, als stünde ihm unerwartet der Sinn danach. »Warum ich? Warum in drei Gottes Namen haben Sie mich in Ihre schmutzigen Geschäfte mit reingezogen? Ich habe Ihnen nichts getan, ja habe Sie gar nur ein einziges Mal getroffen. Warum wollten Sie ausgerechnet mich für Ihre Morde büßen lassen?«

Oppenheim stutzte. Überlegte. »Lassen Sie mich so sagen: Ich konnte Sie schon von dem Moment an nicht leiden, als meine Gemahlin Sie in der Hauptallee auf diese alberne spirituelle Humbug-Fotografie angesprochen hat. Ein Mann, der freiwillig herumzieht wie ein Zigeuner? Ich bitte Sie! Entwurzelt, heimatlos, ohne Ehre. Und sollten Sie sich gewundert haben, warum meine Frau Gemahlin Sie nicht mehr kontaktiert hat, dann lasse ich Sie hiermit wissen, dass ich es ihr schlichtweg untersagt habe.«

Hieronymus machte ein überraschtes Gesicht. Aber nicht wegen Oppenheims Offenbarung, sondern weil er sich fragte, wie dieser wohl reagieren würde, wenn er erfuhr, dass sich seine Gemahlin anscheinend nichts untersagen ließ. Nun, er sollte es alsbald herausfinden.

»Sie sagen also«, fuhr Hieronymus fort, »dass Sie mich aus den genannten, unglaublich banalen Gründen ausgewählt hätten, um mir drei Morde unterzuschieben?«

Oppenheim lachte erneut auf. »Nichts dergleichen habe ich gesagt!«

Hieronymus musste sich zügeln, um ruhig zu bleiben. Natürlich würde sich sein Gegenüber nicht so leicht aufs Glatteis führen lassen, was hatte er sich vorgestellt?

»Nun gut, dann sage ich es: Sie haben Johanna Kupka umgebracht, um sich an ihrem Vater zu rächen. Ebenso Adriane Tschermak und Henriette –«

»Sie sind ja des Irrsinns!«

»Bin ich das?« Hieronymus stellte den Koffer ab. Dann zog er aus seinem Sakko die Reproduktion der Fotografie von Constanze heraus, ging damit auf Oppenheim zu und ließ sie vor dessen Füße fallen.

»Zunächst lassen Sie sich darüber aufklären, dass Sie wohl keine Ahnung haben, was Sie Ihrer Frau Gemahlin untersagen können und was nicht. Denn das, was sie so sehr begehrte, hat sie bekommen.«

Zum ersten Mal seit dem Zusammentreffen schien Oppenheim überrascht zu sein, auch wenn er tunlichst bemüht war, es sich nicht anmerken zu lassen.

»Und des Weiteren möchte ich Ihre Aufmerksamkeit auf jenen Gegenstand lenken, der auf dieser Fotografie im hinteren Raum an der Wand hängt.« Hieronymus entfernte sich wieder einige Schritte. »Ich nehme an, Sie sind mit den Räumlichkeiten vertraut.«

Oppenheim kniff die Augen zusammen, überflog die Fotografie wie einen Text, in dem es ein einzelnes Wort zu finden galt. Dann blickte er auf. »Die Machete, die ich von einer meiner Großwildjagden vom schwarzen Kontinent mitgebracht habe? Ja und?«

»Wenn Sie sich die Waffe unter der Vergrößerung einer Linse ansehen, dann werden Ihnen etliche Flecken darauf auffallen.«

»Flecken? Was soll das … Metall rostet, davon haben Sie doch sicher schon gehört, oder etwa nicht?«

Hieronymus lächelte bescheiden. Er kniete sich neben den Koffer, den er mitgebracht hatte, ließ die beiden Verschlüsse hochschnappen, öffnete den Deckel – und holte die Machete aus Oppenheims Wohnung hervor.

»Oh, ich habe schon von den rostbraunen Verfärbungen gehört, die Metall so gerne angreifen. Sie sind auf dieser Waffe überall zu erkennen.«

Oppenheim schien nach den richtigen Worten zu suchen, aber der Ausdruck auf seinem Gesicht verriet die Frage, die er eigentlich hinausschreien wollte: Wie zur Hölle kam der andere an einen Gegenstand aus seiner Wohnung?

»Aber wenn wir schon beim gegenseitigen Abfragen von Wissen sind«, meinte Hieronymus lakonisch, »so frage ich mich, ob *Sie* wissen, wer ein gewisser Herr Ludwik Karol Teichmann ist?«

Keine Antwort.

»Nein? Nun, der Mann ist ein Anatom aus Krakau, und er hat etwas wahrlich Bemerkenswertes erfunden. Ich will Sie nicht mit Einzelheiten langweilen, aber mit dem von ihm entwickelten Testverfahren lassen sich sogenannte Teichmann-Kristalle erzeugen, und die wiederum belegen eindeutig, ob es sich bei derartigen Verfärbungen tatsächlich nur um Rost oder Schmutz handelt – oder aber doch um Blut.«

Oppenheim zeigte keine Regung.

»Wie ich schon sagte: Die Wunder der modernen Zeit«, stieß Hieronymus nach, wissend, dass er sich mit seiner Schlussfolgerung ein wenig aus dem Fenster lehnte – aber schließlich ging es ja auch um sein Leben. »Ganz recht, Herr Oppenheim. Mit Teichmanns Testverfahren kann Ihnen die Polizei nachweisen, dass diese Waffe, die Ihr Eigentum ist, die Mordwaffe darstellt.«

»Ist das so?«, knurrte Oppenheim, der mit einem Mal fahrig und unsicher wirkte.

Dann hielt er inne, schien einen Entschluss gefasst zu haben. Blitzschnell griff er in die Innenseite seines Mantels, zog einen Revolver hervor und legte auf Hieronymus an. »Mir scheint, als hätte ich Sie unterschätzt, Herr Holstein. Mein Fehler. Aber seien Sie versichert, dass ich nicht gedenke, diesen Fehler zu wiederholen.«

Er holte tief Luft.

»Kowalski!«

Geräusche hinter Hieronymus, von außerhalb des Glashauses. Das Knacken von Ästen, ein Schnauben. Dann kam ein Mann auf Hieronymus zu, der ihn um gut zwei Köpfe überragte und dessen Leibesfülle auch mindestens das Doppelte bemaß.

Überrascht von der Wendigkeit des anderen holte Hieronymus mit der Machete aus, stolperte jedoch rückwärts. Noch während des Sturzes wurde er am Kragen gepackt, mit scheinbarer Leichtigkeit in die Höhe gerissen, bis seine Füße in der Luft baumelten, und dann mit einem wuchtigen Faustschlag zu Boden gedonnert.

»Warum um alles in der Welt hatten Sie sich gedacht, dass diese Unterredung zu Ihrem Vorteil ausgehen würde?«, höhnte Oppenheim. »Wie hatten Sie sich das vorgestellt, Holstein?«

Der Schläger trat auf Hieronymus' Hand, blieb darauf stehen. Ein stechender, roter Schmerz durchfuhr diesen. Er versuchte, seine Hand unter dem Schuh des anderen herauszuwinden, aber vergeblich. Das Gewicht des Schlägers hielt ihn nieder, als läge er unter dem Rad eines Fuhrwerks.

Oppenheim tat, als lauschte er etwas, was jedoch unhörbar blieb. »Nun? Nichts, was Sie mir zu sagen hätten?«

»Was erwarten Sie von mir?«, stieß Hieronymus schließlich hervor, während er sich unter Schmerzen wand.

»Oh, ich erwarte gar nichts mehr von Ihnen, Herr Holstein. Außer dass Sie sterben. In ein paar Tagen wird man Sie dann hier finden. Ein Selbstmord voller Reue ob der angerichteten Gräueltaten. Die Mordwaffe, wie Sie sie nennen, neben sich. Der Polizeipräsident wird den Fall abschließen, womöglich noch eine Belobigung erhalten, und schon bald wird sich niemand mehr des Dirndl-Hackers entsinnen. Der Schmerz jedoch, der die drei Väter quält, wird bis an deren Lebensende andauern.«

Oppenheim nickte seinem Handlanger zu. Der trat einen Schritt zurück, dann schlug er Hieronymus mehrmals so wuchtig ins Gesicht, dass dieser beinahe die Besinnung verlor.

»Sagen Sie mir wenigstens«, sprach Hieronymus mit zitternder Stimme, während ihm Speichel und Blut aus dem Mundwinkel liefen, »was Ihnen Ihre Widersacher so Furchtbares angetan haben, dass sie eine dermaßen grausame Bestrafung verdienen.«

»Was sie mir angetan haben?«

Oppenheim schnaubte verächtlich. Er senkte den Revolver, schritt dann bedächtig in einem weiten Kreis rund um Hieronymus. »Wenn es Ihrer Seele Frieden verschafft: Vorgeführt haben sie mich, das haben sie getan!«

Er überlegte einen Augenblick.

»Sehen Sie, Herr Holstein, so hochgelobt die Weltausstellung im Vorfeld auch war, letzten Endes hat sie sich finanziell als ein völliges Desaster herausgestellt. Fünfunddreißig Nationen, über dreiundfünfzigtausend Aussteller. Zwanzig Millionen Besucher waren erwartet worden, und nur knapp sieben Millionen waren gekommen. Alle haben große Summen verloren, auch die Herren Kupka, Tschermak und Arnold. Daher haben sie nach Möglichkeiten gesucht, das Verlorene wieder wettzumachen. Da kam ihnen die Idee, etwas Altes neu zu erschaffen, etwas, was den Menschen die Möglichkeit bietet, in ihrer Heimatstadt zu verweilen und doch in die Ferne zu reisen, genauer gesagt nach Venedig. Ihr Plan war, einen Teil von Venedig hier im Prater nachzubauen, mit Kanälen, Gondeln und allem Drum und Dran. Doch dafür benötigten sie Baugrund.«

Oppenheim blieb stehen, blickte in Hieronymus' gemartertes Gesicht. »Aber würden Sie an Schaubudenbesitzer und Zigeuner verkaufen?«

Er schüttelte den Kopf.

»Niemand in Wien hätte das getan. Also brauchten sie einen Strohmann. Mich. Mir gelang es, die gewünschten Gründe ohne Schwierigkeiten aufzukaufen. Anschließend sollte ich sie zu einem vereinbarten Preis an die drei Herren weiterverkaufen. Doch was taten diese? Sie intervenierten hinter meinem Rücken, intrigierten und diffamierten mich, sodass mir einige lukrative Projekte durch die Finger glitten. Und zu allem Überfluss sorgten sie sogar dafür, dass ich meine Aktien in Böhmen abstoßen musste, und das, wie Sie so trefflich in Erfahrung bringen konnten, weit unter Wert. Plötzlich war ich also finanziell angeschlagen, und das war der Moment, auf den die drei Herren gewartet hatten, denn sie machten aus meiner Schwäche ihre Stärke – um liquid zu bleiben, musste ich nun die Grundstücke im Prater an sie verkaufen, und zwar mit erheblichen Verlusten. Die drei haben mich an den Rand des Ruins getrieben, mir ein Leben in Aussicht gestellt, das ich aus meiner Kindheit kannte: ein Leben in bitterer Armut, wo man nur von einem Tag zum nächsten lebt, von der Hand in den Mund.« Oppenheims Blick verklärte sich. »Verstehen Sie nun endlich, was mir angetan wurde?«

»Drei unschuldige junge Leben, um anderen Leid zuzufügen?« Hieronymus hob den Kopf. »Und das alles nur des Geldes wegen? Nein, Herr Oppenheim, das kann und will ich nicht verstehen.«

Dessen wulstiges Gesicht nahm gleichgültige Züge an. »Ein einfacher Geist will eben immer klein bleiben. Zeit zu sterben, Herr Holstein.«

Hieronymus schloss die Augen. *Dann sollte es eben so sein.*

Ein metallisches Klicken verriet das Spannen des Hahnes eines Revolvers.

Verzeih mir, Karolína.

»Nicht so voreilig!«

Hieronymus riss die Augen auf.

Friedrich Kupka hatte das Glashaus betreten, und mit ihm drei weitere Männer, ebenfalls Revolver im Anschlag.

Oppenheim sah verwirrt um sich. Dann senkte sich sein hasserfüllter Blick auf den am Boden Liegenden, der ihm jedoch dreist grinsend entgegenstarrte. »Sie wollten mich doch nicht ein weiteres Mal unterschätzen«, meinte dieser. »Ich fürchte, dass ich Sie da enttäuschen muss.«

Oppenheims Schläger wurde mit der Waffe an der Schläfe zurückgedrängt. Hieronymus rappelte sich auf, rieb sich den roten, pochenden Handrücken.

»Nicht nur er ist enttäuscht«, sprach Kupka ruhig. »Auch ich bin es. Denn wie konnte Herr Oppenheim vergessen, dass wir *ihn* nicht diffamiert hatten, um die Grundstücke billig von ihm zu erwerben, sondern *er* es gewesen war, der, sobald er die Grundstücke sein Eigen nennen konnte, den vereinbarten Aufschlag verdreifacht hatte?«

Kupka sah Oppenheim nun direkt an. Der zeigte jedoch keine Regung.

»Verdreifacht! Sie wollten sich in einem völlig unangemessenen Maße an uns dreien bereichern. Die Schädigung Ihres Rufes war also die Folge Ihrer Handlungen, und nicht deren Ursache. Deshalb haben wir Sie diffamiert. Deshalb sind Ihnen zu Recht andere Projekte verwehrt worden. Mit Ihren Verlusten an den Aktien der ›Teplitzer Walzwerke‹ hatten wir jedoch nichts zu schaffen, das hat uns einfach in die Hände gespielt.«

»Das können Sie sonst jemandem erzählen«, zischte Oppenheim.

»Es spielt auch keine Rolle mehr«, meinte Kupka. »Der Unterschied zwischen Ihnen und mir ist, dass für mich Geschäft immer Geschäft war, und Familie immer Familie. Und sich mit dem Mord an meiner Johanna an mir zu rächen, ist ja wohl das Niederträchtigste, was es auf Gottes Erden gibt! Dafür werden Sie in der Hölle schmoren, Oppenheim.«

Der riss blitzschnell seinen Revolver in die Höhe. »Nach Ihnen.«

Die beiden Männer starrten sich an.

Oppenheim hatte auf Kupka angelegt, zwei von dessen Handlangern wiederum auf Oppenheim. Der einzige Gedanke, der allen durch die Köpfe ging, war wohl, ob es gelänge, den anderen zu töten, ohne selbst tödlich getroffen zu werden. Jeder von ihnen stand wie erstarrt, könnte doch die kleinste Regung von den anderen als Absichtserklärung zur Schussabgabe interpretiert werden ...

Das Schrillen einer Signalpfeife.

Ein Dutzend Männer der Sicherheitswache stürmten in das Glashaus, Gewehre im Anschlag.

Oppenheim und Kupka sowie dessen Männer sahen sich überrascht um. Manche richteten ihre Revolver erst hektisch auf den einen Wachmann, dann auf den anderen und wieder retour. Doch je länger die Sicherheitswache ruhig dastand, desto mehr wurde allen Beteiligten bewusst, dass sie gegen die Überzahl der Polizei keine Chance hatten.

Allmählich beruhigte sich das Geschehen. Kupkas Männer senkten ihre Faustfeuerwaffen, Oppenheim tat es ihnen gleich.

Dann kam ein weiter Mann hinzu, mit Halbglatze und fulminantem Backenbart – Präsident der k.k. Polizei-Direction Wilhelm Marx. Ihm folgte eine Frau in einem schwarzen Kleid, das Haupt gebeugt, die Hände zittrig.

»Constanze?« Oppenheim rang nach Worten. Schließlich verstand er. »Du hast diesen Kerl in meine Wohnung gelassen? Du hast ihm meine Machete ausgehändigt?«

»Nach allem, was geschehen ist, fällt dir nicht mehr dazu ein?« Sie hob ein wenig den Kopf, sah ihren Gemahl mit verweinten Augen an. »Bin ich nicht immer zu dir gestanden? Habe ich mich nicht mit dir gefreut, wenn dir etwas gelang, habe ich nicht versucht, dich aufzubauen, wenn dem nicht so war? Ich habe weggesehen, wenn du prahlerisch deine Empfänge gegeben hast, auf denen sich mehr Kurtisanen denn Diener verdingten. Ich habe gelächelt, wenn du lieber mit irgendeinem Industriellen zu Abend gegessen hast, als dich einmal mir zu widmen. Und ich habe mich nie eingemischt, wenn du das Vermögen, das *mein* Erbe war, in Dinge investiert hast, die von vornherein zum Scheitern verurteilt waren, hättest du sie nur einmal mit nüchternem Blick betrachtet. Und nun das hier …«

Constanzes Blick wanderte durch den Raum, von Wachmann zu Wachmann, von Kupka zu ihrem Gemahl und wieder zurück. Eine Träne lief ihr über die Wange.

»Nur ein Glück, dass Vater nicht mehr miterleben muss, was für einen Mann er für mich auserkoren hat. Aber ich werde nie mehr lächeln, wenn mir eigentlich abgrundtief zum Weinen zumute ist, das kann ich dir versprechen.«

Trotzig wischte sie sich die Träne aus dem Gesicht. »Adieu, Ludwig.«

Dann verließ Constanze Oppenheim den Schauplatz.

Kupka sah überrascht zu Hieronymus. »Wen gedenken Sie, heute noch hinzuzuholen? Den lieben Gott?«

Hieronymus grinste bitter. »Das wird nicht vonnöten sein. Aber ein dreifacher Knoten hält einfach besser.«

In dem Moment tauchte am anderen Ende des Glashauses Franz mit einem Dutzend Kleinwüchsiger auf, unter ihnen auch Mitzi und Toni, die sich mit Stöcken und Messern provisorisch bewaffnet hatten. Allerdings machten sie keinerlei Anstalten, sich in das Geschehen einzumischen, außer Hieronymus würde ihnen ein Zeichen geben. Doch der tat nichts dergleichen.

Friedrich Kupka entwich ein knappes Lächeln.

»Er hat sein Wort gehalten«, sprach Marx tönend, während er auf Hieronymus zuschritt. Dann schüttelten sich die beiden Männer die Hand. »Und er hat nicht zu viel versprochen.«

Der Polizeipräsident wandte sich an Oppenheim, dessen Gesicht eine fahle Farbe angenommen hatte. »Ludwig Josef Oppenheim, hiermit verhafte ich ihn im Namen Seiner kaiserlich und königlichen apostolischen Majestät für die niederträchtige Tötung der Fräulein Johanna Kupka, Adriane Tschermak und Henriette Arnold!«

Oppenheim ließ seinen Revolver zu Boden fallen.

Kupka gab seinen Männern ein Zeichen, die daraufhin das Glashaus verließen, ohne von der Sicherheitswache daran gehindert zu werden. Franz und die Kleinwüchsigen schlossen sich ihnen an.

Als Marx Anstalten machte, Oppenheim abzuführen, richtete sich der noch einmal auf. »Auf ein Wort, Herr Präsident, sofern Sie gestatten.«

Ein knappes Nicken.

»Ich denke, wir sind uns alle einig«, begann Oppenheim in sanftem Ton, »dass hier Aussage gegen Aussage steht, und nicht nur das. Das Wort eines Vagabunden gegen das Wort eines angesehenen Mitgliedes der Wiener Gesellschaft. Auch könnte ich mir vorstellen, dass bei einem Prozess das eine oder andere unerwünschte Detail an die Öffentlichkeit dringen könnte. Der liederliche Lebenswandel von Johanna Kupka zum Beispiel, und ihre Unwilligkeit, ein frivoles Angebot auszuschlagen, gleich, von wem es kam. Oder die Tatsache, dass Adrianes Vater Eduard Arnold, wenngleich er sich gern unter Gleichgesinnten damit brüstet, keine Geschäfte mit Juden oder Zigeunern zu machen, doch genau mit eben jenen die Gelder verdient, die sein Mäzenatentum erst ermöglichen.«

Oppenheim setzte eine übertrieben besorgte Miene auf und rieb dabei den güldenen Ring mit der eingefassten roten Perle auffällig an seinem Mantel, als wollte er ihn blank polieren.

»Manchmal fühlt man sich wie eine Maus, klein und allein gelassen, nicht wahr? Ganz zu schweigen davon, wenn erst publik wird, dass der hochdekorierte Präsident der k.k. Polizei-Direction ein Bankert hat und dessen herumhurende Mutter finanziell unterstützt.« Er schüttelte ergriffen den Kopf. »Man mag sich gar nicht ausmalen, was das für alle Beteiligten bedeuten würde. Die öffentliche Erniedrigung. Die Schmach und Schande, die über die gesamte Familie hereinbricht, mit der schieren Wucht einer Springflut. Eine wahre Tragödie.«

Wilhelm Marx zögerte, schien mit sich zu ringen. Man konnte von Oppenheim halten, was man wollte, aber in diesem Moment sprach er nichts als die Wahrheit. Schließlich gab Marx seinen Wachmännern ein Zeichen, ohne ihn abzurücken.

Hieronymus traute seinen Augen nicht, als er den Männern der Sicherheitswache dabei zusah, wie sie tatenlos das Glashaus verließen. Die Erkenntnis traf ihn wie ein Schlag ins Gesicht: Hatte er wirklich geglaubt, einen weltgewandten Mann wie Oppenheim dingfest machen zu können?

»Auch kann ich mir gut vorstellen«, fuhr dieser fort, »dass mit einer großzügigen Spende an die Polizei diese ausreichend Faustfeuerwaffen anschaffen könnte, damit die Wachmänner nicht mehr nur mit ihren Säbeln rasseln müssen, sondern den Verbrechen auf Augenhöhe entgegenstehen können.«

Marx nickte bedächtig. Dann legte er Oppenheim väterlich die Hand auf die Schulter und wandte sich Kupka zu.

»Wie er sicherlich weiß, habe ich keine Kinder. Ich kann mir daher nicht im Entferntesten vorstellen, welcher Schmerz ihn aufgrund des Verlustes quält. Und wie Herr Oppenheim gerade richtig festgestellt hat, würde ein Prozess den Schaden noch vergrößern, zumal niemand wiedergutmachen kann, was geschehen ist.«

Auch Kupka blieb nun buchstäblich der Mund offen.

»Daher muss ich ihn leider enttäuschen …« Marx wandte sich mit einem schmalen Lächeln wieder Oppenheim zu. »Danke, dass er mir die Augen geöffnet hat.«

Der nickte ernst und verbindlich, doch in seinem Blick flackerte bereits die Euphorie des Triumphs.

Dann gab Marx Oppenheim einen Stoß, dass dieser vornüberstolperte und am Boden zu Kupkas Füßen zum Liegen kam.

»Er hat die Feder vergessen.«

Oppenheim sah den Polizeipräsidenten entgeistert an. Dann dämmerte ihm, worauf dieser anspielte. Die Feder auf seinem Kopfkissen.

Die Warnung. Keine weiteren Enthüllungen …

Er hatte den Bund verraten und damit sein Schicksal besiegelt.

»Ich habe es selbst erst heute Früh erfahren«, sagte Marx in einem zur Erklärung bemüßigten Tonfall. »Nicht alle Mäuse wissen alles. Aber wie gesagt«, fuhr er fort, »ich selbst habe keine Tochter. Und doch wüsste ich, was ich als Vater mit einem wie ihm tun würde.«

Bedächtig hob Kupka die Machete auf.

»Ich lasse dann abholen, was er von ihm übrig lassen will«, sagte Marx und versteifte seine Körperhaltung. »Meine Herren.«

Dann verließ auch er das Glashaus.

Kupka schnippte mit den Fingern. Wenige Augenblicke später hatten sich seine Handlanger wieder rund um ihn versammelt.

Er wandte sich Hieronymus zu. »Wollen Sie dabei sein? Es wird allerdings etwas länger dauern, denn jemandem die Haut abzuziehen, ohne dass dieser gleich die Besinnung verliert, will nicht überstürzt werden.«

Der schüttelte den Kopf, streckte dann die Hand aus. »Nochmals mein tief empfundenes Beileid.«

Kupka schüttelte die Hand, griff in seine Westentasche und holte Hieronymus' Ausweispapiere heraus.

Dann händigte er sie ihm aus. »Haben Sie sich verdient. Danke.«

Hieronymus nahm seinen Pass mit einem knappen dankenden Nicken entgegen.

Kupka sah auf Oppenheim herab, der sich winselnd zu Boden drückte, als könnte er darin verschwinden und so der anstehenden Tortur entkommen.

Hieronymus hob den Kopf, blickte in den blutroten Abendhimmel. Ein feines Lächeln bemächtigte sich seiner, ließ ihn die Schmerzen in seinem Kopf und die Wunden in seinem Gesicht vergessen.

Er steckte die Hände in die Hosentaschen, kehrte Henker wie Delinquenten den Rücken zu und schlenderte aus dem Glashaus.

XXXVIII

»EXTRABLATT! EXTRABLATT! DIRNDL-HACKER von Wien gefasst!« Die Stimme des Zeitungsbuben überschlug sich förmlich vor Begeisterung, während er eine Gazette exemplarisch in die Höhe hielt. »Extrablatt!«

»Der Mörder soll ein umfangreiches Geständnis zu Protokoll gegeben haben«, las Franz aus der Zeitung vor, »bevor er sich durch Erhängen feige selbst richtete und so seiner Verantwortung entzog.«

»Was man nicht so alles liest«, meinte Hieronymus mit einem Schmunzeln und ließ sich die Morgensonne ins Gesicht scheinen, deren Strahlen er so warm und angenehm wie seit Langem nicht mehr empfand. Vielleicht lag das aber auch daran, dass ihm niemand mehr nach dem Leben trachtete, sondern seine Zukunft genauso unsicher, aber frei war wie erst zwei Wochen zuvor.

»Es wurde gar vorgeschlagen, Polizeipräsident Wilhelm Marx in den Rang eines Freiherrn zu erheben«, schloss Franz den Artikel ab und pfiff durch die Zähne. »Alle Achtung! Und du hast es geschafft, du bist wieder ein freier Mann.«

»Das bin ich. Aber etwas habe ich dir noch nicht erzählt«, begann Hieronymus zögerlich. Franz nahm die Klappbrille von der Nase, legte die Zeitung beiseite und widmete sich ganz seinem Freund. »Auf Oppenheims Soirée bin ich zufällig auf einen Mann gestoßen, der sich mir als František Skorkovský vorgestellt hat.«

Er hielt inne, ließ den Namen für sich allein stehen.

»Du meinst doch nicht etwa … Karolínas Bruder?«, fragte Franz verwundert.

Hieronymus nickte.

Karolína, die Liebe seines Lebens.

»Eben diesen. Ich hatte ihn zwar nie persönlich kennengelernt, aber ich erkannte sie in seinem Gesicht wieder. Für einen Augenblick war mir gar, als wäre sie wieder da.« Seine Stimme war dünn geworden. Er blickte auf seine rechte Hand, dort, wo sein kleiner Finger gewesen war, bevor man ihn abgeschnitten hatte.

»Seither spüre ich Karolínas Präsenz so stark wie an dem Abend, als sie sich das Leben genommen hat.«

Franz legte seinem Freund die Hand auf die Schulter. »Sie lebt in deinem Herzen, und das wird sie tun, solange du sie dort bewahrst.«

Hieronymus nickte mit einem Anflug von Traurigkeit.

Plötzlich wurde die Tür des schiefwinkeligen Hauses aufgerissen. Anezka trat auf den Vorplatz. Doch anstatt ihrer mit Flicken übersäten, schmutzigen Schürze trug sie ein elegantes, rostbraunes Kleid voller Rüschen. Ihr Gesicht erstrahlte mit einem unwiderstehlichen Lachen. Trotz ihrer verfilzten Haare wirkte sie, als wäre sie nur kurz der feinen Gesellschaft entschwunden, um zu sehen, wie der einfache Mann so lebte.

Anezka raffte den Rock und stolzierte auf die beiden Männer zu.

»Was hast du nur getan, Franz?«, raunte sie.

Der mimte den Unschuldigen. »Gar nichts. Aber womöglich hast du irgendwann beiläufig den Wunsch geäußert, dich einmal im Leben wie eine Dame von Welt zu fühlen?« Er sah zu Hieronymus. »Und Kleider machen ja bekanntlich Leute.«

Der nickte anerkennend.

Nun stand sie Franz gegenüber, packte sein rundes Gesicht mit beiden Händen und drückte seine Backen zusammen. »Das kann ich nicht annehmen, du irrsinniger Krüppel.«

»Dann musst du es eben wieder ausziehen.«

Ihr Lächeln erlosch. »Ach so ist das. Ich verstehe.« Anezka hielt einen Augenblick lang inne – schließlich grinste sie dreist. »Dann hilf mir gefälligst dabei.« Sie packte Franz an der Hand und zog ihn hinter sich her, Richtung des Hauses.

»G'schamster Diener, Frau *von* Svoboda«, lachte Franz.

Hieronymus schüttelte verständnislos den Kopf und spürte zugleich, dass ihm warm ums Herz wurde. »Wie die Kinder. Aber wir sehen uns trotzdem heute Abend bei der Feier?«, rief er den beiden nach.

Franz gab ihm mit einer Geste zu verstehen, dass er kommen würde. Dann verschwand er mit Anezka im Haus.

XXXIX

DER WAGEN VON FRANZ und Hieronymus stand vor der Gaststätte unweit des Vélocipède-Museums im Wurstel-Prater, daneben graste friedlich Roswitha. Wieder waren die Fenster mit Vorhängen verdunkelt, wieder hing am Eingang ein Schild mit der Aufschrift »geschlossen«. Doch die Musik und das Gelächter, das nach draußen drang, bezeugten etwas anderes.

»Ich lasse abholen, was er von ihm übrig lässt«, zitierte Hieronymus den Polizeipräsidenten mit ernster Intonation und stimmte dann in das erneut aufbrandende Gelächter mit ein.

An diesem Abend waren noch mehr Leute in dem Wirtshaus als an jenem, an dem Franz das erste Mal hier gewesen war.

Die Musik verstummte. Ein Mann, der weit über zwei Meter maß und spindeldürr war, betrat die Bühne.

»Und nun ist es mir eine Ehre, dass uns zwei besonders talentierte Damen mit Gesang und Musik erfreuen! Sie sind weit über die Landesgrenzen hinaus als die ›Zweiköpfige Nachtigall‹ berühmt, aber wir kennen und lieben sie als Millie und Christie! Bitte schön!«

Der Mann machte die Bühne frei, die sogleich zwei junge dunkelhäutige Frauen betraten, die das gleiche Kleidchen, verziert mit den geschwungenen Mustern ihrer Kultur, trugen. Zierlich trippelten sie bis an den vorderen Rand, dann begannen sie, mit zwei Gitarren zu spielen und engelsgleich zu singen. Und nach kurzer Zeit fiel keinem der Gäste mehr auf, dass die beiden wohl seit ihrer Geburt an der Seite zusammengewachsen waren.

Mitzi hob ihr Weinglas. »Nur schade, dass wir Liliputaner nicht wirklich eingreifen konnten.«

Toni tat es ihr gleich. »Das wäre denen schlecht bekommen!«

Die Runde, in der auch Hieronymus und Franz saßen, stieß mit ihren Gläsern an und trank.

»Weißt du, was heute ist?«, wollte Franz von Hieronymus wissen.

Der schüttelte erst nachdenklich den Kopf, dann glänzten plötzlich seine Augen. »Der 29. Juni!«

Franz nickte, die beiden Freunde stießen die Krüge zusammen.

»Was ist am 29. Juni?«, wollte Toni wissen.

»Heute vor fünf Jahren haben Franz und ich uns kennengelernt. Und noch am selben Tag hat er mir das Leben gerettet.«

»Da schau her«, gab sich Mitzi überrascht. »Feschak und Lebensretter! Erzähl!«

Franz grinste. »Es war bei einer Rauferei in einem Wirtshaus, die allerdings der Hieronymus losgetreten hatte.«

Der zuckte unschuldig mit den Schultern. »Wohl wahr. Und plötzlich habe ich einen Tonkrug über den Schädel gezogen bekommen, sodass ich ohnmächtig umgefallen bin.«

»Alles hat er vollgeblutet«, griff Franz die Erzählung auf. »Ich hab ihn an den Beinen geschnappt, nach draußen gezerrt und verarztet. So hat er überlebt.«

Mitzis Augen glänzten voll Anerkennung. »Bewundernswert! Habt ihr später herausbekommen, wer ihm den Tonkrug übergezogen hat?«

»Ja.« Hieronymus sah seinen Freund an. »Der Franz war's.«

Nach diesen Worten herrschte Totenstille am Tisch. Alle Augen waren auf den Buckligen gerichtet.

Der lächelte verschmitzt. »Was soll ich sagen? Wenn's halt stimmt!«

Schallendes Gelächter war die Folge.

An diesem Abend wurde die Geschichte, wie sich die beiden ungleichen Freunde kennengelernt hatten, immer wieder von einem Tisch zum nächsten erzählt, und die Herzlichkeit und der Frohsinn der Feiernden währte weit bis in die frühen Morgenstunden.

Epilog

FRANZ HATTE VOM DACH des Brunnens ein Seil zum Schindelwagen gespannt und hängte darauf Kleidungsstücke auf, die er gerade gewaschen hatte. Während dieser Tätigkeit schlichen sich Emil, Jaroslav, Pavel und Jozef, die Kinder von Anezka, immer wieder von hinten an ihn heran, gaben ihm einen leichten Schlag auf den Oberschenkel oder Hintern, und liefen dann laut lachend davon, als Franz sich gespielt mürrisch zu ihnen umdrehte.

Als er mit der Wäsche fertig war, sah er zur Eingangstür des schiefwinkeligen Hauses, von wo aus ihm Anezka verstohlen zuwinkte.

Plötzlich raste eine offene Kutsche auf den Vorplatz und hielt abrupt unter dem Gewieher der beiden Zugpferde.

Hieronymus, der in dem Fiaker saß, warf dem Kutscher einige Münzen zu. Dann sprang er heraus, hetzte zu Franz und packte diesen grob am Arm.

»Was in Gottes Namen ist denn passiert?« Franz verstand nicht.

Hieronymus war blass. »Ich habe sie gesehen.«

»Wen hast du gesehen?«

Hieronymus holte tief Luft. »Karolína. Ich habe meine Karolína gesehen. Sie ist am Leben!«

Glossar

Abpaschen: türmen

Abwatschen: ohrfeigen

Achterl: 0,25 Liter Weißwein

ausfratscheln: aushorchen

Bankert: uneheliches Kind

Batzen Bahö: große Aufregung

Beidl: umgangssprachlich für »Hoden«

Beisl: heruntergekommenes Wirtshaus

Brandineser: kleines Lokal, in dem bereits frühmorgens Alkohol ausgeschenkt wird

Depperl: Idiot

Euzerl: ein ganz klein wenig

Feschak: Schönling

Fiaker: zweispännige Lohnkutsche

Fratschlerin: Obstverkäuferin, die keinen Verkaufsstand besitzt

G'schamster Diener: Alt-österreichische Begrüßungs- und Verabschiedungsfloskel: »Ihr gehorsamster Diener«

Galanteriewaren: modische Accessoires wie Puderdosen, Parfümflakons, Armbänder usw.

Glacis: unbebautes Schussfeld vor der Stadtmauer

Große und kleine Laterne: kreisförmige Aufbauten am Dach der Rotunde

Gschichtl: Räuberpistole

Gschichteln drucken: Lügen verbreiten

Gspusi: Liebschaft

Häkeln: ärgern, necken

Haderlump: Taugenichts
Hegel: Kerl
Hübschlerin: Prostituierte
Kaschperl: Kasperle
Köch: Streit
Kokarde: Abzeichen zur Legitimation
Lackel: großer, ungeschlachter Mann
Lavoir: Waschschüssel
Malheur: Missgeschick
Melange: österreichische Kaffeespezialität, bestehend
aus einem Teil Kaffee, gemischt mit Zucker oder Honig,
sowie einem Teil Milch, abgerundet mit einer Haube aus
geschäumter Milch
Mensch: umgangssprachlich für ›das Mädchen‹
Muschen: volkstümlich für »Prostituierte«
Pantscherl: amouröse Liaison
Patschert: Ungeschickt
Pepihacker: volkstümliche Bezeichnung für den Pferde-
fleischhauer
Posamentierer: Handwerker, der Borten, Zierbänder, Spit-
zen, Quasten und Ähnliches verfertigt
Privatequipage: vornehmer, zweispänniger Stadtlohnwa-
gen
Probiermamsell: Mannequin
Pumpern: pochen
Quetschn: Ziehharmonika
Quiqui: volkstümlich für den Tod
Raunzen: klagen, nörgeln
Servas: hier: um Gottes willen
Sich auf Französisch empfehlen: sich davonstehlen
Spittelbergnymphe: Prostituierte, die am Spittelberg ihren
Geschäften nachging

Stenz: eitler Mann
Strizzi: Kleinkrimineller
Trabig: eilig
Trottoir: Gehweg
Trutschn: dümmliche Frau
Tschechern: saufen
Tschick: Zigarette
Tschopperl: bemitleidenswertes, hilfloses Wesen
Ulster: schwerer, sportlicher Mantel
Vertratschen: zu lange über etwas schwatzen
Verwardackelt: volkstümliche Beschreibung für »unförmig«
völlig im Öl: volkstümlich für »stark angetrunken sein«
Watschn: Ohrfeige
Wimmerln: Pickel
Ziegelbehm: Böhmischer Ziegelarbeiter
Zoetrop: bedruckte Trommel, die durch Drehung bewegte Bilder erzeugt

Nachwort

Als gebürtiger Steirer, der in Salzburg aufgewachsen ist, hatte ich bereits ein wenig von Österreich kennengelernt, bevor es mich 1993 nach Wien zog. Da ich die Hauptstadt nur von wenigen Besuchen her kannte, stellte ich mir natürlich die Frage, ob ich mich in der Millionenmetropole wohlfühlen würde. Immerhin hat allein der 10. Wiener Gemeindebezirk Favoriten mehr Einwohner als ganz Salzburg. Aber meine Sorge erwies sich schnell als völlig unbegründet, umgarnte mich die Stadt doch schnell mit der Opulenz ihrer jahrhundertealten Bauwerke, ihrer Vielschichtigkeit und jenem gewissen morbiden Flair, das nur ihr innezuwohnen scheint.

Bereits bei der Recherche zu einem früheren Roman konnte ich tief in das Wien des frühen 17. Jahrhunderts eintauchen und hatte zu meiner Überraschung festgestellt, wie viel von der damaligen Substanz heute noch erhalten geblieben ist. Umso mehr Freude bereitete es mir, für »Donaumelodien« jenes Grundwissen aufzufrischen und zu erweitern, war doch gerade das Ende des 19. Jahrhunderts städtebaulich unglaublich prägend für die Kaiserstadt.

Bei den Schauplätzen habe ich mich daher, so gut es ging, an Bestehendes, an Pläne und Fotografien gehalten, auch, was die Distanzen betrifft.

Bei den Figuren nahm ich mir mehr Freiheiten, mussten sie sich doch einem dramaturgischen Zweck unterordnen. So ist beispielsweise Polizeipräsident Wilhelm Marx eine historische Figur, allerdings war er nie Mitglied jenes Geheimbundes, da dieser meiner Fantasie entsprang – genau wie auch die drei Granden des Praters.

Aber dies passiert eben, wenn man eine Geschichte in eine Stadt verortet, in der die Vergangenheit allgegenwärtig ist.

Daher kann so mancher von Ihnen, verehrte Leserinnen und Leser, viele der beschriebenen Örtlichkeiten in »Donaumelodien« auch heute noch erleben – sei es ein Spaziergang durch das Burgtor in die Innere Stadt hinein, ein Besuch im Wurstelprater oder eine Melange im Café Central. Den Interessierten unter Ihnen kann ich das Pratermuseum sowie das Wiener Kriminalmuseum ans Herz legen.

Und wer weiß, wohin es Hieronymus Holstein zukünftig noch hin verschlagen wird … an Handlungsorten wird es jedenfalls nicht mangeln.

Herzlichst
Bastian Zach

Dank

Besonderer Dank an
    Michaela Strobel und Nina Vidmer

Ein herzliches Dankeschön an
    Petra Dauer, Christine Hanschitz, Birgit Liebhard,
Christian Liebhard und Gina Zach

Geisterfotograf Hieronymus Holstein ermittelt:

1. Fall: Donaumelodien – Praterblut
ISBN 978-3-8392-2650-6

2. Fall: Donaumelodien – Totentaufe
ISBN 978-3-8392-0021-6

3. Fall: Donaumelodien – Leichenschmaus
ISBN 978-3-8392-0125-1

weitere:

Donaumelodien – Morbide Geschichten
ISBN 978-3-8392-2708-4

O Tannengrauen
ISBN 978-3-8392-0283-8

O Weihnachtsgrauen
ISBN 978-3-8392-0499-3

Krimispiel:

Donaumelodien Escape - Der Schatz im Stephansdom
EAN 4260220581833

GMEINER SPANNUNG

WWW.GMEINER-VERLAG.DE
Wir machen's spannend